W0314510

Aravind Adiga

Amnestie

Aravind Adiga

Amnestie

Roman

Aus dem Englischen
von Ulrike Wasel
und Klaus Timmermann

C.H.Beck

Titel der englischen Ausgabe:
Amnesty
Copyright © 2020 by Aravind Adiga
erschienen in den USA bei Scribner,
an imprint of Simon & Schuster, Inc. New York

Für die deutsche Ausgabe:
© Verlag C.H.Beck oHG, München 2020
www.chbeck.de
Umschlaggestaltung: geviert.com, Andrea Hollerieth
Umschlagabbildung: Unsplash, © Jordi Ganduxe
Satz: Janß GmbH, Pfungstadt
Druck und Bindung: CPI – Ebner & Spiegel, Ulm
Gedruckt auf säurefreiem, alterungsbeständigem Papier
(hergestellt aus chlorfrei gebleichtem Zellstoff)
Printed in Germany
ISBN 978 3 406 75551 4

myclimate

klimaneutral produziert
www.chbeck.de/nachhaltig

Für Mark Greif
Als Dank für zweiundzwanzig Jahre Freundschaft

Inmitten der vier Meere
sind alle
Menschen Brüder

Auf einem Torbogen
in Sydneys Chinatown

ZU HAUSE

Die gesamte Küstenlinie von Sri Lanka ist gewellt, geheimnisvoll und wunderbar – aber kein Ort ist geheimnisvoller als Batticaloa. Die Stadt ist berühmt für ihre Lagune, in der mitunter merkwürdige Dinge geschehen. Die Fische dort können singen. Das ist die Wahrheit. Die reine Wahrheit. Halt dir ein Schilfrohr ans Ohr und beuge dich aus deinem Tretboot, dann hörst du die Musik der Fische in der Lagune. Um Mitternacht reißt die Haut des Wassers auf und die *kadal kanni*, Wassernixen, tauchen aus der Lagune auf, übergossen von Mondlicht.

Seit Danny vier oder fünf Jahre alt gewesen war, hatte er sich gewünscht, mit einer Wassernixe zu sprechen.

Vom Dach seiner Schule aus konnte er über die Palmen und die bunt bemalten Häuser seiner Stadt hinweg die Stelle sehen, wo die vielfingrige Lagune sich verengte, bevor sie in ein größeres Gewässer floss. Kurz bevor sie in den Indischen Ozean strömte, glühte die Oberfläche der Lagune wie Feuer, als würde sie ein altes Rätsel lösen: das Motto unter dem Wappen seiner Schule. *Lucet et Ardet*. Die Priester in ihren grauen Kutten übersetzten das mit *Leuchtet und Glüht*. (Aber *was* leuchtet? Und *was* glüht?)

Als Danny da oben stand, wurde ihm klar:

Die Lagune leuchtet. Die Lagune glüht.

Während er das Glühen in der Ferne betrachtete, wusste er, dass es noch einen anderen Ort gab, wo die Lagune sich in den Ozean ergoss, und dass dieser Ort die meiste Zeit des Jahres verborgen war – versteckt an einer Stelle, die Mugathwaram genannt wurde, der Zugang zur Pforte, nicht weit von dem alten holländischen Leuchtturm entfernt. Danny war sicher, dass sich die *kadal kanni* dort, an diesem geheimen Portal, offen zeigten.

Er musste warten, bis er fünfzehn war, einige Jahre nach dem Tod seiner Mutter, um den Zugang zur Pforte zu finden. An einem Samstag erzählte er seinem Vater, er müsse zu einem Schul-Picknick, dann fuhr er auf dem Gepäckträger des Fahrrads eines Freundes zum ersten Mal in seinem Leben zu dem alten holländischen Leuchtturm und noch weiter, bis zu dem versteckten Strand, von wo aus man angeblich die zweite Öffnung sehen konnte. Als er vom Fahrrad stieg, war er enttäuscht, denn in der Ferne konnte er lediglich eine lang gestreckte Sandbank ausmachen, die quer vor diesem Teil der Lagune lag. «Hier kann sie unmöglich hinaus in den Ozean fließen.» Nachdem sie das Fahrrad unter Palmwedeln versteckt hatten, damit es nicht gestohlen wurde, sagte sein Freund, ein tamilischer Christ: «Wir müssen da raus, dann zeigt sie sich.» Also stahlen er und Danny ein Boot vom Leuchtturm und wechselten sich beim Rudern ab, bis sie draußen bei der Mugathwaram waren. Je näher sie kamen, desto lauter wurde die Musik der Fische von unten, und dann geschah es: Die Sandbank teilte sich, ihre vermeintliche Geschlossenheit erwies sich als optische Täuschung und nun war eine mehrere Meter breite Lücke zwischen den beiden Armen aus Sand zu sehen.

Die Pforte hatte sich geöffnet.

In der Mitte der Lücke schimmerte die magische Insel Mugathwaram, mit Korallen und Quallen übersät, und die beiden Jungen legten dort an, beobachteten, wie das Wasser wirbelte und rauschte, während Kormorane, rotbärtige Seeadler und Pelikane mit breiten Schwingen über ihren Köpfen kreisten. Wasser strömte aus der Lagune hinaus und aus dem Indischen Ozean herein, und da sich diese Strömungen neutralisierten, entstand die Illusion, das Wasser wäre vollkommen unbewegt: Ein einsamer, weißer Reiher stand mit einem schwarzen Bein genau an dieser Stelle, um das Tor zur Welt zu markieren.

Danny wusste, dass er richtig vermutet hatte. Hier würden die *kadal kanni* am ehesten auftauchen. Er saß Schulter an Schulter neben seinem christlichen Freund und wartete auf eine Wassernixe. Die Flut kam und versetzte das Boot ins Schaukeln. Das Licht trübte sich, der Ozean nahm die Farbe von altem Silberbesteck an. Inzwischen würde sein Vater, der ihn jeden Abend um halb sechs zurückerwartete, damit Danny seine Schulaufgaben machte, mit einem Rattanstock draußen sitzen. Danny wartete. Er hatte einen Freund an seiner Seite; er hatte keine Angst. Sie würden nicht umkehren, ohne mit einer Wassernixe gesprochen zu haben.

AUSTRALIEN

Reinigungskraft, wollte Danny antworten, sechzig Dollar die Stunde, doch stattdessen lächelte er die Frau an.

Auf dem Rücken trug er ein Gerät, das an das Jet-Pack eines Astronauten erinnerte – ein silberner Kanister, aus dem eine blaue Gummidüse mit lila Drahtschlingen drum herum ragte –, aber es war bloß ein tragbarer Staubsauger, das Turbo Modell E mit Supersaugkraft, das er vor einem Jahr für 79 Dollar bei Kmart gekauft hatte. In seiner rechten Hand ein Plastikbeutel mit den sonstigen Arbeitsutensilien.

«Ich hab gefragt», wiederholte die Australierin, «was Sie sind.»

Vielleicht stören sie meine goldenen Strähnchen im Haar, dachte Danny. Er schniefte. Von außen sah Dannys Nase gerade aus, aber innen war sie geknickt. Als er noch ein Kind war, hatte ihm ein Arzt erklärt, er sei der stolze Besitzer einer verkrümmten Nasenscheidewand. Vielleicht bezog die Frau sich darauf.

«Australier», sagte er unsicher.

«Nein, nein», entgegnete sie. «Sie sind ein Perfektionist.»

Erst jetzt gab sie ihm mit einem gestreckten Zeigefinger zu verstehen, dass sie seine Frühstücksgewohnheit meinte.

In der linken Hand hielt er nämlich ein angebissenes Käsesandwich. Er hatte es sich im Gehen zubereitet, indem er eine 2,25 Dollar teure 10er-Packung Käsescheiben der Marke Black & Gold, die er zusammen mit seinem Putzzeug mitgenommen hatte, öffnete und zwei Scheiben daraus in ein sechzig Cent teures Vollkornbrötchen packte – und dann hatte diese Frau ihn angesprochen, nachdem sie ihn offenbar dabei beobachtet hatte, wie er seinen Snack zusammenfriemelte und hineinbiss.

Danny rückte den Staubsauger auf seinem Rücken gerade, warf kauend einen Blick auf die Reste seines selbst gemachten Käsesandwiches und sah dann die Australierin an.

Deshalb also bin ich sichtbar geworden, dachte er. Weil sie meine Art zu essen stört. Nach vier Jahren lernte er immer noch dazu, machte sich immer noch insgeheim Notizen: nie am helllichten Tag gehen und dabei essen. Dann sehen sie dich.

Jetzt red dich irgendwie raus, Dhananjaya. Vielleicht solltest du sagen: Ich hab in der Schule Dreisprung gemacht: Hop, Step und Jump? Das ist das Gleiche: planen, essen und gehen. Ich mach das alles gleichzeitig.

Oder vielleicht wäre eine Geschichte ratsam, eine kurze, aber anrührende Geschichte: Mein Vater hat mir immer verboten, im Gehen zu essen, deshalb ist das jetzt eine Art Rebellion.

Aber manchmal musst du bei Weißen bloß anfangen nachzudenken und das reicht schon. Wie im Dschungel, wo du, falls du unversehens einem Tiger begegnest, die Luft anhalten und ihn anstarren sollst. Dann wendet er sich ab.

Obwohl die Frau sich eindeutig abwandte, änderte sie plötzlich ihre Meinung, drehte sich noch mal um und rief: «Das war *Ironie*, Mensch. Dass ich gesagt hab, du bist ein Perfektionist.»

Meinte sie vielleicht, überlegte Danny, während er das Sandwich auf dem Weg zum Ende der Glebe Point Road aufaß, wo er links abbiegen und zur Central Station gehen würde, dass ich nichts richtig mache?

Dieses Wort der Frau, *Ironie*, ließ ihn jetzt die Stirn runzeln.

Danny wusste, was über dieses Wort im Wörterbuch stand. Aber ihm war aufgefallen, dass seine Verwendung in der Praxis uneindeutiger, fragwürdiger war und meistens mit dem Wunsch einherging, jemanden verbal zu kränken. Ironie.

Wenn Sie mich also einen Perfektionisten genannt hat, wollte sie damit sagen …

Scheiß auf sie. Ich esse gern so.

Auf dem Weg zur Central machte Danny sich noch ein Sandwich und dann ein drittes auf dem Bahnsteig, während er auf den Zug um 8.35 Uhr nach St. Peters Station wartete.

Sein ein Meter siebzig großer Körper sah aus, als wäre er meisterhaft in sich selbst verpackt worden, und sogar wenn er schwer schuften musste, hatte er einen verträumten Blick, als besäße er irgendwo in weiter Ferne eine Farm. Mit seinem eleganten, ovalen Kinn und dieser hohen, feinen Gelehrtenstirn stellte er keine ausländische Bedrohung dar, solange er nicht lächelte und kaputte Zähne zum Vorschein kamen. An seinem linken Unterarm war eine deutliche Delle zu sehen, mit der er nicht zur Welt gekommen war, und der Nagel des Mittelfingers seiner rechten Hand war lang und schillernd. In seinem Haar waren frische, goldene Strähnchen.

8.46 Uhr

Der Zug war fast voll. Danny hatte einen Fensterplatz. Als er sich mit den Fingern durch das goldene Haar fuhr, für das er bei einem Friseur in Glebe 47,50 Dollar bezahlt hatte, bemerkte er, dass er beobachtet wurde, und wandte sich dem Asiaten mit der schwarzweißen Einkaufstüte zu.

Der Blick des Mannes ruhte nicht auf Danny, sondern auf seinem Rucksack.

Noch schlimmer.

Ein Astronaut sah sich heutzutage wachsender Konkurrenz ausgesetzt, das war eine Tatsache. Immer mehr chinesische Zwei-Mann- oder Drei-Mann-Teams boten in Sydney ihre Dienste an, zum selben Preis für die Hälfte der Zeit. Ganz zu schweigen von den Nepalesen. Vier Männer zum Preis von einem.

Deshalb brachte Danny sein eigenes Equipment mit. Er hatte sein Kapital investiert. Neben dem tragbaren Staubsauger auf dem Rücken hatte er in einem Plastikbeutel eine Küchenrolle dabei, Wegwerfschwämme, ein Schaumspray zum Reinigen von Glas und eine feuerwehrrote Gummipumpe, die die Probleme aus jeder Kloschüssel saugte. Klar, in jedem Haus war irgendwo ein Schrank mit Staubsauger und Bürsten und Sprays, aber ein autonomer Putzmann macht Eindruck.

Aussies sind logische Leute, planvolle Leute.

Außerdem in seinem Plastikbeutel: eine kleine, aber stachelige Topfpflanze mit Pflegeanleitung auf einem Schildchen (ICH BIN EIN KAKTUS ☺). Er hatte den Kaktus für 3,80 Dollar bei einer Frau gekauft, die immer in Glebe am Park saß, und wollte ihn später am Tag jemandem schenken.

Ein Überraschungsgeschenk.

An der Haltestelle Erskineville stand der Asiate, kurz bevor sich die Glastüren öffneten, mit seiner Einkaufstüte auf und Danny wusste, dass er kein Konkurrent war. In der schwarz-weißen Einkaufstüte steckte kein Staubsauger. Der Mann war bloß irgendein Wichtigtuer im Zug.

Danny lehnte sich zurück, fuhr sich erneut mit den Fingern durchs Haar und beschnupperte sie, um festzustellen, ob das Färbemittel, das sie im Friseurladen verwendeten, noch zu riechen war – fieses Zeug –, dann hob er die Hand an den Kopf und streichelte sich erneut.

Legendär.

Er musste daran denken, wie Sonjas Augen aufgeleuchtet hatten, als sie sein Haar sah. «Schräg.» Das hatte sie gesagt. Das war ein Kompliment. Weil die Menschen in Australien nach allem gierten, was schräg war, selbstbewusst schräg, sogar aggressiv schräg: wie ein Tamile mit goldenen Strähnchen im Haar. Eine Minderheit. Und wenn du einmal rausgefunden hattest, was das Wort *Minderheit* hier bedeutet, die Droge gekostet hattest, begehrt zu werden, eben *weil* du nicht so warst wie alle anderen, wie konnte dir da noch irgendeiner sagen, du solltest zurück nach Sri Lanka gehen und da drüben wieder als Minderheit leben?

Um seinen goldenen Haarschopf zu feiern, hatte Sonja am Abend zuvor in Parramatta für ihn gekocht, und Danny hatte sie während des Essens immer wieder angeschaut, sein Bild von sich selbst durch ihr Bild von ihm erneuert.

Ich bin hier in Australien, dachte er. Ich bin beinahe hier.

Zugegeben, trotz des Triumphgefühls, das er empfand, nachdem er die erste Nacht mit Sonja verbracht hatte, was zugleich seine erste Nacht mit einer Nicht-Tamilin gewesen war, verwirrte ihn die Vorstellung, diese vegane Vietnamesin wiederzusehen. Gleich und Gleich gesellt sich gern, das hatte er immer geglaubt. Wie landest du dann bei einer Frau, die weder Tamil spricht noch irgendeine Ahnung von dem Land hat, aus dem du stammst? Danny fand sich mit der Liebe ab. Es gab schließlich Präzedenzfälle. In Malaysia zum Beispiel waren viele chinesisch-tamilische Ehen geschlossen worden. Natürlich war Sonja keine Chinesin, aber immerhin. Diese halb tamilischen, halb chinesischen Sprösslinge kamen sehr gut im Leben zurecht. Einer war mal den Sommer über nach Batticaloa gekommen. Er lebte wie ein Millionär.

In einem Dorf bei Batticaloa wuchs die Wurzel eines Banyanbaums durch die Wellblechhütte über der Gruft eines *pir*, eines muslimischen Heiligen, und berührte sein grünes Zementgrab wie der Finger eines Riesen. Hier, auf diesem neuen Kontinent, erinnerte sich Danny an diese aufdringliche Banyanwurzel, erinnerte sich daran als jemand, der wusste, dass sich das Leben noch nicht hinreichend durch ihn oder durch seinen Körper erweitert hatte.

Also traf er sich wieder mit ihr und dann wieder und ihre Beziehung ging jetzt ins zweite Jahr.

Sonja glaubte an Dinge. Veganismus. Sozialismus. LGBT-Rechte. Politische Ansichten. Die Bauunternehmer kontrollieren die Labour Party, ja, aber die Bauunternehmer *sind* die stockkonservative Liberal Party. Begreifst du den Unterschied, Danny? Manches davon verstand Danny nicht mal, aber er wusste, dass Sonja darauf beharrte. Auf ihren Überzeugungen. Das gefiel ihm an ihr. Ihm gefiel auch, dass ihre Wohnung in Parramatta ein Gästezimmer hatte. Nach dem Essen ging Danny dort hinein, setzte sich auf die Bettkante und spielte mit der Nachttischlampe, während er Antworten auf ihre Fragen rief, die sie von der Küche aus stellte.

«Ja! Berufliche Weiterbildung! Ich erkundige mich nach Abendkursen bei der TAFE! Du hast vollkommen recht, Sonja! Putzen ist einfach zu wenig!»

Vielleicht verstand sie ja den Wink mit dem Zaunpfahl. Vielleicht würde sie ihm anbieten, in ihr Gästezimmer zu ziehen.

Heute Morgen hatte sie ihn kurz vor Beginn ihrer Schicht im Krankenhaus angerufen – angeblich, um ihn daran zu erinnern, dass er den Kaktus kaufen sollte, aber er wusste, dass sie nur seine Stimme hören wollte –, und als sie ihn fragte: «Was für Pläne hast du diese Woche?», denn sie glaubte, dass jeder einen Plan brauchte, sowohl für das Leben als auch für jede einzelne Woche, hatte Danny geantwortet: «Laut dem australischen Amt für Statistik beträgt der wöchentliche Durchschnittsverdienst eintausendeinhundert –»

«Das hab ich nicht gemeint», hatte sie lachend gesagt. «Ich meinte, was für Pläne hast du diese Woche im Hinblick auf mich?»

Er stand auf, rückte den schweren Kanister auf seinem Rücken zurecht und stellte sich an die Glastüren. Er checkte die Uhrzeit auf seinem Handy. Die Abdeckung war hinten abgefallen, und Danny hatte den Akku mit Heftpflaster festgeklebt. Das Display hatte einen Sprung, ein Unfall, und die Uhr ging vier Minuten vor, mit Absicht. Ziel war der Wechsel von Angst – zu spät zu spät zu spät – zu Erleichterung – vier Minuten mehr, denk dran, vier Minuten mehr –, ein Muster, das Dannys Pflichtgefühl verstärkte.

Mit einem hydraulischen Zischen öffneten sich die Glastüren an der St. Peters Station. Danny nahm seinen Plastikbeutel und trat auf den Bahnsteig.

Der Beginn eines weiteren Arbeitstages.

Vier dunkle, stahlumrandete Schornsteine, die an ägyptische Obelisken erinnerten, ragten direkt vor dem Bahnhof auf, als erklärten sie: Hier endet es – doch in Wahrheit endete es weder hier noch irgendwo sonst, sondern dehnte sich unablässig weiter aus, dieses Sydney, nur nicht für die Menschen, für die es immer enger wurde. Danny ging los. Hinter Vorstadtzäunen erblickte er tropische Kochbananenstauden, Begonienblätter, deren Unterseiten so rot waren wie die Zunge eines Menschen, der Betelsaft kaut, und Frangipani-Bäume, deren weiße Blütenblätter auf den Bürgersteig fielen und die mit Kreide geschriebenen Hinweise teilweise unleserlich machten – HIER UNTER KEINEN UMSTÄNDEN PARKEN – BITTE, BITTE, BITTE UNTERSTÜTZT DEN KAMPF GEGEN KINDERKREBS. Ein Pitbull, Hüter der Geheimnisse weißer Menschen, spähte durch die dunkelgrauen Zaunlatten und knurrte.

Danny nieste. Ein bläulicher Nebel hockte in den Bäumen wie auf einem Thron und der Rauchgeruch war allgegenwärtig: Er hatte gleich den Verdacht, dass es in den Bergen brannte. Heute Abend würden sie im Fernsehen sagen: *Die Buschbrände, die letzte Nacht in Blackheath ausgebrochen sind, werden zurzeit gelöscht, doch der Rauch könnte noch einige Tage in Teilen der Stadt zu riechen sein.*

Er ging an einem parkenden Auto vorbei, in dem er nicht nur einen rosa Gummihai und eine Zeitung für Pferderennen und -wetten bemerkte, sondern auch ein hübsches Überbleibsel vergangener Tage, einen Globus mit Fuß, so einen, wie ihn der Superbösewicht auf einem Finger balanciert. Danny hatte sich vorgebeugt, um Sri Lanka auf dem Globus zu suchen, als hinter ihm jemand –

Weg da.

– etwas sagte.

Er drehte sich um, erblickte aber nichts Menschliches.

Ein Flugzeug flog niedrig und laut über den Vorort, von einem Gebäude zum anderen, sodass das rote Quantas-Logo abwechselnd auftauchte und wieder verschwand.

Zwei geborstene, klassische Säulen waren am nächsten grauen Zaun abgelegt worden, und neben den Säulen lag eine enthauptete Zementstatue. Danny vermutete, dass sie eine von den Gottheiten darstellte, die die Weißen vor Jesus angebetet hatten. Mit dem Hauch von Rauch in der Luft war es, als hätte dieser Vorort von Sydney ganze Jahrhunderte der Zerstörung auf nur eine Nacht verdichtet. Danny betrachtete die Statue, überlegte, ob sie ein gutes Geschenk für Sonja wäre, ein besseres als der Kaktus für 3,80 Dollar, den er in seinem Plastikbeutel hatte, als er wieder die Stimme hörte.

Die Stimme eines Mannes.

Danny ging an dem Zaun entlang, bis er den Besitzer der Stimme im Garten sah. Es war ein brauner Mann in der grauen Uniform einer Umzugsfirma. Er drückte sich mit der rechten Schulter ein Handy ans Ohr und riss, während er redete, mit lässiger Kraft Pappkartons auseinander. Jeder Ruck seiner brutalen Arme sagte: *Ich bin hier, ihr Australier. Ob ihr mich seht oder nicht, hier stehe ich.*

Der Muskelmann unterbrach seine Arbeit, ließ die Pappe fallen und sah Danny an, als wollte er etwas zu ihm sagen.

Dieser braune Mann war bestimmt Javaner oder Malaysier – keiner von uns.

Ehe Danny etwas sagen konnte, wandte sich der Muskelmann nach rechts, zögerte kurz, als suchte er eine bestimmte Richtung, kniete sich dann hin und schloss die Augen. Seine Lippen bewegten sich. Nachdem er den Kopf nach rechts und links gedreht hatte, begann der braune Mann, mit der Stirn den Boden zu berühren, während er irgendetwas murmelte. Aha. Er betet, begriff

Danny. Er hat mich angesehen, weil er wissen wollte, ob ich Muslim bin und mit ihm zusammen beten möchte.

Manche menschlichen Körper generieren Zeit aus ihrem Innern. Wie dieser Mann da gerade. Alle tickenden Zeiger in Sydney wurden auf sein Herz zurückgestellt.

Die machten das fünfmal am Tag, oder?

Ist das jetzt das zweite oder dritte Mal?, wollte Danny fragen, während der betende Mann den Kopf von einer Seite zur anderen drehte, bevor er erneut mit der Stirn die Erde berührte.

Ein Engel mit einem rot-grünen Schwanz erschien über ihren Köpfen. Als Danny aufschaute, sah er, dass es passenderweise eine Emirates-Maschine war. Der Flughafen von Sydney war nicht weit entfernt.

Er nieste erneut und fragte sich, ob er den betenden Mann gestört hatte.

Mit einem letzten Blick auf den Indonesier, der nach beendetem Gebet schon wieder dabei war, Möbel zu packen, ging Danny weiter.

Flora Street Nr. 36 überragte seine Nachbarn, ein dreigeschossiges Backsteingebäude, schmucklos und funktional, für Yuppies erbaut. Danny unterteilte Sydney in zwei Sorten von Vororten – *dicker Hintern,* wo die Arbeiterklasse wohnte, schlecht aß und selber putzte; und *dünner Hintern,* wo die fitten und jungen Leute Salat aßen und viel joggten, aber ihre Wohnungen praktisch nie selber putzten. Erskineville fiel in die zweite Kategorie. In so einer Gegend war ein Haus wie Flora Street Nr. 36 mit fünfzehn oder zwanzig Wohnungen eigentlich das große Los für einen Putzmann. Danny fand es manchmal unglaublich, dass er hier bloß einen einzigen regelmäßigen Job hatte.

Zuerst der Schlüssel.

Ein Mann könnte in die Hälfte der Häuser in Erskineville einbrechen, einfach indem er unter die Fußmatte oder den zweiten Blumentopf von links schaute. Hier war der Schlüssel sogar an einer noch offensichtlicheren Stelle hinterlegt. Danny hob die kaputte Klappe des helllila Briefkastens an und nahm einen silberglänzenden Gegenstand heraus.

Dann betrat er das Haus Flora Street Nr. 36 und lief die Treppe hinauf.

8.57 Uhr

Leer. Daryl der Anwalt war montags oder dienstags selten zu Hause. Selbst wenn du abends zum Putzen kamst. Manchmal sahst du die Kunden nur einmal, am ersten Tag, wenn der Terminplan abgesprochen wurde, und dann monatelang, jahrelang nicht mehr.

Danny streifte den Rucksack ab, stellte ihn auf den Boden. Er zog sein T-Shirt aus und hängte es an die Badezimmertür.

Regel Nummer eins: Immer ein weißes Unterhemd tragen, um sich von der Konkurrenz abzuheben. Wie er seiner Freundin erklärte: «Die Leute halten Chinesen für sauberer, weil die keine Körperbehaarung haben.»

Regeln, es geht immer um Regeln.

Viele von uns entfliehen dem Chaos und kommen hierher. Aussies sind optimistische und planvolle Menschen und sie leben in einem Rechtsstaat. Um sich hier anzupassen, ist es unerlässlich, dieses Prinzip zu verstehen, das Prinzip der Regel, die nicht gebrochen werden darf. (*«Ihr wachst an meinen Widersprüchen: Ein Immigrant spricht zu den Einheimischen»*, Seite 24.)

Der nützlichste Abschnitt des Buches. Aus diesem einen Absatz und dessen Wahrheiten hatte Danny so manche Regel für sich aufgestellt, und aufgrund dieser Regeln war er jetzt damit betraut, wöchentlich zwölf Wohnungen in Sydney zu putzen sowie zweimal im Monat ein ganzes Haus im Stadtteil Rose Bay mit Blick auf blaues Wasser und Jachten; für letztere Stelle bekam er 110 Dollar, wobei er allerdings jedes Mal neun Dollar an eine

Fahrgemeinschaft zahlen musste, um zu dem Haus und wieder zurückzukommen.

Danny klopfte auf sein Unterhemd. Er hustete.

Noch eine Regel: Nie eine Gesichtsmaske tragen, wie das viele chinesische Freiberufler machen – das jagt den Kunden Angst ein. Staub? Ruß? Wird eingeatmet, eingeatmet.

Er schnallte sich den Turbo Modell E auf den Rücken und machte sich an die Arbeit, stets darauf bedacht, nicht über das matt-blutrote Kabel zu stolpern, das in der Wandsteckdose eingestöpselt war.

Bada-bada-bada-bum: Danny machte diese Geräusche immer, wenn er an eine schwierige Stelle kam. Er schob den Staubsauger über den Teppich. Über Kopfhörer beschallte ihn sein Handy mit Golden Oldies. Backstreet Boys. Madonna. Celine Dion. Nichts auf Tamil, alles englisch. Während er arbeitete, konnte er drei Zwanzigdollarscheine sehen, beschwert von dem Körbchen, in dem der Anwalt Zwanzig- und Fünfzigcentmünzen sammelte.

Danny sah sie und sah sie, rührte sie aber nicht an.

Nicht, bevor er mit dem Staubsaugen fertig war. Geld, nach einem Ehrenkodex hinterlegt, Geld, nach einem Ehrenkodex genommen. Sechzig Dollar für das Putzen der Wohnung einschließlich zweier Bäder, fünfzehn Dollar für eventuelle zusätzliche Toiletten oder Bäder.

Legendärer Putzmann.

Danny war ziemlich sicher, dass Daryl der Anwalt, Haus Nummer vier, der Erste gewesen war, der ihm diesen Namen verpasst hatte; jetzt nannten ihn alle so. Er hatte sich nie so recht wohl mit der Bezeichnung gefühlt, und während er mit seinem Staubsauger um das Sofa kurvte, fragte er sich, ob das eine weitere Manifestation jenes seltsamen, anstößigen Wortes war: Ironie. Er würde Sonja fragen müssen.

Macht sich Daryl der Anwalt über mich lustig, wenn er mich Legendärer Putzmann nennt?

Und warum nennst *du* ihn Daryl der Anwalt? Vielleicht machst *du* dich ja über ihn lustig. Das würde sie wohl sagen: Punkt für Punkt.

Diese Frau.

Badabadabadum ... Er schob die Staubsaugerdüse unter einen Schaukelstuhl. «Daryl der – ! Daryl der – !» Danny erhob seine Stimme über den Krach des Staubsaugers. Jetzt komme ich, Daryl der Anwalt!

Ohne eine gewisse Aggression gegen seinen Kunden wird kein Putzmann zur Legende.

Prrromppp. Danny brachte seine Lippen zum Flattern. Schon seit seiner Kindheit machte er diese Geräusche, wenn er irgendwas tat, wozu er keine Lust hatte. *Badabadabadabum* ...

Der Staubsaugerrüssel wanderte von Zimmer zu Zimmer. Der Kanister auf Dannys Rücken, aufgebläht von heißer Luft und Staub, sank in sich zusammen, als Danny das Gerät ausschaltete.

Staubsauger beiseitegeräumt, Geschirr gespült, Tische und Stühle abgewischt, jetzt zum wichtigsten Teil des Jobs. *Du wirst nach dem Zustand deiner Toiletten beurteilt werden. Und deine Toiletten werden nach dem Zustand der Schüsseln beurteilt werden*. Er zog sich die Handschuhe aus, als er aus der Toilette kam, setzte sich in den Sessel des Anwalts und inspizierte das Wohnzimmer.

Er nahm einen weinroten Lederband aus dem Bücherregal des Anwalts: *Das Vertrauen des Reisenden: Eine Einführung in islamisches Recht*.

Lesen die nie mal Bücher über hinduistisches Recht? Diese Weißen. Völlig auf Muslime fixiert. Weil sie Angst vor ihnen haben. Er blätterte das Buch durch.

An einem Nachmittag in Lakemba – Abe, sein japanisch-brasilianischer Abseiler-Freund hatte ihm den Tipp gegeben: ein Anstreicherjob, der bar bezahlt wurde – hatte Danny drei Araber auf einer Veranda gesehen, jeder mit nacktem Oberkörper, jeder mit einer Shisha, und alle hatten sultanmäßig Rauch über einen zugemüllten Garten gepustet. Einige von Sydneys westlichen Vororten – sehr, sehr dicker Hintern – waren verdreckt, Vorgärten voller vermoderndem Holz, umgekippten Einkaufswagen, kleinen Kanälen, auf denen weiße Blütenblätter schwammen; aber dieses muslimische Herrenhaus war mit Abstand das Schmutzigste, was er je in Australien gesehen hatte. Danny fand's toll. Natürlich bewunderte er die Leck-mich-weißer-Mann-Haltung, aber du musstest dich trotzdem fragen, wie zum Teufel solche Leute legal wurden. Vielleicht gab es ja in der Einwanderungsbehörde jemanden, der tatsächlich beschloss: «Du siehst nicht aus wie ein Terrorist. Sorry, du darfst nie im Leben nach Australien. Der Nächste! Ja, du da mit dem Vollbart, du darfst natürlich rein!» Neulich brachte Yahoo! News so eine Geschichte über einen übergewichtigen, extrem blinden, Gitarre spielenden Malaysier, der in Wirklichkeit gar nicht Gitarre spielen konnte und für den die Aussies online eine Unterschriftensammlung angeleiert hatten, weil er Muslim war, und der dann das unbefristete Aufenthaltsrecht bekommen hatte. Ich kann nur sagen, es gibt Tamilen, die sich bei lebendigem Leib *verbrennen*.

Letzte Woche hat sich in Melbourne ein Tamile aus Jaffna mit Benzin übergossen und angezündet, weil sie ihm keinen Flüchtlingsstatus geben wollten. Wer kriegt ihn? Dieser malaysische Muslim.

In Dannys Kindheit und Jugend war es zwischen Muslimen und Tamilen häufig zu Gewalt gekommen. Satrukondan, Xavierpuram, Sittandi: alte Namen, altes Blutvergießen.

Fertig mit islamischem Recht. Aber als Danny sich bückte, um das Buch wieder unten ins Regal zu stellen, hatte er freien Blick auf das Sofa und darunter – und da sah er einen Ball unter dem Sofa.

Er war bis ganz hinten an die Wand gerollt.

In Australien gilt das ungeschriebene Gesetz, dass sich die Reinigungskraft niemals bückt, um irgendwas anzufassen, das sich *unterhalb* der Höhe eines Couchtisches befindet. Der Auftraggeber muss alles vom Boden aufheben, bevor du anfängst zu arbeiten. Diese Regeln sind beiden Seiten klar. («Wir müssen erst putzen, damit die Putzkräfte hinterher putzen können», hatte einer seiner Kunden, womöglich Daryl der Anwalt, gemurrt.) In Sri Lanka jedoch gilt die Regel, dass die Putzfrau sich bückt und schrubbt, so viel du willst, aber niemals etwas anfasst, das sich oberhalb der Höhe des Couchtisches befindet, aus Angst, dass man sie des Diebstahls beschuldigt. Danny lächelte. *Prrrpmmm. Badabadadum.*

Na los. Beeindrucken wir ihn.

Danny legte sich bäuchlings auf den Teppich und schob den Arm unters Sofa, musste aber feststellen, dass er außer Reichweite war. Der blaue Ball.

Prrrrrp. Ba-da-da-da-dum –

Er reckte die Finger –

«Laut dem australischen Amt für Statistik beträgt der wöchentliche Durchschnittsverdienst elfhundertfünfzehn Dollar und …

… fünfzehn Dollar und viiiierzig Cent …»

– bis Gummi die Kuppen streifte.

(«Mein seltsamer Junge», sagte seine Mutter oft. Wenn sie beispielsweise herausfand, dass Danny derjenige war, der den Rosen in ihrem Garten alle Dornen abschnitt: «Die Dornen sind dazu da, die Rosen zu schützen. Wenn du sie abschneidest, machst du die Rosen nicht sicherer. Mein seltsamer, seltsamer Sohn.»)

Wir sind wirklich ein Legendärer Putzmann.

Dannys Finger bekamen den Ball zu fassen – packten ihn –, holten ihn unter dem Sofa hervor und beförderten ihn aus der Dunkelheit unter Dannys Nase. Ein Ball: ein blauer Ball. Er schnupperte daran. Mit seinem langen Fingernagel kratzte er an der blauen Außenhaut und schnupperte erneut.

Ein beißender Geruch wie von keinem lebendigen Körper, und prompt erinnerte Danny sich wieder.

Vergiss den Kaktus nicht. Sie arbeitet heute im St. Vincent's.

Es war jede Woche ein anderes Krankenhaus oder Altenheim. «Das ist mittlerweile alles privatisiert», sagte sie. «Wir müssen da arbeiten, wo die Agentur uns hinschickt, und so lange, wie die es sagen, sonst krieg ich nie wieder eine Arbeit.»

Ich sollte zurückgehen und die griechische Statue für sie holen.

Auf den Knien rutschte Danny zum Tisch des Anwalts, legte den blauen Ball dort ab und drückte mit der flachen Hand darauf, damit er nicht wegrollte, während er sich in der Wohnung umsah.

Als Junge hatte er mal einen Nachbarn, der gerade aus dem Ausland zurückgekehrt war, gefragt: «Wie ist Toronto denn so?» Der Nachbar hatte gefragt: «Weißt du, wie das Fünfsternehotel Galadari in Colombo aussieht?» Danny hatte genickt. «So sieht in Toronto *jeder* Quadratzentimeter aus.»

Was erzählen sie einem nicht alles über den Westen, bevor du hierherkommst. Nichts in Australien ist wie das Galadari International. Sydney ist voller Kakerlaken, Heuschrecken und fliegender Käfer, nur nicht in den Räumen, die Danny gerade mit Staubsauger, Schwamm und Wischlappen bearbeitet hat.

Legendärer Putzmann.

Sein Handy, das nun ganz sicher *nicht* legendär war, piepte einmal.

9.16 Uhr

Benachrichtigung von Ihrem Mobilfunkanbieter:

Da wir weiterhin an einem zukunftsfähigen Mobilnetz arbeiten, müssen wir uns von älteren Technologien verabschieden. Das bedeutet, dass Sie das von Ihnen offenbar genutzte Mobiltelefon, ein 2G-Gerät, ab nächster Woche nicht mehr verwenden können. Kaufen Sie sich so schnell wie möglich ein neues 3G-Gerät, entweder über unsere Website oder in einem unserer vielen kundenfreundlichen Service-Shops oder bei einem unserer Vertragspartner.

Die Benachrichtigungen hatten vor zwei Wochen begonnen. Danny hatte sie alle gelöscht.

«Willkommen, Sir», sagt der Mann im Service-Shop oder im Laden des Vertragspartners, «ein neues Mobiltelefon für Sie, Sir? Sehr gern, Sir. Wie lautet Ihre Steuernummer, Sir? Haben Sie Ihren Pass dabei, Sir?»

Aus der Küche des Anwalts bohrte sich der Geruch von Brokkoli in Dannys Nase; seine Eingeweide zogen sich zusammen. Auch nach so vielen Jahren hatte sich sein Magen noch nicht mit dieser Scheußlichkeit abgefunden. Wie konnten sie das essen, diese Menschen, in solchen Mengen, und obendrein *roh*? Brokkoli!

Noch immer angewidert vom Geruch dieses Gemüses nahm Danny sein T-Shirt vom Haken und streifte es über, bevor er sich selbst bezahlte, nacheinander die drei Zwanzigdollarscheine unter dem Körbchen wegzog, das schwer war vor lauter Zwanzig- und Zehncentstücken und anderen Münzen, die für weiße Australier wertlos waren.

Mit sechzig Dollar in der Tasche hob Danny beide Hände an sein Haar. Durch die Fingerspitzen hindurch spürte er die Macht seiner goldenen Strähnchen, spürte, wie sie in jedem Mann jeder Rasse, der ihn sah, Neid erwecken würden.

Niemand würde ihn je wieder für jemanden halten, der außerhalb Australiens geboren war.

Letztlich: Woran merkst du in einer Stadt wie Sydney, wer Ausländer ist? Beobachte, analysiere und mach eine Liste. Dannys Methode.

WIR und DIE

1. Größter und gravierendster Unterschied: Körperhaltung.
2. Bärte (wir – zu wüst) und dann Frisuren (zu brav).
3. Speckbauch. Junge Australier haben keinen Speckbauch.
4. Spucken auch nicht in der Öffentlichkeit.

5. Klasse (haben aber keine *Klasse* verglichen mit den Leuten zu Hause).

Einen Mann mit australischem Rückgrat imitierend, der in der Öffentlichkeit kurze Hosen trug und das kleinbürgerliche Vergnügen genoss, wieder wie ein Kind auszusehen, hatte Danny zwei Jahre lang auf einen tadellosen Haarschnitt geachtet. Dannys Herz sprach in sukzessiven Schüben zu ihm; und im dritten Jahr hatte er sich die Haare einfach wachsen lassen. Schon als Junge hatte er sich gewünscht, sich die Haare wachsen lassen zu dürfen. (Das und einen Hund: einen Schäferhund.) Als die Haare so lang waren, dass sie sich im Nacken kräuselten, fiel ihm ein Mann in Enmore wieder ein. Ein Afrikaner, der unterhalb eines Zimmers stand, das Danny putzte (Haus Nummer zwei), und über seine Tattoos redete. «Schließlich bin ich nach Bondi und der Mann sagt, die verlangen zweihundert die Stunde, und es dauert mindestens drei Stunden. Man lebt nur einmal, hab ich recht? Man lebt» – während der Afrikaner sich drehte, um stolz das Tattoo eines Papageien zu demonstrieren, der sich um sein schwarzes Bein wand, nahm sein Akzent einen britischen Tonfall an, oder vielleicht hatte er den schon immer gehabt – «nur einmal, hab ich recht?»

An jenem Tag hatte Danny seine eigene, männliche Gestalt von Tattoos bedeckt gesehen, getigert und ummantelt, und sich selbst zum ersten Mal als den Herrn über seinen Körper, den er zum eigenen Vergnügen drehen und wenden konnte …

Hierarchien bestehen in Unsichtbarkeiten; es gibt stets bessere Möglichkeiten, ungesehen zu bleiben.

Statt Tattoos (ein bisschen *Unterschicht*, sogar *unzivilisiert*) ließ er sich die Haare wachsen. Aber das reicht noch nicht. Nein: Du bist in Sydney. Abe der Abseiler färbte sich die Haare blond und *er* war illegal – also beschloss Danny, zu dem Friseur in Glebe zu gehen und einfach zu fragen. Rotbraune Strähnchen? Das würde

47,50 Dollar kosten, aber Sonja war einverstanden, sie war mehr als nur einverstanden.

Benachrichtigung von Ihrem Telefonanbieter.

Sein Handy piepte wieder. *Da wir weiterhin an einem zukunftsfähigen Mobilnetz arbeiten, müssen wir uns von älteren Technologien verabschieden.*

Es muss doch eine Möglichkeit geben, dachte Danny, dieses Handy noch mindestens ein paar Monate zu behalten. Noch mindestens ein paar Monate nicht in den Telstra-Shop gehen und dort Fragen über mich beantworten zu müssen.

Der Desktop-PC des Anwalts war mit Koalas bedeckt: Tischdecke aus Chintz.

Er könnte es gleich hier machen, ins Internet gehen und nach Antworten suchen. Denn was war das Passwort dieses Computers? Die Return-Taste. Daryl, du sogenannter Anwalt.

In der Vergangenheit hatte Danny tatsächlich schon Großes auf genau diesem, mit glänzendem Stoff bedeckten Computer getan: Er hatte sogar seine große Liebe über diesen Computer kennengelernt.

Aber da er heute ohnehin nach Newtown musste, um zu arbeiten, dachte er sich, dass er dort seine E-Mails kostenlos in der öffentlichen Bibliothek checken könnte.

Der australische Staat verweigerte ihm zwar Krankenversicherung, Führerschein und polizeilichen Schutz, aber er gewährte ihm unbegrenzten und unüberwachten Zugang zu seinen öffentlichen Lesesälen und Informationszentren. Nicht weit entfernt vom Lebensmittelladen Sunburst lag die Bibliothek von Glebe, ein Ort, den die Illegalen der Gegend gut kannten. Die Bibliotheken in Parramatta, Blacktown, Surry Hills und Haymarket waren auch ganz gut. Aber am allerbesten war die Bibliothek in Newtown, mit ihrer hohen, kirchenartigen Decke und dem offenen Obergeschoss, wo du stundenlang flach auf dem Boden liegen und vergessen konntest, wer du warst. Danny hatte sich sogar mit einem lächelnden, glatzköpfigen Inder namens Ramesh angefreundet, der in der Bibliothek arbeitete. Aber der Mann war *legal*. Freundschaft hatte ihre Grenzen.

Danny packte sein Putzzeug ein und hievte sich den Staubsauger auf den Rücken: wieder ein Astronaut.

Sein nächster Job – Danny checkte die Uhrzeit auf seinem Handy – war die Wohnung von Rodney Steuerberater in Newtown, ungefähr auf halber Höhe der King Street, wo er außer einer weißen Katze, die er unter keinen Umständen hinauslassen durfte, drei Zwanzigdollarscheine auf dem mit Parolen gegen den Uranbergbau beklebten Kühlschrank finden würde.

Alles klar. Auf geht's.

Aber erst als er bei seinem letzten Kontrollblick war, tauchte sie über dem Türsturz auf: schwarz und bedrohlich, ein kleiner Shiva mit vielen, zaghaften Armen.

Sogleich zog Danny sein Handy aus der Tasche, scrollte die Nummern runter, kam zu

Sonja

und drückte den grünen Anrufknopf.

«Danny», meldete sich Sonja. «Ich arbeite, was ist los?»

«Ich bin bei Daryl dem Anwalt. Putzen? Und da ist eine Spinne. Direkt über der Tür. Ich muss da drunter durchgehen.»

«Welche Sorte? Huntsman?»

«Keine Ahnung. Sie ist groß und haarig.»

«Jepp. Das ist eine Huntsman. Die sind harmlos. Keine Angst. Geh drunter durch. Die lässt sich nicht auf dich drauffallen, und wenn doch, tut sie dir nichts.»

«Aber ich bin ein Legendärer Putzmann. Wenn der Anwalt zurückkommt und die Spinne sieht, wird er denken –»

«Danny, tu ihr nichts. Sie ist harmlos. Ich muss jetzt arbeiten. Ich bin Krankenschwester, Danny. Ich muss Leute versorgen. Ist ein anstrengender Tag.»

Er steckte das Telefon wieder in die Tasche. Na gut. Er starrte das reglose Ding über der Tür an.

«Huntsman.» Danny gab dem Vieh einen Namen.

Husch. Weg mit dir. Die spüren das, wenn du es nicht ernst meinst. Noch mehr Soundeffekte (*bada-bada-bum-bum*). Nichts.

Türenknallen könnte ihr Angst einjagen.

Er drehte den Knauf an der Wohnungstür, und als er sie öffnete, sah er drei Polizisten in Uniform die Treppe hochgelaufen kommen, genau auf ihn zu.

Danny stand still.

Sie liefen wortlos an ihm vorbei und weiter die nächste Treppe hinauf, zu der Etage über der Wohnung des Anwalts. Dort begann einer, an eine Tür zu klopfen. Ein anderer stand still. Ein Dritter blickte von oben auf der Treppe zu Danny herunter.

9.21 Uhr

«Sie da, wohnen Sie –?», rief er hinunter.

Danny nickte, trat zurück in die Wohnung des Anwalts und schloss die Tür.

Kehrte zurück in die Sicherheit des starren Spinnenblicks.

Bis zehn zählen, bis zwanzig, dreißig. Dann öffnete er die Tür einen Spalt. Einer der drei Polizisten, derjenige, der ihn angesprochen hatte, kam die Treppe heruntergerannt.

Der Polizist blieb stehen und betrachtete Danny mit zusammengekniffenen Augen durch die offene Tür: Er war blau, kolossal, walmäßig blau und sein Bauch drängte gegen sein Hemd und quoll über seinen schwarzen Gürtel wie ein Sack festes, blaues Fleisch. Er stemmte die Hände in die Hüften, schob den Bauch noch weiter vor und schnaufte.

«Sie da, ich hab Sie gefragt, ob Sie hier wohnen?»

«… bloß der …»

Der Polizist fasste Danny an, schob ihn zur Seite, um den Kopf durch die offene Tür zu stecken und sich in dem geputzten Apartment umzuschauen. Er schniefte, als müsste auch er gleich niesen.

«… Putzmann …»

Der Polizist sagte: «Alles klar. Aaaalles klar. Dachte ich mir. Gegenüber ist was los. Wir schauen uns nur um.»

«Ja, Sir. Okay, Sir.»

Wenigstens sind sie nicht wegen mir hier. Wenigstens bin ich vorläufig sicher. Danny schloss die Tür und verriegelte sie. Was da gegenüber los war – der Mann hatte bestimmt den Brand in den Blue Mountains gemeint, der die Straßen mit Rauch füllte. Mehr nicht. Die große Spinne da oben sah ihn noch immer an, aber Danny konnte instinktiv die Tenorstimme nervöser Anspannung (australische Polizei) von der Bassstimme (sri-lankische Polizei) unterscheiden. Warum auch immer die Polizisten hier sind, sagte er sich, sie sind nicht wegen dir hier. Sie können dich nicht mal sehen.

Also nahm er das Koala-Tuch aus Chintz von dem Desktop-PC, drückte die Return-Taste und wartete. Sobald der Bildschirm zum Leben erwachte, ging er auf Google News und tippte *Kiran Rao* in die Suchleiste.

Danny glaubte, dass er der einzige Putzmann in Sydney war, der immer ein Buch bei sich hatte. Ein Mann muss weiterhin lesen, wenn er weiterhin denken muss. Anfangs war es ein rosa Paperback gewesen: *Eleganz in Satin* von Madeline Bright. Dann hatte er in der Kiste mit ausrangierten Büchern in der Newtowner Bibliothek Kiran Raos *Ihr wachst an meinen Widersprüchen* entdeckt, hatte Kirans schönes, südasiatisches Gesicht auf dem Einband gesehen, und seitdem hatte dieses Buch ihn, versteckt zwischen Toilettenbürsten und Sprays und Käsescheiben der Marke Black & Gold, über ein Jahr lang auf seinen Putztouren begleitet, bis er es größtenteils auswendig konnte und nicht mehr ständig dabeihaben musste.

Buch des Jahrhunderts, Dannys Meinung nach.

Meldung (24 Stunden)

Rao spricht auf dem Sydney Festival

... in seinem obligatorischen dunklen Anzug mit roter Krawatte beantwortete Kiran Fragen aus dem Publikum zu den bitteren und süßen Seiten des Lebens als Immigrant in Sydney.

Danny hob vor dem Computer in der Wohnung von Daryl dem Anwalt die Hand, versetzte sich selbst ins Publikum und verwandelte eine schwierige Situation in eine Frage an seinen Lieblingsschriftsteller.

Kiran, was soll ich machen, wenn ich mir ein neues Handy anschaffen will und nach meiner Steuernummer gefragt werde?

Er konnte förmlich hören, wie dieser respektable Mann im Anzug sich von seinem bewundernden Publikum auf dem Festival abwandte und sagte:

Dir bleibt noch reichlich Zeit mit dem alten Handy, Danny. Zerbrich dir deswegen nicht den Kopf. Und, Danny, wenn ich du wäre, würde ich mir nur über eine Sache Gedanken machen: meine Beziehung am Laufen halten. (Das Publikum lachte.) *Glaub mir, das ist für einen Aussie das Schwierigste.*

Tatsächlich? Das war Danny nicht besonders schwergefallen: Seine Beziehung zu Sonja war *toll*. Und sie hatte genau hier begonnen, an dem ungeschützten Computer des Anwalts. Eine Bekannte, eine Australierin, die all seine Geheimnisse kannte, ein Mensch voller weiser Worte, hatte ihm von der Dating-Website erzählt, und er hatte sich genau hier dort angemeldet.

VeggieDate

Liebe ohne Grausamkeit

«Vegetarier. Die attraktivsten Frauen in Sydney sind Veganer.»

«Aber ich esse –»

«Hör mal, du Idiot: Die denken, alle Inder sind Vegetarier, weil sie Kühe verehren. Hast du denn keinen Sinn für eine gute Masche?»

Natürlich wusste er, dass es falsch war: falsch, den Computer des Anwalts zu benutzen, und falsch, den Frauen etwas vorzumachen. Vegetarier? Danny aß gern Hammel. Er aß gern Schwein.

Das ist falsch, ganz falsch. Sie nennen mich Ehrlicher Danny. Aber er tat es trotzdem. Er hatte nämlich Sinn für eine gute Masche.

Sonja war die dritte Veganerin, zu der er Kontakt aufnahm. Sie trafen sich noch am selben Wochenende in Parramatta.

Er war vor ihr in dem vereinbarten Pub und setzte sich in eine holzvertäfelte Nische, beobachtete sich dabei im Wandspiegel. Lichtverhältnisse, die den Sexappeal hellhäutigerer Menschen steigern sollten, beleuchteten grell, so fand er, die Nagelhäute seiner dunklen Finger und das Weiße in seinen Augen. «Guck intelligent», beschwor er sein Spiegelbild. Er hatte die Finger verschränkt und berührte mit den abgespreizten Daumen seinen Mund – eine *Denkerpose* –, als Sonja eintraf.

«Weißt du, was mir an Indern gefällt? Inder sind die einzigen dicken Vegetarier der Welt. Fröhliche, dicke Vegetarier.»

Sie war eine kleine, nicht unattraktive, resolute Frau, trug ein T-Shirt mit der Aufschrift Vegans first und hatte Augen, die nach Andersartigem gierten. Und sie war Chinesin.

Vietnamesin. Erkannten Gentlemen tatsächlich den Unterschied?

Sie bestellte Bier für sie beide, ein Bio-Bier, sagte sie. Während sie über die Ungerechtigkeiten sprach, die Tieren angetan wurden, spannte Danny die Muskeln über seinen Ohren an und lächelte. «Weißt du, was Milch ist? Eine Art Eiter. Stell dir mal vor, du säufst Eiter.» Sie sagte das und nippte dreimal an ihrem Bier, bevor sie es wieder abstellte. Danny dachte: Auch sie ist nervös.

Bevor sie wieder nach ihrem Bier griff, fragte sie: «Bist du Muslim?» Seine Antwort war offensichtlich enttäuschend, doch das verkraftete sie und stellte fest: «Wenigstens bist du keiner von diesen *Anzugträgern*.»

Das verwirrte Danny, denn er hatte sich immer als jemand gesehen, der nach Sydney gekommen war, um Anzüge zu tragen. Elegante Wollanzüge mit Silberknöpfen und seidenem Einstecktuch in der Brusttasche. Nur ein einziger Schneider in Batticaloa konnte so einen erstklassigen Anzug schneidern und nur Leute in der Stadt konnten sich so etwas leisten.

«Was hältst du von Milch als Nahrungsmittel?»

«Wie aktiv setzt du dich für Tierrechte ein?»

«Gibt es da, wo du herkommst, Veganer?»

Er lenkte das Gespräch weg vom Thema Essen und erzählte der Vegetarierin von Sri Lanka und Dubai. Ja, er war in Dubai gewesen. Hatte ein Jahr lang in einem Business-Hotel in Deira gearbeitet. Hatte einen grünen Anzug mit grüner Krawatte getragen und Leute mit einem Lächeln begrüßt. Nein, ernsthaft: Das war Dannys Job gewesen, bevor er nach Australien gekommen war. Hier? Er war Putzmann. Reinigungskraft. Ja, er suchte nach etwas Besserem.

Nach einer Weile machten sie zu zweit einen Spaziergang am Parramatta River.

So einen Fluss hatte er noch nie gesehen: Die Ufer waren glatt und grün, wie von einer Flüsse produzierenden Maschine in die Erde gefräst.

«Was bedeutet das da?», fragte sie. «Weißt du das?»

Er sah, dass ihre Blicke zu einem alten Gebäude am Fluss gewandert waren.

«Warum gibt es solche Buchstaben an alten Kirchen? Was haben die zu bedeuten?»

Danny sah genauer hin.

MDCCCLXXVII

«Achtzehnhundertsiebenundsiebzig», erklärte er.

Ihr Mund klappte auf. «Woher weißt du so was?» Die Römer, so erläuterte er, hatten eine sehr eigenartige Schreibweise für Zahlen, die sich immens verbesserte, als sie das Dezimalsystem von den Hindus klauten.

Sie sah ihn an und fragte: «Hast du ein ganzes Lexikon gelesen, sobald du in Australien warst?»

Ohne dass er einen Ton gesagt hatte, wurde sie rot und lächelte, weil sie merkte, wie kränkend diese Frage war.

Von da an redete er die meiste Zeit.

Schließlich fragte sie: «Du hast in Sri Lanka an einer richtig großen Lagune gewohnt? Wieso hast du das alles aufgegeben und bist nach Australien gekommen?»

«Ich hab etwas, das nennt sich Nasenscheidewandverkrümmung», sagte Danny. Er berührte seine Nase. «Deshalb bekomme ich schnell Fieber. Und meine Nebenhöhlen schwellen zu.»

Das war die Wahrheit.

Nebenhöhlenschutzmaßnahmen

1. Warmes Wasser, sobald die Nebenhöhlen zuschwellen, viel gurgeln.
2. Nicht Rauchen. Niemals. Keine schlechten Angewohnheiten.
3. Mentholspray an Tag eins und zwei.

Das Leben mit kranken Nebenhöhlen war das Hauptgesprächsthema, während er mit der Vegetarierin bis zu einem kleinen Damm ging, wo sich das Wasser in ein dunkleres Gewässer ergoss. Sie drehte sich zu ihm um und sagte: «Hörst du jetzt endlich mal auf, über deine verkrümmte Nasenscheidewand zu reden, und beantwortest meine Frage?»

«Sorry.»

«Meine Frage war: Wieso hast du eine Lagune verlassen, um in dieses Land zu kommen?»

Jetzt muss ich anfangen zu lügen, dachte Danny, doch da rettete ihn der Parramatta River: Eine weiße Feder trieb auf dem Wasser vorbei, und er machte Sonja darauf aufmerksam.

«Das liegt daran, dass sie alles in Sydney privatisiert haben», sagte die Veganerin, weil sie annahm, er wollte sie auf den vielen schwimmenden Abfall aufmerksam machen. «Sogar den Fluss.»

«Die Fische in meiner Lagune können singen», sagte Danny.

Wirklich, beteuerte er der skeptischen Frau und zeigte ihr, dass man in seiner nicht privatisierten Heimat bloß ein Schilfrohr an die Oberfläche der Lagune halten musste, um das Surren und Summen in der Tiefe zu hören. Batticaloa, Stadt der singenden Fische. Perle des Ostens von Sri Lanka. Feuerläufer am Tempel. Zungendurchbohrer. Silbrige Strände. Wassernixen in der Lagune. *Kadal kanni* nennen wir sie.

«Verstehst du auch nur ein Wort von dem, was ich sage?», fragte er sie, und sie schüttelte den Kopf, bevor sie sagte: «Nicht unbedingt, aber red weiter.»

Und er redete weiter, nicht unbedingt über die Lagune.

«Interessierst du dich für Football?», wollte sie wissen.

«Nein.»

«Kricket?»

«Für mich ist Sport überhaupt kein Thema», sagte Danny. «Die Spannbreite der menschlichen Leistung im Sport beträgt schließlich nur eins bis eins Komma vier.»

«Was soll *das* denn heißen?»

Danny grinste. «Leistung bedeutet etwas, das geleistet wird, oder?»

Sie lachte. «Was *soll* der Scheiß?»

Danny hatte zwei Jahre lang sehr auf seinen Akzent geachtet, aber nie diese Besonderheit seiner Sprache abstellen können. *Zuckerfrei bedeutet ohne Zucker, oder?* Melodiöse Tautologien lagen ihm im Blut. Ja, in seinem Akzent (nicht ganz australisch, aber neutral) hauste ein Tier aus einem anderen Englisch, und jetzt, nach zwei Jahren in Australien, ließ er es schnurren.

Jetzt erläuterte er ihr die grundlegende Vermessenheit allen sportlichen Ruhms.

«Ein durchschnittlicher Einundzwanzigjähriger, der einen

Monat lang trainiert, schafft einhundert Meter in rund vierzehn Sekunden. Okay? Der schnellste Mann läuft dieselbe Strecke in neun Komma neun Sekunden. Kein großer Unterschied. Die Abweichung ist fast vernachlässigbar. Aber wie groß ist der Unterschied zwischen der Intelligenz eines Durchschnittsmenschen und der Einsteins? Der ist gar nicht zu messen.»

Solche Fakten sprudelten aus Danny heraus, seltsame Fakten, nur verbunden durch einen pulsierenden, subversiven Strang, während sie am Parramatta River entlangspazierten. Ein kleiner Vogel flog im Zickzack um sie herum, als hätte er ein ganzes Zuckerrohrfeld nur für sich allein entdeckt.

Am nächsten Morgen, als Danny gerade dabei war, im Lebensmittelladen Sunburst in Glebe Dosen zu sortieren, und jemand anrief und sich herausstellte, dass dieser Jemand Sonja war, spürte er, wie sein Herz hämmerte, und musste an die Rennpferde denken, die in dieser tollen, tollen Szene in *Mission: Impossible 2* an Tom Cruise vorbeidonnern.

9.43 Uhr

«Ist jetzt bestimmt vorüber», sagte er laut.

Das, «was gegenüber los war», musste jetzt vorüber sein. Die blauen Uniformen waren bestimmt weg, also stand Danny vom Computer auf, ging zur Tür und presste ein Ohr dagegen.

Officer, kann ich Sie fragen, ob was passiert ist?

Sorry. Reine Routine. Gegenüber hat es einen Zwischenfall gegeben. Wir machen von hier aus nur Fotos von dem Gebäude. Reine Routine.

Zwischenfall?

Ja. Jemand ist ermordet worden.

Ach du Scheiße. Wer denn?

Kannten Sie Ihre Nachbarn?

Eigentlich nicht. Nein. Welches Gebäude? Wie, sagten Sie, war der Name? Nein, ich kenne keine Frau, die so heißt.

Danny trat von der Tür weg.

Er fragte sich, wie lang er jetzt wohl hier festsitzen würde und ob er Rodney Steuerberater anrufen sollte, um ihm zu sagen, dass er sich verspäten würde.

Und das erinnerte ihn auch daran, dass er die große Spinne über der Tür noch nicht getötet hatte.

9.47 Uhr

Mit einer Dose Insektenspray, die Daryl der Anwalt unter der Spüle aufbewahrte, näherte sich Danny der braunbeinigen Spinne. Er fing an, die Titelmelodie von *Mission: Impossible* zu summen, um der Kreatur eine letzte Chance zu geben. Aber die Spinne zuckte nur mit den Beinen, als gefielen ihr die Musik und der Scherz. Zu spät schätzte sie ihre Lage richtig ein und setzte sich in Bewegung. Doch da hatte Danny schon auf den weißen Knopf der Spraydose gedrückt. Das Tier rollte sich zusammen und fiel herunter.

Im Tod kompakter, röter, wirkte sie nun um ein Vielfaches gefährlicher, dachte Danny, als er sie mit einer Papierserviette aufhob.

Das Fenster über der Spüle, das einzige in der Wohnung, das nach hinten rausging, war immer verriegelt. Danny hielt die Spinne in der ausgestreckten, rechten Hand, löste mit der anderen die Verriegelung und schob das Fenster hoch. Er machte das zum ersten Mal seit Monaten und blickte jetzt auf die ruhige Straße, die hinter der Flora Street lag.

Unten auf der Straße, wie etwas, das zur Strafe für seine Entscheidung, das Fenster zu öffnen, dort hingezaubert worden war, kreiselte ein blau-rotes Signallicht lautlos auf dem Dach eines Wagens, der genau vor einem Gebäude parkte.

Ein Mannschaftswagen der Polizei.

Der einzige Mensch auf der Straße, ein Mann in blauer Uniform, stand mit dem Rücken an einen Eukalyptusbaum gelehnt und blies Zigarettenrauch wie aus Hengstnüstern.

Der Eukalyptusbaum war riesig und die fleckige, weiß-graue Borke blätterte ab. Wenn du frisch in Australien ankommst, kann dir die Rinde dieser Bäume Angst machen, weil sie dich an Lepra und andere Dinge erinnert, die zu Hause immer noch gefürchtet werden.

Dannys Blicke wanderten zurück zu dem Polizeiwagen und dann zu dem neuen Backsteingebäude direkt dahinter, an dem sie Stockwerk für Stockwerk höherglitten.

Da. Im vierten Stock. Danny verharrte und sah genauer hin.

Im vierten Stock des Gebäudes hinter dem Polizeiwagen war ein Fenster, vor dem rote Tulpen in einem schwarzen Blumenkasten wuchsen.

Der Polizist, den er vor der Tür gesehen hatte, hatte eindeutig gesagt: *Gegenüber ist jemand ermordet worden.* Nicht in dem Haus *dahinter.* Deshalb kann es nicht das Gebäude sein, sagte Danny sich – unmöglich. Einfach unmöglich.

Denn das Haus, vor dem der lepröse Eukalyptusbaum wuchs, das mit den Blumen im vierten Stock, das kennst du – es ist *ihr* Haus. Radhas Haus.

Dannys Hals kratzte.

Zwei Jahre lang, fast zwei Jahre, war er jeden Dienstagmorgen mit Staubsauger und Putzzeug in die Wohnung mit den Tulpen gegangen. Das war Haus Nummer fünf.

Gegenüber ist jemand ermordet worden.

Die tote Spinne! Die hatte er ganz vergessen. Danny ließ die Serviette fallen und sah die schwerelose, rote Gestalt nach unten auf die Straße schweben. Er zog das Fenster herunter und verriegelte es.

Er atmete eins-zwei-drei, eins-zwei-drei, wie sie ihm das in Dubai bei der Personalschulung des Business-Hotels beigebracht hatten. Dann kratzte er sich im Nacken. Er zog sein Handy aus der Tasche und ging die Kontakte durch, brauchte eine Weile, bis er die Nummer fand …

Er scrollte bis zum achtzehnten Eintrag hinunter.

Der die schlichte Bezeichnung trug

H5.

Was hieß: Haus Nummer fünf.

Ja. Da war sie. Die Besitzerin der Wohnung mit den roten Tulpen auf dem Fensterbrett, genau *hinter* dem Gebäude von Daryl dem Anwalt.

Oder gegenüber. Wie Australier sich so ausdrücken. Gegenüber, hinter.

Nun ruf schon an, ruf sie an und vergewissere dich, dass es ihr gut geht. Vergewissere dich, dass es irgendeine andere Frau *gegenüber* war.

Er wollte schon die Anruftaste drücken. Aber da unten stand ein Polizeiwagen mit blau-rot kreisendem Signallicht. Falls er bei ihr anrief und die in ihrer Wohnung waren … Die können heutzutage alles überallhin zurückverfolgen, diese australischen Polizisten.

Er stellte sich an die Wand neben dem Küchenfenster und schaute vorsichtig nach unten auf die Straße.

Der Cop, der an den leprösen Eukalyptusbaum gelehnt stand, warf seine Zigarette weg, als ein anderer blauer Polizist zu ihm rüberkam.

Danny trat vom Fenster weg. Dann trat er wieder ans Fenster und ließ die Jalousie herunter.

Er betrachtete den blauen Ball auf dem Tisch; dann nahm er ihn, ließ ihn auf den Boden titschen und stupste ihn mit dem Fuß an, bis er wieder unter das Sofa rollte. So. Zurück mit dir.

Danny erkannte diese dunkle Stelle unter dem Sofa des Anwalts jetzt als einen der vielen verbotenen Orte in Sydney: Hätte meine Finger davon lassen sollen.

Zurück am Desktop setzte er sich wieder hin und tippte: *Sydney Mord Nachricht*.

Während er darauf wartete, dass der langsame Computer die Suchergebnisse anzeigte, griff er wieder zu seinem Handy, öffnete die Kontakte und scrollte nach unten, schob den Daumen dann an der Liste hoch, bis ganz nach oben zum ersten Eintrag

Zu Hause

und drückte die grüne Anruftaste. Vier Klingelzeichen, dann ein Klicken, dann die Stimme eines alten Mannes, langsam, im Hintergrund ein Popsong aus den 1970ern.

«Wieso rufst du mich an? Ich bin so verspannt», sagte sein Vermieter. «Ganz schlechter Morgen für uns. Ganz schlecht.»

Tommo benutzte das Pronomen *uns* ausschließlich für die Parramatta Eels – sein Footballteam.

«Tommo. Kannst du bitte für mich die Lokalnachrichten im Fernsehen anmachen?»

«Die sagen, dass Joey Mitchell nächstes Jahr nicht spielen kann. Und ruf mich nicht von deinem Handy an. Das weißt du.»

«Dringend. Kannst du mal nachsehen, ob es einen Mord gegeben hat?»

Pause.

«In Erskineville. In der Nähe der Flora Street. Bringen die dazu was im Fernsehen?»

«Mord?» Tommo Tsavdaridis' Stimme wurde leise. «Du arbeitest doch heute in Erskineville, oder?»

«Ja. Kannst du gucken, ob im Fernsehen was über einen Mord in Erskineville kommt?»

Es wurde aufgelegt.

Arschloch. Danny ging zurück in die Küche. Schob das Fenster wieder hoch.

Er rief seine Kontakte erneut auf, scrollte runter zum neunzehnten Eintrag in der Liste, der nur als *H6* bezeichnet war.

Wenn in Haus Nummer fünf etwas passiert war, dann würde Haus Nummer sechs das bestimmt wissen.

Doch anstatt *H6* anzurufen, wählte Danny ein weiteres Mal

Zu Hause.

«Tommo, bitte mach den Fernseher an. Ich krieg auf meinem Handy kein Fernsehen. Altes Teil.»

«Danny, warum rufst du an? Ich hab dir gesagt, du sollst mich nie anrufen.»

«Sag mir einfach, ob die im Fernsehen melden, dass eine Frau namens Radha ermordet worden ist.»

Nach einer Pause fragte Mr Tsavdaridis, der Inhaber des Lebensmittelladens Sunburst, wo Danny seit vier Jahren wohnte: «Warum?»

«Guck einfach, ob eine Frau namens Radha Thomas letzte Nacht ermordet worden ist. In Erskineville. Ich warte hier, bis du mir Bescheid sagst.»

Mr Tsavdaridis' Stimme blieb leise. «Danny. Danny. Joey Mitchell ist heute gesperrt worden. Wir sind erledigt.»

Und damit legte sein Vermieter und Beschützer auf.

Ein Paar vollkommen runder, gelber Augen starrte Danny vom Fenstersims aus an. Eine Krähe – aber nicht das Tier, das zu Hause so genannt wurde –, irgendeine andere Kreatur, doppelt so groß und mit cartoonhaften Augen, hockte auf der anderen Seite der Scheibe, während die Sonne auf ihr glänzendes Gefieder hinunterbrannte.

Diese Viecher – australische Krähen – hatten ihm von Anfang an Rätsel aufgegeben. Womit fütterte man die hier, dass sie so groß wurden? Und so laut?

Auf einmal ist die Heimat gleich um die Ecke.

Von der Straße unten konnte er das Murmeln der Polizisten und das *Biiep-biiep-biiep* der Signalanlage an dem Fußgängerüberweg hören.

Danny stand am Fenster, blickte zu den roten Tulpen hinüber – sie sahen so kräftig aus, so lebendig – und überlegte erneut, Radha Thomas anzurufen, Haus Nummer fünf. Falls sie ranging, könnte er sie bitten, ans Fenster zu kommen. Nur damit er sie sehen könnte.

Aber als die Tulpen erbebten und das Fenster aufging – da war keine Frau, sondern ein Mann, ein Weißer, der aus dem Fenster schaute, um dem Polizisten den Ausblick zu zeigen –, wusste Danny sofort, wer der Mann war. Mark. Ihr Ehemann. Sein Gesicht war rot und er hatte geweint.

Und sie –

9.54 Uhr

Lärm erfüllte die Wohnung des Anwalts: Ein weiteres Flugzeug überquerte den Stadtteil Erskineville im Tiefflug auf dem Weg zum Kingsford Smith International Airport.

9.56 Uhr

«Drogen.»

Danny sagte das Wort wieder und wieder und fühlte sich besser. Er hatte sich dreimal das Gesicht gewaschen und es lieber nicht abgetrocknet. Nichts in Australien ist schwer zu verstehen, wenn du weißt, dass all die jungen Menschen glasige Augen haben, weil sie auf Droge sind.

Er vergewisserte sich, dass er auch wirklich alles eingepackt hatte.

Also, Danny. Jemand auf Droge ist bei ihr eingebrochen und hat sie erschossen oder erwürgt oder … Vielleicht ist sie ja gar nicht tot. Du weißt doch nicht, warum die Polizei dort ist, Danny. Mach keinen voreiligen Dreisprung.

Er schloss die Tür hinter sich ab, ging die Treppe hinunter, legte den Schlüssel in den Briefkasten von Flora Street Nr. 36 und blieb ruhig, ganz ruhig, als zwei blaue Kolosse in Uniform, zwei Streifenpolizistinnen des Bundesstaates New South Wales, quer über den Bürgersteig genau auf ihn zukamen, und Danny erstarrte, dachte: Sie haben mich gesehen.

Sein Bein begann zu zittern. Er spürte, wie seine Zähne sich gegenseitig bissen. Villawood!

Die beiden Polizistinnen gingen glatt an ihm vorbei, und er atmete aus. Zog seine Hand aus dem Briefkasten und strich sich damit durchs Haar.

In Sicherheit?

In der Ferne konnte er die vier grauen Ziegeltürme und daneben St. Peters Station sehen – aber der Weg dorthin war übersät mit Zebrastreifen, 50 Schildern, Punkten, Strichen, Kurven – ein Wald aus weißen Bögen, Schleifen, rätselhaften Ziffern und dicken zickzackförmigen Farbstreifen auf Asphalt –, weil das keine Straße mehr war, sondern der bemalte und tätowierte Kriegskörper des Jägers. Genannt Sydney. Große Dinge passen in kleinere, elektronische Mautstationen passen in Geldautomaten und die passen in Magnetstreifenkarten und in payWave-Karten und das alles fügt sich zu einer Immer-und-überall-Maschine zusammen, die Jagd auf einen Mann namens Dhananjaya Rajaratnam macht.

Danny.

10.11 Uhr

DIESER ZUG WIRD INNEN UND AUSSEN RUND UM DIE UHR VIDEOÜBERWACHT, stand auf dem Aufkleber an der Glastür, obwohl die elektronische Anzeige im Zug die Botschaft in orangen Buchstaben auf dem Monitor wiederholte – mit einer Abweichung.

... wird innen und von außen rund um die Uhr videoüberwacht.

Danny saß im letzten Abteil des Zuges und studierte die Diskrepanz zwischen dem Aufkleber an der Tür und dessen elektronischer Umformulierung.

Der silberne Kanister auf seinem Rücken, die Spritzpistole und die Schaumstoffbürste in seinem Beutel wurden schwerer.

Er blickte sich um. Er würde ein altes Spiel spielen.

Die Frau da zum Beispiel, die *The Sydney Morning Herald* las:

das blonde Haar zu einem Knoten gebunden; der verkniffene, kräftige Kiefer angespannt. Wenn die Militär- oder Grenzpolizei von Sri Lanka eine Verhörlampe auf sie richten würde, würde sie einfach die Lippen zusammenpressen. Und nichts sagen. Wie würde sie Provokationen wegstecken: umgekehrte Psychologie, Beleidigungen, Ohrfeigen ...

Aber eine brennende Zigarette auf Ihrem Oberschenkel, Miss?

Die Blonde blätterte die Zeitung um. Dann legte sie die Hände um die Augen. Lächerlich. Du bist in Australien. Du bist seit vier Jahren hier. Fang an, wie sie zu denken.

Haus Nummer fünf. Sie jedenfalls hätte der Folter standhalten können. Ja, *sie* hätte das gekonnt.

Starke Frau, Haus Nummer fünf, Radha: breite Hüften, muskulös, er sah sie jetzt, in einer weißen Bluse über einer engen Gymnastikhose. In dieser Frau steckte Kraft, dennoch war sie graziös, eine Tänzerin, und Danny sah sie auf einem Dach in Hongkong den Lindy Hop tanzen. Sie war flink.

Es konnte nicht leicht gewesen sein, sie zu töten.

Falls sie tot ist. Vielleicht hat die Polizei ihren Mann wegen irgendwas anderem befragt. Er ist doch Immobilienmakler, oder? Neulich war so einer wegen Betrugs verhaftet worden. Das stand in der Zeitung.

Ruf Radha einfach an, sagte Danny sich. Haus Nummer fünf. Frag, ob es ihr gut geht.

Das Knarzen und Knarren der letzten Abteile wurde immer lauter, als würde sich der hintere Teil des Zuges jeden Moment ablösen.

Aber falls es ihr nicht gut geht, dann hat die Polizei ihr Handy.

In der Nähe der Central Station war ein Arbeiter der Eisenbahn im grauen Hemd mit glänzend silbernem Haar und einem silbernen Bart, eine Aussie-Version des tamilischen Weisen Tiruvalluvar, mit auf dem Rücken verschränkten Händen dabei, irgendetwas auf dem Gleis zu suchen.

Der Zug passierte den Sandsteinuhrturm des Bahnhofs. Danny erinnerte sich an ein Minarett bei Batticaloa mit einer Uhr darin, die den ganzen Ramadan hindurch silbrig geglänzt hatte. Schnell. Schau hin, Danny, merk dir die Uhrzeit. So dachten die Leute, als er ein kleiner Junge war, weil sie damals nichts hatten, nicht mal eine Armbanduhr. Wie nah es sich wieder anfühlt: Heimat.

Genau in dem Moment hob der silberhaarige Eisenbahner auf dem Gleis den Kopf und sah Danny in die Augen.

«O-kay», sagte Danny laut.

So sagte sie das immer: ihre einzige sprachliche Besonderheit, das einzige Fremdartige, das aus ihrem australischen Mund kam, ein gehauchtes *H* bei dem Vokal und das *kay* wie eine Explosion, ein nervöser Tick, ein Versuch, Sorgen zu besänftigen.

«O-kay», wiederholte er.

Durch die Luft des Abteils waberte der Gestank nach ranzigem Tierfett, den die anderen Passagiere anscheinend nicht wahrnahmen, weshalb Danny sich besorgt fragte, ob es der Geruch seines Putzzeugs oder seines Schicksals war.

Auf dem Sitz ihm gegenüber entfaltete jemand die Zeitung. Danny sah auf die Annonce vor ihm: *Chinese Dragon, Menü $ 8, 7 Tage!*

Der Tierfettgeruch in der Luft wurde stärker. Mach keine Dummheiten, ermahnte Danny seinen Magen, kotz jetzt nicht. Um vier Jahre lang unsichtbar zu bleiben, brauchst du die *Zunge* eines Australiers, das wissen wir alle.

Als ich neu in Sydney war und noch mit Akzent sprach, wie das Neueinwanderer nun mal tun, wurde ich in der Schule gehänselt, aber ich habe ruhig und vernünftig mit den Rowdys geredet und so sind sie meine Freunde geworden. (*«Ihr wachst an meinen Widersprüchen»*, Seite 12.)

Noch bevor er nach Australien kam, hatte Danny bereits geübt, Australier zu werden. Schon damals in Batticaloa. Vor einem

Spiegel. Hatte seine *Ws* betont. Sich auf die Unterlippe gebissen, wenn er *Volleyball* sagte.

Später, im Lebensmittelladen Sunburst in Glebe, während er H-Milch-Packungen und Schokomilchshakes in die Regale räumte, suchte er nach den magischen Schlüsseln für sein Australiertum. In Dubai hatte er gehört, dass Dorfbewohner in China angeblich Ärzte baten, ihnen eine Kerbe in die Zunge zu schneiden, damit sie akzentfrei Englisch sprechen konnten. Wenn die das können, kann ich das auch. Ich glaube, ich kann das. Denn was macht einen Aussie zum Aussie? Dass er so *klingt wie ein Aussie*. Tilge die Eigenarten, mit denen Tamilen Fremdsprachen sprechen: den singenden Rhythmus, *yo* und *ree* an Wörter angehängt, die Verwendung von *no* zur Betonung als Pause in einem Satz.

Diese Veränderung machte ihm Spaß.

Denn vergleiche und analysiere Punkt für Punkt, wie die Leute zu Hause argumentieren. Rauchen verursacht Krebs, sagst du eines Morgens: *Oh, no, no, re, no!* Was ist mit Eswaran da drüben, der neunundneunzig ist, *no*, und morgens, mittags, abends Beedis raucht? Die *Ausnahme* von der Regel, stellt der Aussie klar. Das gefiel Danny. Logisch. Neulich hatte er beim Putzen das Badezimmer von Haus Nummer neun in Ashfield unter Wasser gesetzt, doch sobald er der Besitzerin der Wohnung, einer rothaarigen Marketing-Frau, erklärt hatte, dass der Wasserhahn kaputt war, und er das durch eine Demonstration auch hatte beweisen können, beruhigte sie sich wieder. Nicht Dannys Schuld – und sie fand sogar, dass sie ihm noch fünfundzwanzig Dollar schuldete, weil er länger hatte arbeiten müssen. Logische Menschen. Dein Leben gehört dir, mein Leben gehört mir.

Die Zunge eines Australiers. Sprich bei *Quittung* nie das *g* am Ende aus. Sag oft: *Ich schätze*. Beginne Sätze mit einem lauten *Hör mal* und beende sie, wenn möglich, mit *lächerlich*. Wenn du gut gelaunt bist, rede über Rugby: «Die Eels werden Meister.» Wenn du schlecht gelaunt bist, rede über Rugby: «Was ist mit den Rabbitohs?»

Und nenn es *niemals* Rugby.

Du brauchst die Zunge eines Australiers, klar, aber um unsichtbar zu bleiben, brauchst du am anderen Ende auch den Darm eines Australiers.

Chinese Dragon, Menü $ 8, 7 Tage!

Bitte blättere weiter, flehte Danny den Zeitung lesenden Mann an. Sonst mach ich mir noch in die Hose.

Er wandte den Blick von der Zeitung ab, schaute hinter sich und nach links, und so stellte er fest, dass er beobachtet wurde.

Die Frau in weißer Bluse und Jeans las Zeitung, aber ihr blondes Kind, den Kopf auf den Oberschenkeln der Mutter wie eine Katze auf einem Schoß, sah Danny an.

Im Schatten der Zeitung seiner Mutter begannen die Augen des Kindes zu funkeln. Auf deine Strähnchen fall ich nicht rein, Alter. Ich weiß, was du bist.

Garstiges, legales Gör. Danny legte den Kopf schief und erwiderte den Starrblick des Kindes.

Du kleiner, legaler Polizist. Ich geh nie wieder zurück nach Hause.

Das Kind neigte den Kopf noch ein bisschen mehr und noch ein bisschen mehr und starrte ihn weiter an.

Danny machte das Gleiche.

Ich hab hier nicht vier Jahre durchgehalten, kleiner Polizist, um mich von dir erwischen zu lassen.

DAS ERSTE JAHR ALS ILLEGALER

Nach nicht mal sechs Monaten erwischten sie ihn vor dem Einkaufszentrum in Burwood.

Sie hielt sich einen riesigen, grünen Schirm über den Kopf und blieb plötzlich stehen, um Danny anzustarren, und dann sank die Tasche in ihrer anderen Hand nach unten, als wäre sie schwerer geworden. Sie war Tamilin, keine Frage. Und sie wusste sofort, das wusste er sofort, dass er aus Sri Lanka und Tamile war. Aufgrund ihrer prall gefüllten Einkaufstasche und ihrer Art, in der Sonne zu gehen, statt sie zu meiden, wusste er, dass sie legal sein musste: Und da es bei ihm genau umgekehrt war, wusste sie, dass er illegal war.

Danny drehte sich auf dem Absatz um und lief weg.

Als er Tommo gestand, dass eine Frau aus seiner Heimat ihn durchschaut hatte oder mit an Sicherheit grenzender Wahrscheinlichkeit durchschaut hatte, setzte sich der alte Grieche hinter seine Theke, zeigte auf die Straße und schrie: «Verschwinde, sofort. Verschwinde. Ich bin Staatsbürger. Ich hab einen Pass. Ich hab im Rathaus von Parramatta den Eid abgelegt und ich hab meine Einbürgerungsurkunde, die können mir gar nichts. Danny. Ich könnte das Zimmer für dreihundert Dollar die Woche an irgendeinen Studenten vermieten. Locker. Aber ich lass dich umsonst da wohnen. Warum? Du bist zu nichts zu gebrauchen. Zu rein gar nichts.»

Danny lief die Metalltreppe hoch und warf sich auf das Sofa im Lagerraum des Lebensmittelladens Sunburst in Glebe, lauschte auf –

«Haben Sie hier einen Illegalen? Haben Sie hier einen Illegalen aus Sri Lanka?»

Er wusste, Tommo würde ihn verraten, ohne mit der Wimper zu zucken.

Was ich getan habe, tut mir leid. Er wünschte, er könnte das der Polizei sagen und der Einwanderungsbehörde und dem Zoll und seinem Vater zu Hause. Er wünschte, er könnte ihnen noch mehr sagen: dass er nämlich seit dem Tag, als er illegal wurde, versucht hatte, es rückgängig zu machen. Einen Weg zu finden, um seine Entscheidung zu revidieren.

Frage:
Ich bin mit einem Studentenvisum nach Australien gekommen, habe dann aber gemerkt, dass mein College mich «abzockt». Die werden mir nicht helfen, hier einen Job zu finden, deshalb hab ich das Studium geschmissen. Aber ich habe wirklich aus Versehen den Fehler begangen, länger als achtundzwanzig Tage im Land zu bleiben, nachdem ich das College verlassen hatte. Kann mir irgendwer hier im Forum sagen, ob es möglich ist, bei der Behörde einen Antrag auf Visumsverlängerung zu stellen?

Beste Antwort (3 Likes):
Junge, kannst du keinen Kalender lesen? Als Staatsdiener kann ich dir ganz genau sagen, was demnächst passiert, weil ich schon Dutzende Typen wie dich festgenommen habe: Ich weiß hundertprozentig, dass du nicht aus Versehen länger geblieben bist als erlaubt. Du hast dich dazu entschieden. Egal. Ob ehrlich oder (wahrscheinlicher) unehrlich, achtundzwanzig Tage nachdem du dein Studium abgebrochen und Australien nicht verlassen hast, bist du illegal geworden. Vermutlich kennst du unser Land inzwischen gut genug, um zu wissen, dass es null Toleranz für irgendwelche illegalen Aktivitäten hat. Wir sind hier nicht in Frankreich. Und auch nicht in Amerika. Wir sind eine Insel, und ohne

Erlaubnis kommst du weder rein noch raus. Meine Empfehlung: Sei so nett und melde dich schleunigst bei der Einwanderungsbehörde und akzeptiere deine sofortige Abschiebung. Wenn du nämlich so weitermachst, wenn du wegläufst und abtauchst und dich versteckst, bis sie dich schnappen (und sie *werden* dich schnappen), dann kannst du dich auf sehr viel Schlimmeres gefasst machen. Mach dir klar, dass jeder Polizist, jeder Finanzbeamte, jeder Beamte der Einwanderungs- oder Zollbehörde befugt ist, dich auf der Stelle zu verhaften und auf unbestimmte Zeit festzuhalten, falls du nicht sofort Dokumente vorweisen kannst, die dich zur Anwesenheit in Australien berechtigen. Außerdem gibt es noch so was wie das Jedermann-Festnahmerecht. Ich wette, du hast einen Akzent, was so viel heißt wie: *Hey, liebe Polizeibeamte, kommt und checkt doch mal, dass ich gar nicht hier sein dürfte.*

Frage:
Und?

Beste Antwort (3 Likes):
Und. Junge. Das kann ich dir sagen. Und sie werden dich schnappen, jawohl, und das kommt als Nächstes: Du wirst deine Tage in einem Raum voller Fremder verbringen – vielleicht sind es Iraker, vielleicht Pakistani, aber auf jeden Fall ein Haufen netter Leute. Ich hoffe, du hörst gern Arabisch zum Frühstück! Bevor wir dich abschieben, wirst du erst mal wegen illegaler Aktivitäten und nicht bezahlter Steuern und Sozialabgaben vor Gericht gestellt. Mach dich schon mal drauf gefasst, dass sich die anschließende Rechnung der Regierung auf über zehntausend Dollar beläuft. Du wirst sämtliche Kosten für deine Abschiebung tragen, einschließlich der rund dreihundert Dollar für jeden einzelnen Tag, den du im Gefängnis sitzt. Und weißt du was? Als du dich mit deiner Frage eingeloggt hast, mein Junge, wurde deine IP erfasst. Da die

Polizei Yahoo!-Foren gezielt nach Pädophilen, Betrügern, Drogenhändlern und illegalen Ausländern wie dir durchforstet, wissen die jetzt, in welcher Stadt du bist, und vielleicht auch schon, in welchem Haus du wohnst. Kapierst du, was ich sage, mein Junge, verstehst du genug Englisch?

Frage:
Ja. Nandri.

Beste Antwort (3 Likes):
Und das bedeutet *was*?

Das bedeutete: Jedes Mal, wenn in Glebe eine Tür aufging oder zufiel, verkrampfte sich Dannys Herz. Er sah einen braunen Mann, der eine Zigarette zwischen Zeige- und Mittelfinger hielt; ein sri-lankischer Vernehmungsoffizier, irgendwo in der Nähe vom Bandaranaike International Airport stationiert. Jedes Mal, wenn eine Tür aufging oder zufiel, wollte er schreien: Es tut mir leid, Sir. Es tut mir ehrlich leid. Aber was brachte es, das jetzt zu sagen? Er war jetzt ein Mensch, der auf dieser Welt keine Rechte mehr besaß.

10.32 Uhr

Die Central Railway Station hat sieben Ausgänge, die dich aus der Innenstadt ins schattige Viertel Surry Hills bringen; oder sie führen dich durch eine u-förmige Sandsteinkolonnade in das helle Hauptgeschäftsviertel; oder sie tragen dich mit einer Rolltreppe nach oben zur Light Rail, der Stadtbahn von Sydney; oder aber sie bringen dich durch einen langen Tunnel mit Mosaikboden, durch den Danny nun ging, zum Busbahnhof auf dem Railway Square.

Er blieb vor einem Sandwichladen stehen, in dem oben in einer Ecke ein Fernseher angebracht war. Eine Frau hinter der

Theke wischte einen Teller und musterte den Mann mit dem Astronautenrucksack und dem Plastikbeutel.

Gleich würde ihm erklärt werden, dass nur Kunden die Toiletten benutzen dürften, vorläufig jedoch stand er mit offenem Mund da, seinen Beutel mit Putzutensilien fest in der Hand, und starrte auf den Fernseher:

… im Zusammenhang mit dem Mord an einer Frau aus Erskineville bittet die Polizei um sachdienliche Hinweise. Das Opfer, eine dreiundvierzigjährige, ehemalige leitende Mitarbeiterin der staatlichen Krankenversicherung Medicare, wurde am Ufer eines Flusses in Toongabbie erstochen aufgefunden. Ihre Leiche, um die eine mit Steinen gefüllte Lederjacke gebunden war, sollte offenbar im Fluss versenkt werden. Sie trieb jedoch wieder an die Oberfläche und wurde heute am frühen Morgen von einem Jogger entdeckt. Laut Auskunft der Polizei wurden dem Opfer an Hals und Kopf grauenhafte Verletzungen zugefügt.

Jetzt zeigten sie ein altes Foto der Toten, eine braune Frau mit einem breiten Lächeln und starken, dicken Armen. Unblutig, unverletzt. Er schloss sofort die Augen.

Prrrrrmp. Badabadabadabum. Ich bin der Ehrliche Danny.

Weil er einmal, als Junge, sechs Kilometer weit gelaufen war, um einen Schirm zurückzugeben, den ein alter Verwandter vergessen hatte. «Abraham Lincoln hat in demselben Alter dasselbe gemacht», bemerkte jemand. «Der Junge wird mal ein großer Mann.» Er wurde stellvertretender Manager eines Business-Hotels in Dubai. Eines Tages fand Danny eine mit Dollarscheinen gefüllte Brieftasche, die einem Gast gehörte, der bereits im Taxi zum Flughafen saß. Der Gast dankte ihm für seine Ehrlichkeit mit einem Brief als PDF-Anhang. Dort, wo Danny aufgewachsen war, blieb einem gar nichts anderes übrig; in Batti mussten sich selbst Verbrecher an die Gesetze halten. Eines Abends zum Beispiel hatte die Regierung eine Sperrstunde verhängt. Die Geschäfte müssen vor acht geschlossen sein. Zwei Polizisten, die über den

Markt gehen, hören hinter einem Rollladen Geräusche. «Aufmachen!» Sie stellen fest, dass der Ladeninhaber und sein Sohn hinter dem geschlossenen Rollladen zu Abend essen. «Streng genommen», sagen die beiden Polizisten, «verstoßt ihr gegen die Sperrstunde, weil wir euch von draußen essen hören konnten. Mitkommen.» Vater und Sohn waschen sich die Hände und werden zur Polizeiwache geführt. Der Vater kommt am selben Abend wieder raus, sternhagelvoll. Polizisten werden verkannt, ehrlich. Nette Burschen. Der Sohn kommt am nächsten Tag nicht raus. Der Vater geht jeden Tag zur Wache und fragt nach ihm. Eine Woche später treibt eine nackte Leiche mit dem Gesicht nach unten in der Lagune, einen Holzbalken an die Knöchel gebunden. Der Vater braucht Stunden, um sie zu identifizieren. Wenn also die Sperrstunde um acht war, hieltest du die Sperrstunde ab 19.45 Uhr ein. Wenn die Obrigkeit *a* sagte, sagtest du *A*.

Einhundert Prozent Ehrlicher Danny.

Prrrrrrrmp. Und öffnete die Augen.

Der Fernseher zeigte noch immer eine alte, lächelnde Fotografie von Radha Thomas, seiner ehemaligen Arbeitgeberin, der Besitzerin von Haus Nummer fünf.

Dann war also keiner in ihre Wohnung mit den roten Tulpen eingebrochen. Es ging nicht um Drogen oder Geld. Die Polizei war vielleicht nur da gewesen, um Radhas Mann zu vernehmen. Ein anderer Trupp Polizisten musste unten an dem Fluss sein, wo sie die Leiche gefunden hatten.

An einem Fluss getötet. In eine Jacke gewickelt und reingeworfen.

Ertrunkene sehen ganz anders aus, dachte er. Nicht wie das Bild im Fernsehen. Er wusste das. Einen Tag nach dem Tsunami von 2004 hatte er mit vielen anderen auf der Kallady Bridge gestanden, die Batticaloa mit der Welt verband, und hinunter ins Wasser gespäht, zugesehen, wie die Vermissten jetzt nach und nach von der angeschwollenen Lagune zurückgegeben wurden –

wie jeder neue, aufgedunsene, milchweiße Leichnam mit einem Erkennungsschrei von der Brücke begrüßt wurde.

So hätte Radha Thomas ausgesehen, als sie angespült wurde. Wenn sie nicht schon tot gewesen wäre, bevor sie ertrank.

Erstochen. Wie fühlt sich das an, wenn das Blut herausspritzt? Wie sieht Blut aus? Wie Haifischleberöl, vielleicht. Danny hatte es als Kind von seiner Mutter verabreicht bekommen. Sie hatte ihm erzählt, es sei Haifischblut, um ihn stark zu machen.

Heißhunger auf Fleisch zog ihm den Magen zusammen: eine Teigtasche mit Schweinefleisch oder Ei drin, ein zum Dreieck gefaltetes Paratha mit dunklem Fleisch fest darin eingepackt, eine frittierte Samosa, all die kleinen, gebackenen Dinge, die in Sri Lankas Teeläden hinter Glas für schwierige Momente des Tages bereitlagen. Aber kein Fleisch mehr, nie wieder. Das war der Preis dafür, mit einer Vegetarierin zusammen zu sein.

Er schob seinen schweren Rucksack zurecht, schaute sich um und erblickte eine Uhr.

Moment. Er wandte sich wieder dem Fernseher zu. Welche Farbe hatte die Jacke? Hatten sie das gesagt?

10.37 Uhr

«Kann ich Ihnen helfen?», fragte die Frau hinter der Sandwich-Theke.

Danny lächelte sie an.

Der Fernseher meldete jetzt:

Das Buschfeuer in den Blue Mountains wird vermutlich noch länger –

Danny drehte sich um, ging zurück Richtung Bahnhof und lief die Treppe zu dem ersten Bahnsteig, den er finden konnte, hoch. Dort blieb er stehen, ohne zu wissen, wohin der Zug fuhr.

Eine zusammengequetschte Dose Cola Light schepperte in einem Strudel aus kleinen Windböen erratisch zwischen den Gleisen.

Ruf Dr. Prakash an. Ruf ihn an. Frag, ob er irgendwas über Haus Nummer fünf weiß. Mehr nicht.

Selbst hier, auf Bahnsteig 17, Central Station, konnte man die brennenden Wälder in den fernen Blue Mountains riechen. Danny stand genau auf der gelben Linie, die den Rand markierte, dann wandte er dem Gleis den Rücken zu und betrachtete die Leute hinter ihm.

Ein sehschwacher, junger Mann mit einem Sikh-Turban auf dem Kopf starrte auf die elektronische Anzeigetafel, als hätte man ihm gesagt, er müsse sie essen. Drei katholische Nonnen plauderten in einer Sprache, die Danny für Französisch oder vielleicht Spanisch hielt – und er hörte Hindi und irgendwo anders auf dem Bahnsteig (weit weg) auch Tamil: Er war hier im Zentrum von Sydney und eine solche Ansammlung von Menschen, warm, sich ausdehnend wie die von Konvektion angetriebenen Flüssigkeitsmoleküle, über die er in seinem Physik-Lehrbuch gelesen hatte, würde Danny umschließen und verbergen – anders als andere Menschenansammlungen, die er in Australien gesehen hatte, am Bahnhof einer Kleinstadt oder an Bushaltestellen fern von Sydney, kalt und hellhäutig, in sich geschlossen, sodass du immer weiter ausgegrenzt wurdest. Hier fühlte Danny sich sicher, auf dieser gelben Linie, an dieser Bahnsteigkante.

Aber als er sich wieder dem jungen Sikh zuwandte, blickte Danny ihm in die Augen und sah, dass sie grün-braun waren.

Dieselbe Farbe wie Dr. Prakashs Augen. Radha Thomas' Liebhaber. Der Mann, den Danny fast zwei Jahre lang Haus Nummer sechs genannt hatte.

Welche Farbe hatte die Jacke, wollte Danny den jungen Sikh fragen. In die der Mörder sie eingewickelt hatte? Weißt *du* es?

Unten auf dem Gleis schepperte die Blechdose immer lauter, weil der nächste Zug einfuhr.

10.44 Uhr

Hinter der gläsernen Tür des Zuges wartete eine Inderin in einem blauen Hosenanzug, die Blicke zu Boden gerichtet. In dem Moment, in dem die Türen aufgingen und die Pendler auf Bahnsteig 17 traten, hob sie den Blick, warf ihr Haar nach hinten und starrte Danny direkt an.

Radha Thomas.

Bist du nicht letzte Nacht umgebracht worden? Bist du nicht in den Fluss geworfen und heute Morgen angespült worden und bist du nicht von einem Jogger entdeckt worden, der, wie ich vermute, bei dem Anblick aufgeschrien hat?

Die Inderin in dem blauen Hosenanzug ging an ihm vorbei und Danny schluckte den Kloß im Hals herunter und folgte ihr, bis er sie in der Menge verlor.

10.54 Uhr

Die Central Station hat sieben Ausgänge, und der siebte befindet sich die Treppe hinauf oben im Sonnenlicht.

Die helle Straße dahinter ist die Chalmers Street, und wenn du die betrittst, hast du die City verlassen.

Diesmal versuchte der Mann mit dem silbernen Jet-Pack auf dem Rücken, die Central Station durch den Hinterausgang zu verlassen.

Noch auf den dunklen Stufen, während rechts und links von ihm Leute die Treppe oder die Rolltreppe benutzten, betrachtete er die Bäume auf der Straße, jenseits der dicken roten Linie. Schillernd im Sydney-Licht, schwankte ihr Laub und lockte ihn. *Komm schon, Legendärer Putzmann. Überschreite die rote Linie. Frag Prakash, was er über den Mord weiß.*

Aber es gibt eine rote Linie, die Danny überschreiten musste, um zu den Bäumen zu gelangen. Aussies sahen diese Linie nicht, die Danny um die Welt folgte. Aber jeder, der in den 1990ern in Sri Lanka aufwuchs, kennt diese rote Linie, weiß, was sie laut befiehlt, was sie unhörbar erlaubt.

Tabu.

Und die rote Linie sagt:

Überlebe.

Misch dich da nicht ein.

Du bist ein Mann ohne Rechte auf dieser Welt.

Aber auf der anderen Seite der dicken, roten Linie sagte jede leuchtende Blattspitze, jede von der Sonne verdunkelte Maser der Bäume mit der Stimme einer Toten:

Ich kann Sydney niemals verlassen, und der Grund dafür ist das Licht. Ich hatte das Angebot, im größten Krankenhaus von Hongkong als Verwaltungschefin zu arbeiten. Es gab auch Angebote aus Dubai. Da ist alles steuerfrei. Ich hätte überallhin gekonnt – Hongkong, Malaysia, Singapur. Aber ich kann mich nicht von diesem Licht verabschieden.

Danny, ein erfahrener Verhandlungsführer, betrachtete die sonnenbeschienenen Bäume und machte folgenden Vorschlag: Er hatte noch anderthalb Stunden Zeit, bis er bei dem Steuerberater sein musste. Noch anderthalb Stunden, bevor er sich wieder seinem Tagewerk widmen würde.

Ich geh hier einfach mal ein bisschen spazieren. Dann komm ich zurück.

Was hast du vor? Die rote Linie wurde breiter.

Falls er Freizeit hatte, sollte er sie in Glebe verbringen. Im Lagerraum. Oder in der Bibliothek und mit den anderen Illegalen reden. Nicht hier draußen.

Bei jedem einlaufenden Zug konnte er hören, wie Stahlräder die verirrte Cola-Light-Dose auf dem Gleis von Bahnsteig 17 pulverisierten.

Ein Weißer eilte dicht an Danny vorbei über die Treppe auf die helle Straße zu, wandte den Kopf und warf ihm aus dem Augenwinkel einen taxierenden Blick zu.

Danny spürte ihn wie einen Schlag in die Magengrube. Ich muss lächerlich aussehen. Er konnte das alberne Gewicht der vielen golden gefärbten, schamponierten Haarsträhnchen auf dem Schädel spüren. Er hatte eine Huntsman-Spinne auf dem Kopf sitzen und trug sie durch Sydney. Geh sofort zurück, sagte seine Scham, in den Lagerraum in Glebe, und warte.

Doch dann flirrten alle Blätter im Wind und leuchteten im Licht der südlichen Hemisphäre.

Aber für dich muss es eine schreckliche Stadt sein, was, Nelson? Morgens an manchen Tagen bestimmt. Ein Gefängnis aus Licht. Ich werde versuchen, dir zu helfen, Putzmann. Ich kenne Leute in der Regierung und die werde ich fragen, natürlich ohne Namen zu nennen. Ich werde sie fragen, ob es eine Möglichkeit gibt, dass du dich entschuldigen kannst und dir deine Tat vergeben wird. Ich werde sie fragen.

Im Endeffekt war sie zu stark. Die Stimme der Toten war einfach zu stark.

10.57 Uhr

Pendlerzüge, vollgepackt mit ehrlichen Vorstädtern, hielten noch immer an der Central Station, als er an den Bäumen mit den leuchtend grünen Blättern entlangging.

Er hatte es getan. Hatte sein Tabu gebrochen und den Bahnhof verlassen, war über die Straße gelaufen.

Prompt wollte er etwas Frittiertes essen, irgendwas mit Hähnchen oder Schwein oder Eiern. Hammelfleisch.

Wenn ein Mann kein Fleisch essen darf, braucht er einen Freund.

Danny biss die Zähne zusammen und ging weiter.

Am Ende der Chalmers Street sah er einen Minimarkt, der rund um die Uhr geöffnet hatte, und er ging darauf zu, weil er auf Anhieb wusste, wer so einen Laden betrieb.

Die Tür läutete, als Danny sie aufstieß und sich nach dem Inhaber umsah.

11.01 Uhr

In Sydney sind Kunden Kinder in einem Märchenland: Süßigkeiten und Farben umgeben sie in einem Zauberschloss, und die böse Hexe blinzelt von Amtlichen Bekanntmachungen herunter.

Hinter einem Berg von Süßigkeiten zu 2,50 Dollar und rosa Grußkarten zu 3,50 Dollar stand ein brauner Mann. Sein Kopf versperrte die Sicht auf ein RAUCHEN-TÖTET-Plakat während er seine kostbarste Ware hütete: Rubbellose und Zigaretten, beides jeweils sicher hinter Schutzglas.

Der Mann hinter der Ladentheke war stämmig, bärtig, wahrscheinlich Bangladescher und, dachte Danny, extrem legal.

Du merkst es an der Art, wie sie dich beobachten.

Der braune Mann in einer Stadt des weißen Mannes, der andere braune Männer beobachtet. Danny hatte sämtliche Methoden studiert, wie das ging, von den freundlichen Blicken der Inder im Westen von Sydney, selbstzufrieden in ihren Jobs und Toyota Camrys; hatte das lockere dynamische *Sab Theek Hai, Bhai?* (oder in letzter Zeit häufiger das rätselhafte jamaikanische *Hey, maaan*) der neuen Erstsemester in Haymarket, die wie verrückt durch die Straßen laufen, registriert; die vermeintlich gleichgültigen «Mit dir hab ich nichts gemeinsam»-Blicke der in Australien geborenen Sprösslinge von Ärzten in Mosman oder Castle Hill (Danny nannte sie Tiefkühl-Inder, weil sie immer dunkle Brillen trugen und scheinbar niemals schwitzten, auch nicht im Sommer); und am schlimmsten: diese Familien, die aus Chennai oder Malaysia auf Besuch waren, x-mal den Strand fotografierten oder per Handy lautstark bei Verwandten zu Hause nachfragten, welches Cholesterin-Medikament oder Beuteltier-Souvenir sie denn nun genau mitbringen sollten. *Mann, der seine*

Familie im Stich gelassen hat, du gehörst nicht hierher, sagten braune Leute zu Danny, und er, mit seinem angeborenen Instinkt für alles oder nichts, hatte sich beim Friseur Strähnchen machen lassen. Vor dem Spiegel hatte er den Blick eines in Australien geborenen Mannes nachgeahmt: *Mein Vater ist Chirurg am Westmead Hospital. Mit Immigranten wie dir geb ich mich nicht ab.* Er hatte auch seine Haltung verändert. Auf den Straßen von Sydney sahen Pakistani, Inder, Sri Lanker Danny noch immer an, aber jetzt lag Neid in ihren Blicken.

Ein Kinderspiel, unsichtbar für die Weißen zu werden, die einen sowieso nicht ansehen, aber richtig schwierig, unsichtbar für die braunen Menschen zu werden, die dich immer sehen, egal was du machst. Wenn sie mich sowieso sehen, dachte Danny, dann sollen sie mich so sehen – nicht als verängstigten Illegalen mit verstohlenem Blick, sondern als echten Sohn Sydneys, als Mann mit diesen goldenen Strähnchen, mit geradem Rücken und einer frechen Gleichgültigkeit in jeder Faser seines Körpers. Sollen sie doch sehen, dass Danny *extrem* tiefgekühlt ist.

Aber nicht hier. Weil um die Central Station herum kein Mensch tiefgekühlt ist.

Hier, auf diesen Straßen, die noch immer von den Zügen vibrieren, die über alte Eisenschienen rollen, Chalmers Street und Devonshire Street, hatte Danny nur den rauen Blick gesehen, den Central-Station-Blick, Augen, die eine verzweifelte Wahrheit von einem Immigranten zum anderen senden: *In Sydney kommt für jeden braunen Menschen irgendwann der Tag, an dem er betteln muss.*

Heute ist mein Betteltag, flehte Danny mit den Augen den Bangladescher an, weil ich heute richtig Ärger hab, mein legaler Bruder.

Legal? Weit mehr als nur legal – dieser junge Bangladescher war eine Ziegelmauer, in der jeder Stein verkündete: idealer Scheißimmigrant.

Er erwiderte Dannys Blick, verschränkte die Arme vor der Brust, ein Bild von Anstand, Fleiß und Familiensinn, alles, was sich die Weißen von jemandem wünschten, den sie in ihr Land ließen: Er musste nicht übers Wetter oder Kricket oder Football reden, um sich bei seinen Kunden anzubiedern; insgeheim waren sie neidisch auf seinen Glauben, seine Zielstrebigkeit, seinen starken, fremdartigen Kern.

Um ihn peu à peu freundlich zu stimmen, berührte Danny einen Stapel *Daily-Telegraph*-Ausgaben, beugte den Rücken, duckte sich ein wenig und lächelte.

Was so viel hieß wie: Darf ich mir die Zeitung anschauen, ohne sie zu kaufen? Kricket? Nur die Artikel über Kricket?

Das alles ohne Worte. Von Südasiate zu Südasiate, als gäb's keine goldenen Strähnchen.

Ohne zu lächeln, ließ sich der Bangladescher erweichen und sagte: «Mach nicht schmutzig.»

Danny ging an weiteren Grußkarten, kleinen praktischen Metallsachen in Plastikumhüllung und einer Tiefkühltruhe ausschließlich für Magnum-Eis vorbei, ehe er sich *The Daily Telegraph* nahm.

Danny blätterte die Seiten um: Mach *sie* nicht schmutzig. Du legaler Schwachkopf.

In der Zeitung stand nichts. Es musste also spätnachts passiert sein. Während er weiter auf die Zeitung starrte, spielte er den Messermörder und machte Stichbewegungen in der Luft. Du müsstest verdammt stark sein dafür. Selbst mit einem großen Messer. Sie war eine zähe Frau. Sie hätte sich gewehrt.

Von da, wo er stand, konnte er den bangladeschischen Ladeninhaber ins Telefon flüstern hören: «… wahre Malik ist Louiebhai, der ist der wahre …» Und Danny war kurz von dem Namen bezaubert, Louiebhai, ehe er dachte: Es sei denn, sie kannte den Mörder und hat nicht mit dem Messerangriff gerechnet, deshalb hat sie sich auch nicht gewehrt – bis er durch ein Fingerschnippen in die Gegenwart zurückgeholt wurde.

Danny blickte auf. Der Bangladescher zeigte genau auf ihn. *Zeit ist um.*

Danny faltete die Zeitung zusammen und legte sie mit einem breiten Lächeln zurück auf den Stapel. *Danke, Bruder.*

«Ich hab einen Kaktus», sagte er. Er hatte das in dickes Plastik eingepackte Teil aus seinem Beutel geholt.

Der Bangladescher betrachtete es beinahe neugierig. Danny wusste, warum seine Augen so glitzerten.

Statt der verästelten Bonsai-Version hatte Danny die andere, weniger hübsche, kugelige Sorte Kaktus gekauft.

«Für meine Freundin. Sonja. Krankenschwester. Sie ist Krankenschwester. Heute im St. Vincent's. Sehr gute Krankenschwester. Der Kaktus wird ihr gefallen, glaub ich. Ja, ich glaub schon.»

Der kugelige Kaktus war sechzig Cent billiger als die verästelte Sorte und wusste das der Bangladescher etwa nicht? Was grinste der so?

«Haben Sie auch Handarbeitszeitschriften?» Danny hob die Stimme. «Sie näht gern. Aussie-Frauen nähen nicht, aber sie schon. Sehr gute Näherin.»

«Da drüben.» Der Ladeninhaber hatte Danny mittlerweile durchschaut. «Aber nicht gratis lesen.»

Als Danny den Ständer mit Frauen- und Hobbyzeitschriften gefunden hatte, begann der Nachrichtensprecher im Fernsehen, Sportmeldungen zu verlesen.

Während Danny das einzige Handarbeitsheft im Angebot durchblätterte, kam ein anderer Kunde herein, der tatsächlich etwas kaufte.

«Möchten Sie eine Quittung?», fragte der Bangladescher den Kunden und Danny musste lächeln: Er sprach immer noch das *g* mit.

Aber der Bangladescher hatte ja auch nichts zu verbergen: Er war legal, und ob er nun das *g* mitsprach oder nicht, Dannys Zeit in diesem Laden war jetzt abgelaufen.

Louiebhai, dachte Danny, als er hinausging. Louiebhai, der neue Malik, der neue Oberboss in Multikulti-Sydney. *Das* ist der Mann, mit dem ich reden muss, dachte Danny direkt vor dem Laden des Bangladeschers, während Züge über ihre lärmenden Schienen rollten. Louiebhai, Louiebhai.

Bei Stress begannen seine Nebenhöhlen immer zu schmerzen. Danny spürte den wachsenden Druck in den Hohlräumen in seinem Schädel; die Verkrümmung in seiner Nase tat weh und er fröstelte. Louiebhai, Louiebhai ... Er suchte den Bürgersteig nach einer Zigarettenkippe ab. Bitte. Schon allein der Geruch von Tabak machte einen Mann vernünftiger.

Als Danny um die Central Station herumging, auf der Suche nach etwas zu essen oder etwas zu rauchen oder nur zu schnuppern, sah er stattdessen Glasscherben.

Mitten in eine Schaufensterscheibe war ein Loch geschlagen worden und die Scherben lagen auf dem Bürgersteig. In Sydney fragst du nicht, warum, weil junge weiße Männer so etwas einfach machen. Schlagen, kaputt machen und demolieren.

Danny starrte die Scherben auf dem Boden an, konnte nicht wegschauen. Der Anblick erschien ihm allzu entsetzlich vertraut. Allzu vielsagend.

Er erinnerte ihn an den Tod.

... ein jähes Bild: Radha Thomas, gesund, dickarmig, im schillernden Licht des Kinderbeckens eines Schwimmbads irgendwo in Sydney, mit einer riesigen Wasserschlange aus roten und blauen Fliesen, einer *Nagadeva*, genau über ihrem Kopf, und Kinder in Badesachen und mit Taucherbrillen, die vor Freude kreischten, während diese Frau mit ihrem kraftvollen Nacken, den kraftvollen Schultern sie nass spritzte ...

Ja, an dem Abend hatten der Doktor und Radha ihm für zwei Dollar ein Zuschauerticket spendiert, sodass er dabeistehen, zusehen und lustige Kommentare machen konnte, während sie im Kinderbecken eines städtischen Schwimmbads herumtollten.

Diese Frau, die in dem türkisblauen Wasser vor Leben nur so strotzte, diese Frau, Haus Nummer fünf, Radha Thomas, war tot.

Ermordet!

Er spürte, wie sich der gesamte Nervenstrang anspannte, der Lust mit Grauen verbindet. Dieses Gefühl, dachte Danny, während sein Schuh versuchte, ein Stück der zerschmetterten Glasscheibe zu verschieben, hatte er zuletzt an dem achtundzwanzigsten Tag empfunden, nachdem er gegen die Bestimmungen des Studentenvisums verstoßen hatte. Und in Australien illegal geworden war. Für immer.

Auf zwei Glasscherben waren Buchstaben in schwarzer Farbe … und sobald Danny das australische Känguru-und-Emu-Wappen erkannte, konnte er den ursprünglichen Schriftzug erraten und fing an …

M

… das zerstörte Wort mit seinem Schuh zusammenzusetzen.

Alle Dinge im Leben, alle guten Dinge, zeigen sich erst allmählich, wie eine glänzende Kochbananenstaude inmitten eines dunklen Palmenwaldes. Lass dir Zeit, Danny. Denk in aller Ruhe nach.

Er schob den ersten Buchstaben zurecht und trat einen Schritt zurück.

E

Was weißt du, Danny?

Sie haben sich oft gestritten.

Na und? Das machen alle. Du und Sonja etwa nicht?

Danny erinnerte sich an seinen Onkel Sankar, der immer und überall einen Menthol-Inhalierstift von Wick dabeihatte und ihn sich an die Nase hielt … Danny wünschte, er könnte sich jetzt einen Menthol-Inhalierstift an die Nase halten, während er sich das nächste Stück der geborstenen Scheibe vornahm.

I

Dr. Prakash war ihr Liebhaber, ja. Radhas Liebhaber. Und er

ist ein eigenartiger Mann, ja. Er hat viel getrunken. Manchmal zwanzig Bier hintereinander. Aber er war nicht schlecht. Er war keiner von diesen üblen Burschen in Kings Cross. Er war auf eine Privatschule gegangen. Er hatte einen ganzen Schrank voller Krawatten.

Danny hielt sich ein Nasenloch zu und atmete tief durch das andere ein, ein alter Trick, um den Druck in den Nebenhöhlen zu lindern.

Ein Zug fuhr geräuschvoll in der Central Station ein. Als das Rattern des Zuges anschwoll, blitzten von den hellen Glasgebäuden ringsum flirrende Lichtspiegelungen auf, während der große, vierseitige Glockenturm des Bahnhofs, wie Gott Brahma mit seinen vier Gesichtern, über dem Chaos aufragte und allen Himmelsrichtungen der Stadt die Zeit anzeigte. Danny betrachtete staunend all diese vertrauten Dinge.

Unten auf dem Boden fiel ihm eine Glasscherbe auf. Er verschob sie mit dem Schuh.

C

Schwarz-weiß gestreifte Krawatten. Und daneben eine Lederjacke. Die er ständig trug.

Aber diese Lederjacke war rot.

Und im Fernsehen hatten sie doch nicht gesagt, dass die Tote in einer farbigen Jacke gefunden worden war, oder?

Danny sah sich jetzt selbst: ganz oben in Kings Cross, direkt neben der riesigen Coca-Cola-Reklame, wie er auf die Reihe kalifornische Palmen hinabschaute, die den Verkehr unterteilte. Radha war an seiner Seite, wartete. Es war einer dieser Vormittage im August, wenn das Wetter in Sri Lanka und der übrigen normalen Welt überkocht. Aber hier war es eiskalt, und wenn Danny atmete, kondensierte die Luft. Radha war ihm so nah gekommen, dass ihm ihr Haarshampoo in die Nase wehte. *Da*, sagte sie. *Da*. Und wirklich: Auf der William Street, in einer nagelneuen Lederjacke – nicht schwarz, sondern rot – kam Dr. Prakash winkend auf sie zu, jawohl, Prakash, in seiner roten Jacke, überschwänglich und grinsend, wie ein junges Blatt, das sich entfaltet hatte, um ihnen mitzuteilen, dass ihr langer australischer Winter vorbei war.

Du bist verrückt, wenn du auch nur überlegst, dass er es gewesen sein könnte, sagte Danny sich und ging zur nächsten Scherbe:

A

Und dann **R** und **E**.

Jetzt fiel Danny auf, dass er irgendwo ein D übersehen hatte. Egal. Er machte geschickte, behutsame Bewegungen mit seinem Schuh, schob die Glasscherben enger zusammen, bis schließlich jede Einzelne glänzte wie ein Zahn in der Sonne.

ME ICARE

Aber die Sache ist die:

Ihre Leiche wurde an einem Fluss in Toongabbie gefunden, haben sie gesagt. Und sie wurde gestern getötet. Das war ein Sonntag.

Wenn ihr Körper am Ufer eines Flusses lag, und das an einem Sonntag, dann weiß ich, glaub ich, welcher Fluss das ist.

Danny sah sich vor einem Publikum stehen, wie die Zuhörerschaft, vor der Kiran Rao am Tag zuvor auf dem Sydney Festival gesprochen hatte. Jawohl, Sir, ganz genau. Ich wusste etwas über die Tote, was niemand sonst wusste. Seltsamerweise hat mir gerade meine Stellung als Illegaler diese einzigartige Macht verschafft, und ich habe sie genutzt, um Gutes zu tun. Ihr wachst an meinen Widersprüchen.

Aber als er aufschaute und das Loch in dem Schaufenster sah, aus dem der Medicare-Schriftzug herausgefallen war, spürte er ein Kratzen im Hals.

Ich war bloß der Putzmann, sagte er nun flehentlich zu seinem imaginären Publikum. Einmal die Woche, Staubsaugen und Toiletten, mehr nicht. Er hoffte, sein vernünftiges australisches Publikum würde das verstehen. Ich gebe gern ein bisschen an, mehr nicht. Es tut mir sehr leid.

Ja, Danny hatte aus den Glasscherben einen Namen zusammengesetzt, aber vielleicht war es der falsche Name.

ME ICARE

Ein Weißer betrachtete ihn jetzt, wie er die Scherben betrachtete. Danny wandte sich ab und ging davon, blieb aber dann wie angewurzelt mitten auf der Straße stehen, als ein weiterer Zug ratternd in die Central Station einfuhr.

Das konvexe Glas des Gebäudes ihm gegenüber verzerrte den Zebrastreifen, auf dem er stand, zu einem gebogenen Rückgrat aus Kreide, und Danny sah sich selbst, sah sich selbst als inkohärent. Goldene Strähnchen im Haar, Staubsaugerkanister auf dem Rücken, Falschheit im Herzen und einen australischen Akzent auf der Zunge. Dünner Hintern. Dicker Hintern. Vermute ich. *Prrrrrrp*.

Er überquerte die Straße und blieb genau vor dem gewölbten Glas stehen. Astronaut.

Während er das Bild des seltsamen Astronauten vor ihm betrachtete, veränderte es sich: Es wurde zu dem seines Cousins Kannan. Ja, du erinnerst dich an Cousin Kannan, was? Zur gleichen Zeit, als Danny nach Australien flog, hatte Cousin Kannan eine Schlepperbande bezahlt, die Menschen von Batticaloa nach Rameswaram und von dort um Afrika herum und über den Atlantik brachte. Kannan hockte siebzehn Tage lang in einem Boot, aß braunes Brot und gekochte Kartoffeln, hielt nach Haien Ausschau, sammelte Regenwasser, bis die kanadische Küstenwache alle in dem Boot verhaftete. Acht Monate im Gefängnis. Dann – ein Wunder – Aufenthaltserlaubnis. Sogar um Flüchtling zu werden, brauchte ein Mensch ein gewisses Maß an Selbstwertgefühl.

Danny war mit dem Flugzeug nach Australien gekommen, hatte dann Asyl beantragt und gesagt bekommen, er solle sich verpissen. Konnte er es der Aussie-Regierung wirklich zum Vorwurf machen, dass sie seine Geschichte anzweifelte? Das Gleiche galt für den Offizier zu Hause, der ihn verhört hatte, den Mann mit der brennenden Zigarette zwischen den gespreizten Fingern: Die Leute durchschauten Danny schnell, aber dann sahen sie das Falsche. Hinter der Angeberei, dem Grinsen verbarg sich kein größeres Geheimnis.

An manchen dicken, alten Mauern kleben Plakate über Plakaten. Zieh die Plakate ab – und das ganze Gefüge bricht zusammen.

Ehrlicher Danny. Intelligenter Danny. Zuverlässiger Danny. Zuverlässig intelligenter Danny.

Weit entfernt pfiff ein Zug.

Auf einmal begann jemand, die Titelmelodie von *Mission: Impossible* zu summen. Danny griff in seine Tasche und holte das Handy heraus. Gut. Es lag gut und fest in seiner Hand, während er es anstarrte. Er scrollte zum neunzehnten Eintrag in der Kontaktliste, fand

H6

Haus Nummer sechs

und drückte auf die grüne Anruftaste. Er wartete auf den Klingelton.

«Lächerlich», sagte er, «lächerlich» und beendete den Anruf sofort.

Sein Bein zitterte, als hätte es einen Polizisten gesehen; aber seine Lippen waren geöffnet und in seinem Herzen war Freude.

Als die Central Station durch einen weiteren einfahrenden Zug erbebte, leuchteten rings um die Sandsteinaußenwände des Bahnhofs Bäume auf und ihre Blätter wurden durchscheinend wie grüne Trauben. In jedem zitternden und leuchtenden Baum sah Danny den feurigen Pfauenschwanz, auf dem Gott Murugan ritt. Die einfahrende Lokomotive ließ den Pfauenschwanz vibrieren, er kräuselte sich und verhieß: Du wirst *wieder ganz sein*.

Murugan: Und er schloss die Augen.

Buddha war *deren* Gott, Schutzherr der Singhalesen. Murugan, Gottheit von Tamilen in Not, saß auf einem Pfau und hielt einen *vel*, einen Speer: Er hatte Tempel, die seiner Verehrung gewidmet waren, in Indien, in Jaffna, in Batticaloa und vor den Batu Caves in Malaysia stand eine riesige goldene Statue von ihm.

Als Danny die Augen wieder öffnete, klingelte sein Handy, weil die neunzehnte Nummer in seiner Liste, *H6*, ihn zurückrief.

Murugan, Gott der Minderheiten, beschütze mich heute, wie du es seit vier Jahren tust.

Danny nahm das Gespräch an. «Doktor Prakash», sagte er. «Sind Sie das?»

DAS ZWEITE JAHR ALS ILLEGALER

Der Kaktus-Job in Campbelltown war ein Tipp von Mr Tsavdaridis. Neben dem Lebensmittelladen Sunburst in Glebe und einem Pfandhaus in Petersham betrieb Tommo auch noch ein kleines Jemand-Anders-Netzwerk, das sich von der City bis in die Vororte erstreckte.

Fünf Saguaro-Kakteen in einem Garten in Campbelltown. Das sprach sich bis zu Tommo in Glebe herum. Gutes Geld. Ein einheimischer Gärtner hatte sich die fünf «Gentlemen aus Texas» angesehen und eine Summe für deren Beseitigung genannt. Zu teuer, fanden die Besitzer. «Sucht euch jemand anders, der das macht», sagte der Gärtner. Prompt sprach sich das über das Jemand-Anders-Netzwerk bis zu Tommo herum, der persönlich nach Campbelltown fuhr. Der alte Mann war zwar selbst in seinem arthritischen Zustand stets daran interessiert, sich was dazuzuverdienen … aber als er in dem Garten in Campbelltown stand und die fünf Kakteen sah, verschlug es sogar ihm die Sprache.

Danny war Jemand Anders von Jemand Anders.

Tommo gab ihm die Adresse und den Vormittag frei und übernahm sogar die Hälfte der Kosten für die Zugfahrt unter der Voraussetzung, dass er die Hälfte von Dannys Bezahlung abbekam. Danny war einverstanden. Bevor er nach Campbelltown fuhr, kaufte er in einem Laden in Bahnhofsnähe drei Zigaretten, rauchte eine, wickelte zwei in ein weißes Taschentuch und nahm sich dann eine Ausgabe der kostenlosen Lokalzeitung.

Weiterer Todesfall in Villawood

Erneut hat sich ein illegaler Immigrant, der in Sydneys Auffanglager Villawood auf seine Abschiebung wartete, das Leben genommen, obwohl er wegen Suizidgefahr unter Beobachtung stand. Das Innenministerium hat Medienberichte bestätigt, dass ein 33-jähriger afghanischer Staatsangehöriger eine Rasierklinge geschluckt hat und in der Nacht an inneren Blutungen verstorben ist. Inoffiziellen Quellen zufolge ist das allein in diesem Jahr bereits der 698. Suizidversuch unter den rund 3500 Insassen des Auffanglagers.

Es war eine lange Zugfahrt. Drei junge Männer saßen vor ihm, Zweiliterflaschen Coca-Cola zwischen ihren nackten, weißen Beinen. «Also, mein Großvater war Halbschotte, ja?», sagte der Mittlere zu den beiden anderen. «Das heißt, die müssen mir die Einreiseerlaubnis ins Vereinigte Königreich geben und dann kriege ich einen EU-Pass ... dabei hab ich gar keine Lust nach Schottland zu gehen –»

Als Danny in Campbelltown ausstieg und an einer Reihe Fish-and-Chips-Läden vorbeikam, sah er vier dicke Aussie-Beos herumstolzieren. Die waren nicht mit den schüchternen Beos zu Hause zu vergleichen. Sie waren fett und laut, gingen lieber zu Fuß, statt zu fliegen, und wurden zu Gangstern, wenn es um Pommes ging. Sydney ist nämlich eine Stadt ohne Raubvögel. Hier können die Zaghaften dreist werden.

Er fand das Haus: Davor lag Fertigrasen in dunklen, grasgespickten Rollen gestapelt, wie selbst gemachte, mit Muskat gefüllte Schokolade.

Danny leckte sich die Lippen.

Eine Australierin in den Dreißigern öffnete die Tür, führte ihn hinters Haus und zeigte ihm «die Gentlemen aus Texas», wie sie sie nannte. Saguaro-Kakteen. Fünf texanische Riesen, der größte davon einen halben Meter höher als die anderen vier, blassgrün, mit nach oben gebogenen Armen, stachelstrotzend, tief im kiesigen Boden verwurzelt. Danny ging um sie herum.

«Die Leute, die vorher hier gewohnt haben, haben die Biester ordentlich gedüngt und jetzt sehen Sie ja, wie gefährlich die sind, und wir möchten nächstes Jahr ein Baby bekommen.»

Der Mann, der den Rasen gemäht hatte, war nicht bereit gewesen, die Kakteen zu fällen, vermutete Danny. Er berührte einen Dorn.

«– wenn wir ein Kind haben, will ich nicht, dass es einen Stachel von den Dingern ins Auge kriegt.» In einem Gartenschuppen zeigte sie ihm Werkzeug, zu dem auch eine Akkukettensäge gehörte. «... mit den Wurzeln rausholen, weil die Dinger nämlich auch aus einem Stumpf wieder ausschlagen können – und dann sollen sie da in die Ecke gerollt werden. Verstehen Sie, was ich sage?»

Danny packte seine zweite Zigarette aus und zündete sie an.

Er verstand.

In den Tempeln im Osten von Sri Lanka laufen Hindus an Festtagen über glühende Kohlen, weil die Menschen im Osten nun mal so sind. In dem Dargah von Kalmunai durchbohren sich fromme Muslime die Zunge mit einem Metallspieß; in der Aprilhitze öffnet sich ein Mann den Unterarm mit einem Stilett. Weil die Menschen im Osten von Sri Lanka so sind. Während des gesamten Bürgerkriegs wurden den Menschen aus dem Osten die schlimmsten Dinge von Menschen aus dem Osten angetan.

Als Danny seine Zigarettenkippe an einem Kaktus ausdrückte, stieß die Aussie-Frau einen Laut aus. Sie ging ins Haus, schloss die Glastür und sah von dort aus zu.

Er lockerte die Erde rings um den ersten Kaktus mit einer Schaufel. Zwanzig Minuten lang bearbeitete er so alle fünf Kakteen und schlug versuchsweise mit der Schaufel dagegen. Er begann zu singen – und schaltete die Kettensäge ein. Dornen und Milch und Pflanzenbrei flogen aus jedem Kaktus. «Warten Sie. Ziehen Sie die an», rief die Frau hinter der Glastür und hielt eine Schutzbrille hoch.

Während er mit der Kreissäge die Gentlemen aus Texas zerlegte, sang er immer lauter und lauter.

Die Dornen sind dazu da, um die Rosen zu schützen. Danny grinste, als er in den Kaktus schnitt. *Die Dornen sind dazu da, um –*

«Sind Sie ein Illegaler?»

Er machte die Säge aus, nahm die Schutzbrille ab und drehte sich um. Die weiße Frau stand in der offenen Tür, Arme verschränkt.

«Weil Sie für so wenig Geld arbeiten.»

Danny legte die Säge weg und machte sich fluchtbereit. Aber sie ging nur zurück ins Haus und schloss die Tür, dann öffnete sie sie wieder und rief: «Wenn Sie die Gentlemen aus Texas gefällt haben, rollen Sie sie bitte auch da hinten an die Mauer.»

Sie ließ ihn eine Dreiviertelstunde in Ruhe, und als sie die Tür wieder öffnete und herauskam, sah sie die fünf toten Kakteenstämme direkt vor der Gartenmauer liegen. Die Kettensäge war weggeräumt worden. Danny war dabei, sich die Hände am Gartenwaschbecken abzuspülen. Als sie näher kam, sah sie, dass sein Blut die Farbe des Beckens verändert hatte. «Sie müssen ins Krankenhaus, das könnte sich entzünden, und das wäre suboptimal. Äußerst sub-» Doch sie sah ihn an und wusste, dass er natürlich nicht ins Krankenhaus gehen konnte.

Sie hatte ein Desinfektionsmittel im Haus. Und weiche, weiße Handtücher. Sie umwickelte seine Hände damit.

«Ich war selbst mal illegal», sagte sie. «Nicht hier, aber in Amerika.»

Sie hieß Sam. Und sie war auch keine Australierin. Sie kam aus Zimbabwe. Wusste Danny, warum Menschen Zimbabwe verließen? Er sollte es googeln. Er blickte starr auf seine eingewickelten Hände und wartete darauf, dass sie ihm sein Geld gab. Sam redete. Sieben Jahre lang hatte sie versucht, in Amerika Fuß zu fassen. War Danny schon mal da gewesen? Sam hatte in Colorado gelebt, in Texas, in Las Vegas, überall, und die ganze Zeit versucht, eine Greencard zu bekommen. Vergeblich. Jahrelang hatte sie ihr Visum immer wieder *verlängert, aber eines Tages wurde es nicht mehr erneuert. Also blieb sie illegal in Amerika, lief von einem Anwalt für Einwanderungsrecht zum nächsten, achtzehn Monate lang.*

«Wissen Sie, wann ich schließlich aufgegeben habe?», fragte sie Danny. «Das war an dem Tag, als ich mit Jose Diego geredet habe, diesem Mann – diesem Putzmann – im Büro meines Anwalts. Er hat mir erzählt, wie er Amerikaner wurde. Seine im sechsten Monat schwangere Mutter war in Texas zu Fuß über die Grenze gegangen – durch einen Fluss gewatet –, um auf US-Gebiet zu kommen, nur damit sie ihn auf amerikanischem Boden zur Welt bringen konnte. Du brauchst einen wahnsinnig leidenschaftlichen Willen, um an so eine verdammte Greencard zu kommen. Andere dagegen», fügte Sam hinzu, «kriegen sie rein zufällig.» Da gab es nämlich eine Cousine von ihr, Anna, eine britische Cousine, in London geboren und aufgewachsen – das dachte Cousine Anna zumindest. Denn als sie achtzehn war, erzählten ihre Eltern ihr plötzlich: «Übrigens, Anna, haben wir mal erwähnt, dass du auf Hawaii geboren bist?» Sie hatten einfach all die Jahre über vergessen, ihr das zu erzählen. Sie war durch Geburt amerikanische Staatsbürgerin. «Sie lebt jetzt da. Ohio. Um Amerikanerin zu werden, sind wahre Wunder an Einsatz oder wahre Wunder an Glück vonnöten, und bei mir hat es bei beidem gehapert. Australien ist gar nicht so schlecht», sagte sie, während Danny unter die Handtücher lugte und den Zustand seiner Hände inspizierte. «Es liegt außerhalb der menschlichen Geschichte. Hier gibt es keine Folter, nichts Böses ruht in der Erde. Ist es schwer, hier illegal zu leben?»

«Ich bin», erklärte Danny, «nicht illegal.»

Sie ging ins Haus, um ihm sein Geld zu holen.

Er dankte Sam für die Handtücher und lehnte das Bier ab, das sie ihm anbot, gab ihr aber seine Telefonnummer mit der Bitte, ihn das nächste Mal direkt anzurufen, nicht über Tommo Tsavdaridis und sein Jemand-Anders-Netzwerk. Dann ging Danny wieder zum Bahnhof von Campbelltown, wo er die blutbefleckten Handtücher wegwarf und auf seinen Zug wartete.

11.11 Uhr

«Doktor Prakash», wiederholte Danny. Und dann, weil ihm nichts Besseres einfiel, schob er hinterher: «Sir.»

Kurzes Schweigen trat ein, dann lachte eine Stimme, die er seit Monaten nicht mehr gehört hatte.

«Nelson. Nelson Mandela. Du bist das, hab ich recht? Nelson, unser Putzmann.»

«Ja, Sir. Ich bin das.» Danny seufzte. Jetzt konnte er nicht mehr zurück.

Am anderen Ende lachte der Mann erneut.

«Die Nummer hab ich lange nicht gesehen. Sehr lange nicht. Unser Legendärer Putzmann. Und wie schön, von dir zu hören, ausgerechnet heute.»

Der Impuls zu kommunizieren zeigte sich bei Danny oft in Form von Parodie. Er hörte sich selbst sagen:

«Ausgerechnet heute.»

Die Stimme des Doktors war so klar und gemächlich wie die Scheinwerfer eines Autos in Batticaloa, nachdem sich ein spätabendliches Gewitter verzogen hat. *Wie könnte ich denn der Mörder sein?*, fragte sie, ruhig, gelassen.

Klatsch in die Hände, mein Junge, und der Tag fängt neu an.

Mit dem Gedanken, Aussies seien logische Leute, Fehler könnten in diesem Land ungeschehen gemacht werden, sagte Danny: «Hab Ihre Nummer aus Versehen gewählt, Doktor. Wollte Haus Nummer sieben anrufen. Der Mann ist Steuerberater. Auf der Brown Street in Newtown. Muss bei ihm putzen. Hab Ihre Nummer aus Versehen gewählt.»

«Aus Versehen. Ausgerechnet heute», sagte die Stimme von Haus Nummer sechs, Dr. Prakash, der Mann, den er mal den König vom Nil genannt hatte.

Danny hustete.

«Ein bisschen seltsam, Doktor, Sir», sagte er vorbeugend.

Ein kurzes Schweigen trat ein, dann lachte die Stimme am Telefon.

Danny wartete.

«Mr Putzmann. Nelson der Putzmann, es trifft sich großartig, dass du heute angerufen hast. Weißt du, warum? Ich fliege in ein paar Stunden nach Südafrika. Am Ende des Tages.»

«Südafrika?»

«Ja, Südafrika. Ich hab dir doch erzählt, wie sehr ich das Land liebe, oder? Gandhi war als junger Mann dort. Das weißt du doch. Ich hab dir alles darüber erzählt.» Der Doktor lachte leise. «Und rate mal, was ich brauche? Jemanden, der meine Wohnung putzt. In Potts Point. Da muss jemand ordentlich sauber machen, dann kann ich abreisen. Und du warst der Beste. Du warst eine Legende, Nelson. Also komm zu mir.»

«Bin sehr beschäftigt», sagte Danny. «Zu beschäftigt. Muss nach Newtown.»

«Nicht zu beschäftigt, um mich anzurufen, aber zu beschäftigt, um herzukommen. Seltsamer Mann, unser Danny. Das ist doch dein *anderer* Name, nicht wahr?»

Die Stimme klang ruhig, bedächtig, rational. Vor allem klang sie australisch.

«Sorry, Doktor.» Danny holte Luft. «Ein Versehen – bloß ein Versehen. Ich muss nach Newtown, arbeiten.» Und er legte auf.

Überwältigende Erleichterung. Da. Er hatte es getan. Seine Pflicht getan: Er hatte mit Prakash gesprochen, nur um zu hören, ob der normal klang, und genau so war er ihm auch vorgekommen, was bedeutete, dass er nichts mit irgendwas zu tun hatte. Gut. Das Leben war gut. Nun aber los und die Wohnung von Rodney Steuerberater putzen. *Ba-da-da-da-bum-bum.*

Ein Mann mittleren Alters mit einem Hund an der Leine ging an ihm vorbei. Keine Hunderasse, die Danny benennen konnte. Der Hund hatte die Farbe von dieser Blaubeereissorte aus Neuseeland, um den muskulösen Hals trug er ein schwarzes Lederband mit Stacheln und harte weiße Nippel standen steif unter dem flachen Bauch. Was für eine Wohltat wäre es, dachte Danny, jetzt einen fetten und vertrauten sri-lankischen Hund zu sehen, zum Beispiel einen Schäferhund.

Deutscher Schäferhund heißen die hier.

Sein Handy leuchtete wieder auf.

H6

Dr. Prakash wollte das Gespräch unbedingt fortsetzen.

Es muss schon nach Mittag sein. Garantiert.

Klatsch in die Hände, mein Junge, und der Tag fängt neu an. Inhaliere ein bisschen Menthol, mein Junge, und der Tag fängt vielleicht neu an.

Er ging durch Glebe und klatschte in die Hände.

Möglicherweise war die Zeit in der Hotelbranche in Dubai schuld. Du musst deinen Gästen dein beschissenes Hotel, dein beschissenes Zimmer schmackhaft machen. Ein Mann, der anderen zu viel verspricht, neigt dazu, auch sich selbst zu viel zu versprechen. Er sagt: «Danny wird diesen Mord aufklären – Danny wird ein Held sein.» Und was passiert dann?

Er ruft den einzigen Menschen an, den er heute nicht anrufen sollte. Am Tag von Radhas Tod.

Hier in Glebe war der Rauch dichter als um die Central Station herum, und Danny nieste wieder, dachte: Wo sind alle, wo ist die Welt, während im Hintergrund jammernder Baulärm ertönte.

Noch vor zwei Tagen hatte die Gegend hier völlig anders ausgesehen: Es war Wochenmarkt gewesen, und Sonja und er waren Händchen haltend an einer Reihe von weißen Zelten vorbeigegangen, wo sie handgehämmerten Edelstahlschmuck sahen, Ledergürtel, in buntes Papier eingepackte Seifen und dicke Duftkerzen. Hinter den Zelten spielte eine Rockband. Sonja suchte nach einer bestimmten Art von Jeans, schwarz und mit Schlitzen an den Knien. Auch nach buntem Garn für ihre Näharbeiten; und sie sprach mit Leuten unter den weißen Schirmen über wollene Strickware und verschiedene Stopf- und Sticktechniken, das hatte so etwas Häusliches an sich, das Danny nicht mit australischen Frauen verband und das ihm ein Lächeln entlockte. Im Hintergrund standen die anderen Illegalen, die wussten, dass er da war und dass Sonja kommen würde, in sicherem Abstand und grinsten.

Samstag. Das war erst Samstag gewesen. Heute war Glebe wie eine Geisterstadt unter einem dunklen Schleier aus Holzrauch.

Er rannte zur Bibliothek, vorbei an den weißen Säulen des Postamts, den leeren Parks, den Reihenhäusern mit schmiedeeisernen Balkongeländern, die ihn an Häuser in Batticaloa erinnerten.

Versteck dich im Sunburst oder setz dich zu deinesgleichen, Danny. So kannst du den Tag überstehen.

Fast an jedem Montagmorgen versammelten sich die Illegalen vor der Bibliothek von Glebe: Das war ihr eigener Markt, wo beschädigte Waren getauscht oder verkauft wurden, wo es Informationen über Jobs und Änderungen der Einwanderungsgesetze gab. Manchmal las Danny den anderen aus Kiran Raos Buch vor oder er schilderte ihnen, was Rao morgens im Fernsehen gesagt hatte:

Jeden Morgen brachte meine Mum mich zum Zug von Penrith in die Stadt, wo ich die Knox Grammar School besuchte. Ich war Klassenbester. Auf dem Weg zur Schule las ich jeden Tag ein Buch. Dank der «Niemals aufgeben»-Haltung meiner Mum bin ich heute ausgebildeter Psychiater und berate Channel 9 in multikulturellen Angelegenheiten.

Heute saß niemand vor der Bibliothek von Glebe.

Danny kannte zwar ihre Namen – Lin, der Chinese aus Malaysia, und die beiden Pakistaner, Ibrahim und Razak –, hatte aber keine Möglichkeit, sie zu finden. Das war die Abmachung. Dadurch waren die anderen immer noch sicher, falls einer geschnappt wurde.

Erst vor zwei Monaten … genau hier, vor der Bibliothek, hatte Lin, der Chinese aus Malaysia, einen europäischen Backpacker getroffen, der in Tränen aufgelöst war und erzählte, dass er von einem Farmer in Tamworth übers Ohr gehauen worden war, für den er einen Monat lang Orangen gepflückt hatte. Am Ende hatte der Farmer ihm einen Dollar pro Obstkiste bezahlt, sodass er Tamworth nach einem Monat Knochenarbeit mit gerade mal 120 Dollar in der Tasche verließ. Lin war verwundert und geschockt, dass dieser weiße Junge offenbar in seinem ganzen Leben noch nie übers Ohr gehauen worden war, aber ihm gefiel die Angewohnheit des Burschen, zu allen, die ihm über den Weg liefen, «Bis demnächst mal. Bis demnächst. Bis demnächst mal», zu sagen (bestimmt war er Brite, dachte Danny). Lin schmuggelte zwei Portionen Tacos aus dem mexikanischen Restaurant, in dem er arbeitete, und aß sie zusammen mit dem Europäer vor der Bibliothek von Glebe. Um dem armen Kerl begreiflich zu machen, dass er nicht der Einzige war, dem es schlecht erging, gestand Lin ihm sogar, dass er illegal in Australien war, und dann bedankte sich der Europäer für die Tacos, sagte: «Bis demnächst mal, bis demnächst», ging zurück in sein Hostel und, ist das zu fassen, rief die Einwanderungsbehörde an, jawohl, *ernsthaft*, und als die Beamten in einem Van zur Bibliothek von Glebe fuhren, um Lin zu schnappen, wer rettete ihn da? Eine Mitarbeiterin der Bibliothek, eine Studentin, die ihn zwei Stunden lang in ihrem Auto versteckte. Zwei Stunden. Danach änderte Lin seine Handynummer und war nicht mehr bereit, sie Danny oder den anderen zu geben …

Von der Bibliothek rannte Danny die nach rechts abfallende Straße runter, schnell weg von der Hauptstraße, vorbei an Block um Block von augenlosen Häusern bis zu dem schrillen Graffiti von Krishna als blauhäutigem Rastafari auf einem Surfbrett, was bedeutete, dass er fast zu Hause war.

Er konnte die Golden Oldies schon hören, die Kanal 2 auf

1170 kHz spielte, bevor er den bleichen, alten Arm aus dem offenen Fenster des Lebensmittelladens hängen sah, der eine brennende Zigarette über dem Bürgersteig abklopfte und den Buschbränden Rauch und Asche, seine eigene Umweltverschmutzung, hinzufügte.

Der Besitzer der brennenden Zigarette sagte:

«Warum schikanieren die uns dauernd? Alle hacken auf den Eels rum. Weißt du noch? Letztes Jahr hat die Rugby League Joey Mitchell wegen gefährlichen Spiels gesperrt, dabei war das ein sauberes Tackling. Ein ganz klar sauberes Tackling. Das war reine Schikane.»

«Tommo.»

Für das übrige Sydney mochte der Sommer ja die Kricket-Saison sein, aber nicht in diesem Laden gleich neben der Glebe Point Road, dessen Name auf einem alten, weißen Schild prangte: Sunburst.

«Mitchell hatte schließlich die Prellungen am Kopf und die machen ihn zum Bösewicht.»

«Tommo!»

Die Zigarette fiel auf den Bürgersteig, und der Arm wurde hineingezogen, als Danny den Laden betrat, an sämtlichen Regalen vorbeiging, nach links bog und die alte Metalltreppe hinauf in einen Lagerraum rannte, dessen Tür er hinter sich schloss.

Er war zu Hause.

11.16 Uhr

Zwei Pandabären oben auf einem Schrank voller Küchenpapierrollen begrüßten Danny. An einer Wand waren Pappkartons gestapelt, doch ein blaues Sofa und ein schwarzer Drehsessel beherrschten den Raum. Ein kleiner gesprungener Spiegel hing an der Wand.

RUGBY VERSTEHEN

In Australien gibt es drei Arten Rugby (sag nie Rugby)

1. Rugby League (sag einfach Football)

Große Mannschaften:

Eels – Parramatta (Tommos Mannschaft)

Dragons – Illawara

Rabbitohs (ganz schlechte Mannschaft) – South Sydney

Bulldogs – Canterbury

Außerdem spielen sie dieses Spiel in Brisbane

Neben dem Spiegel war ein handschriftliches Blatt Papier mit Strichmännchen-Zeichnungen an die Wand gepinnt.

2. Rugby Union (sag einfach Union) – wird von den ganz Reichen gespielt. Bei diesem Spiel gibt es das «Gedränge».

Eines der Strichmännchen sprang hoch und fing einen ovalen Gegenstand auf.

3. AFL (Aussie-Regeln) – Finale in Melbourne. Mannschaften: Collingwood, Fitzroy usw.

Danny nahm den Rucksack und legte ihn auf seinen Plastikbeutel, dann holte er den Kaktus hervor und stellte ihn neben die Pandabären.

«Wieso bist du hier?», fragte eine Stimme und Danny öffnete die Tür, blickte die sieben Metallstufen hinunter.

Das blasse Gesicht von Tommo Tsavdaridis starrte herauf.

Im Hintergrund war die sonnenbeschienene Kassentheke des Ladens zu sehen. Unmittelbar hinter Tommo standen ein Regal voller Gläser mit Babynahrung (Regal F1) und ein Regal mit Raumsprays, Taschentüchern, Toilettenpapier (Regal G1). Die Nummerierung der Regale war Dannys Erfindung. Das erinnerte ihn daran, dass er den Karton mit Ramen-Fertignudeln öffnen und die Packungen in Regal E einräumen musste, neben den Dosensuppen.

«Du hast heute einen Job. Zwei Jobs. Hast du abgesagt?»

Tommo legte eine Hand auf die Treppe und trat näher. Er hatte eine schwache Raucherstimme und einen Blick, der Strafen androhte.

«Du musst mir zwanzig Dollar zahlen, auch wenn du absagst. Das vergesse ich nicht. Zwanzig Dollar vergesse ich auf keinen Fall, Danny. Das garantier ich dir. Das vergesse ich nicht.»

Ohne seinem Boss zu antworten, machte Danny einfach die Tür zu.

Er setzte sich in den schwarzen Drehsessel. Er atmete Luft ein, die nach feuchter Pappe, Gewürzen und Teppich roch. Und er wusste, dass er das hier nicht verlieren wollte.

Er hatte den Raum gut und kostenlos eingerichtet. Aussies warfen nämlich jeden zweiten Tag komplette Wohnzimmer weg. In dem Schrank war sogar ein kleines elektrisches Heizgerät, das er benutzen durfte. Aber nur immer vierzig Minuten pro Abend, selbst mitten im Winter, weil Mr Tsavdaridis meinte, das Ding würde zu viel Strom verbrauchen. Aber die Winter waren nicht so schlimm, vor allem, nachdem er den Drehsessel gefunden hatte, der von der Bibliothek in Glebe ausrangiert worden war.

Wuuuuusch. Danny begann, sich mit dem Sessel zu drehen. In Dubai hatte er zum ersten Mal die Größe der Welt erahnt, auf deren unterster Ebene, so sagte ihm sein Instinkt, er – ein Tamile aus dem Osten Sri Lankas, eine Minderheit innerhalb einer Minderheit – existierte.

Hier in dem Lagerraum in Glebe hatte Danny sein Gefängnis um einen Drehsessel bereichert. Wenn er in dem Sessel saß, wurde er ein anderer. Meistens Kiran Rao. Sein Blutdruck sank allmählich. Das spürte er.

Dann hörte er von unten, aus dem Laden, jemanden rufen: «Danny. Wie viel hast du heute verdient? Danny!»

«Tommo», rief er zurück. «Lass mich in Ruhe.»

«Du musst mir mein Geld geben, auch wenn du den Job abgesagt hast.»

«Ich hab nicht abgesagt. Ich mach bloß Pause.»

«Pause?» Der alte Grieche klang, als hörte er das Wort zum ersten Mal. «Pause?»

Danny rollte mit dem schwarzen Drehsessel zum Schrank, nahm einen Panda und warf ihn gegen die Tür. Zisch ab!

Er musste immerzu an dieses Gesicht denken. Mark. Ihr Ehemann. Den er heute bei den roten Tulpen gesehen hatte. Ja, er bumste nicht mit ihr – vielleicht hatte ihn das wütend gemacht. Eifersüchtig. Aber Mark war Immobilienmakler, oder? Ein reicher Mann. (Ich will damit nicht sagen, dass er es war, sah Danny sich bemüßigt, seinem australischen Publikum zu versichern. Es tut mir leid, wenn der Eindruck entstanden ist, dass ich Mr Mark verdächtige.) Wer sonst könnte es gewesen sein? Einfach ein blinder Überfall? Wahllose Gewalt? Aber wer auch immer es getan hatte und ganz gleich aus welchem Grund, eines war so gut wie sicher.

Der Mörder war australischer Staatsbürger.

«Geht dir was durch den Kopf, Danny?», sagte die Stimme des alten Mannes von draußen. «Grübel nicht zu viel.»

Mr Tsavdaridis verlangte ein Drittel von dem, was Danny mit Putzen verdiente, als Vermittlungsprovision; seine Lebensweisheiten dagegen waren gratis.

«Heute ist im Laden der Feuermelder losgegangen. Nebenan auch. Überall in Glebe Feueralarm. Zu viel Rauch in der Luft. Vielleicht ist dir ja der Rauch zu Kopf gestiegen. Du denkst heute nur Mist», rief der Händler von unten, ehe er Danny in Ruhe ließ.

Und er hatte recht, das wusste Danny. Diesmal hatte Mr Tsavdaridis recht. Er sollte jetzt bei einer seiner Putzstellen sein.

Sein Herz klopfte, als würde es von selbst seinen eigenen Gott anbeten. Eine fettige Samosa. Bloß eine. Eine Samosa mit Ei.

«Danny. Die Frau, die heute gestorben ist.» Die Stimme war

wieder vor seiner Tür. «Du bist doch nicht wegen der schon zu Hause, oder?»

Der gewiefte Alte hatte begonnen, Vermutungen anzustellen.

«Tommo», rief Danny. «Haus Nummer fünf. Sie kennen sie nicht.»

«Ich weiß alles über dich.»

«Sie kennen sie nicht, weil ich Ihnen das nie erzählt hab. Ich hab da geputzt ... Dann hab ich aufgehört, für sie zu arbeiten. Sie ist gestorben. Die sagen nichts über die Farbe der Jacke.»

«Das hast du mir nie erzählt? Du hast mir kein Geld ...»

Danny konnte hören, wie Mr Tsavdaridis mit dieser Erkenntnis rang. Vor vier Jahren hatte er Danny in seinem Laden und in der Hand gehabt, und mit jedem Tag, der seitdem verging, wusste er, dass seine Macht über ihn schwand.

Es wäre nicht nötig gewesen, dass Danny die nächste Bombe platzen ließ, außer vielleicht, um dem alten Mann klarzumachen, dass sie in diesem Lebensmittelladen jetzt ebenbürtig waren.

«Wissen Sie noch, dass ich abends öfter spät zurückgekommen bin? Und gesagt hab, dass ich in der Bibliothek gewesen wär? Da bin ich bei denen gewesen. Der ermordeten Frau. Und dem Doktor. Haus Nummer fünf in Erko und Haus Nummer sechs in Potts Point. Ich hab aber aufgehört, für sie zu arbeiten. Vor sechs oder sieben Monaten.»

«Du warst abends unterwegs, hast deinen Spaß gehabt und hast mir nichts davon gesagt, hast mich nicht bezahlt –» Die Stimme von unten wurde schrill, hysterisch.

Danny grinste. Ein bisschen Sadismus tat ihm an diesem Vormittag gut.

Doch das Lächeln währte nicht lange. Jeder Fehler, den er an diesem Vormittag gemacht hatte, wurde immer nur noch größer: Sein Handy klingelte, wieder und wieder.

H6

Dr. Prakash rief wieder an.

«Putzmann.»

Danny hatte das Gespräch angenommen.

«Du hast einfach aufgelegt.»

«Sorry. Tut mir leid.»

«Du hast mich heute angerufen, schon vergessen? Du hast mich angerufen. Jetzt musst du herkommen und bei mir putzen. Das ist ein fairer Deal, findest du nicht?»

«Ich …», sagte Danny. «Ich … ich …», und dann legte er einfach auf.

Scheiße.

In seinem Raum sprach Danny das Wort laut aus: «Inder.» Du *wusstest*, dass sie Inder waren. Du weißt, dass Inder für einen sri-lankischen Tamilen das Schlimmste sind, also warum hast du dich nicht von diesen zwei Indern ferngehalten?

Warum haben Sie uns nicht schon früher angerufen, wird die Polizei fragen, wenn Sie das Gefühl hatten, dass mit den beiden was nicht stimmte?

Ich bin ein Opfer staatlicher Folter.

Er wirbelte in seinem Drehsessel herum, dessen Metallgelenke quietschten.

Haben Sie deshalb das Geld Ihres Vaters ausgegeben, um nach Australien zu kommen, und dann nie wieder mit ihm gesprochen?

Danny trat fest mit einem Fuß auf, um die Drehbewegung des Sessels zu stoppen.

Er hob den heruntergefallenen Panda auf und setzte ihn wieder auf den Schrank. Er nahm den in Zellophan eingepackten Kaktus zwischen den beiden Pandas weg und stellte ihn aufs Sofa. Er setzte sich dem Kaktus gegenüber. Das Verhör hatte begonnen.

Fangen Sie ganz von vorne an. So will das die Polizei immer. Sagen Sie: «Ich gestehe meine Schande. Ich bin ein Illegaler. Ich habe das Gesetz gebrochen.»

Und dann drehte Danny sich wieder mit dem schwarzen Sessel im Kreis.

…

Gut. Also, wie kam es dazu, dass Sie angefangen haben, die Wohnung der Toten zu putzen?

Wenn du in diesem Land professionelle Arbeit leistest, wissen die Leute das zu schätzen, das ist eines der Dinge, die ich an Australien mag. Wenn du einen prima Job machst, sagen sie, eine Bekannte von mir sucht auch einen Putzmann. Irgendjemand muss mich zu Radhas Wohnung geschickt haben. Ich kann mich nicht mehr erinnern, wer …

Überlegen Sie genauer. Wer hat Sie zu ihr geschickt?

… Danny verlangsamte seine Drehbewegung ein wenig. Sorry. Kann mich im Moment wirklich nicht erinnern.

Woran er sich erinnerte, war Folgendes:

Beim ersten Mal war ihre Wohnung bloß eine Putzstelle. Yogamatten und Sportkleidung auf dem Boden, Spaghetti im Abfluss. Radha Thomas, die Besitzerin, sah ihm beim Putzen zu, aber das war ganz normal. Wenn du das erste Mal putzt, wollen sie sehen, wie du arbeitest. An jeder Wand hing ein Foto von ihr zusammen mit einem weißen Mann. Ihr australischer Ehemann. Sie zahlte sechzig Dollar bar auf die Hand. Kein Problem.

Als Danny das zweite Mal kam, um ihre Wohnung zu putzen, telefonierte sie, während er arbeitete. Er hörte ihr Gespräch mit. «O-kay», murmelte er vor sich hin, ahmte sie nach. «O-kay.» Durchs Fenster konnte er die vier dunklen Obelisken sehen, die vier Ziegeltürme am Rand von Erskineville.

Plötzlich kamen diese kräftigen Füße die Treppe heraufgepoltert, und ehe Danny den Staubsauger ausmachen konnte, flog die Tür einfach auf und der Mann hatte bereits die Arme um Radha geschlungen und hob sie einfach vom Boden hoch. Danny ließ das Saugrohr fallen. Von dem kraftvollen Eindringling in die Luft gehoben und sich gegen seine Küsse wehrend, rief die Frau des Hauses der angeheuerten Hilfskraft zu: «Ist o-kay. Ich kenne den Mann. Ich kenne ihn. Warte unten. Warte. Ich ruf dich wieder hoch. Wir bezahlen dir auch mehr. O-kay? Mein

Gott, Prakash, hör auf, mich zu begrapschen, wir sind doch nicht allein –»

Der Inder, der Haus Nummer fünf mit den Armen hochgehoben hatte, drehte sich zu Danny um und sagte: «Geh mal ein Weilchen raus, Kumpel.»

Sie sind also raus und haben gewartet?

Was hätte Danny denn anderes machen sollen?

Er zog die Wohnungstür hinter sich zu, ging nach unten auf die Straße und wartete bei dem weißen Eukalyptusbaum, leprös und prächtig, wollte seine Rinde berühren, die Pilze am Fuß des Baumes kraulen. Er betrachtete den Baum und ahmte immer wieder dieses Wort nach. *O-kay*. Eine Handgranate von Wort: kehliges *o*, explosives *kay*. Von oben drang das Stöhnen einer Frau bis auf den Vorplatz. Danny schaute hoch: Radha hatte rote Tulpen im Fenster.

O-kay. O-kay. Während Danny die Lust der beiden belauschte, sah er sich wieder mal als einen Mann, der nicht mal imstande gewesen war, seine Wut auf die Welt *sauber* zu äußern, wie das so viele weniger begabte Menschen getan hatten. Ein Schulfreund, kein guter Schüler, kein guter Dreispringer, hatte sich eines Abends den LTTE angeschlossen, den *Tamil Tigers*, war mit dem Motorboot über die Lagune geflohen, dann auf die Ladefläche eines Trucks geklettert und zu einem Trainingscamp weit im Norden gefahren, um Soldat zu werden und im Kampf gegen die sri-lankische Armee zu sterben. *Das* war ehrenvoll. Ein Messer aufzuheben und es einem rassistischen Polizisten wieder und wieder ins Herz zu rammen, *das* war ehrenvoll. In ein Boot zu steigen und mit den Rudern auf Haie einzudreschen und der kanadischen Küstenwache zuzurufen: «Ich bin euer Flüchtling», *das* war ehrenvoll.

Aber schau *dich* an.

Vor Dannys Augen erschien ein Wandgemälde – das er bei seinen Streifzügen durch Sydney auf irgendeiner Mauer erblickt hatte, ein realistisches Kunstwerk, Haare und Fell detailgetreu gestaltet – von drei toten Tieren. Ein Hirsch mit geschwungenem Geweih, ein Reiher und ein Kaninchen. Drei Tiere, drei Leichen, an Drähten von der Decke einer Küche hängend, und unter ihnen, auf einem Schlachtblock, lag ein Widder, das Maul mit Stricken zugebunden, die Zunge herausgestreckt. Der Reiher im Profil hatte ein Auge weit geöffnet, als wollte er sagen: *Wir haben nicht mal geschrien, als uns die Welt gestohlen wurde.*

Sechsundvierzig Minuten wartete er dort.

Dannys Fingerknöchel scheuerten über die papierartige Rinde des Eukalyptusbaums, zogen sie in weißen Streifen ab und warfen sie zu den zertretenen Pilzen am Boden, als das Stöhnen der Frau lauter wurde und dann aufhörte. Als er hochsah, bebten nach einem kurzen Moment die Tulpen, ein Fenster ging auf, und Radhas strahlendes, zufriedenes Gesicht rief ihn zurück ins Haus.

Er lief nach oben.

«Bist du ein Spion, Freundchen?», fragte der Inder, noch immer in seinen Boxershorts, die Hände auf seinem Rumpf, als Danny zurück in die Wohnung kam. «Ich kann einen Spion riechen: Die schicken immer einen braunen Mann, um einen braunen Mann auszuspionieren.»

Er redete noch immer über Spione, als er Danny bezahlte – sechzig Dollar plus zwanzig extra –, und Danny wusste, dass er nichts sagen sollte, aber er wohnte nun seit anderthalb Jahren in einem Lagerraum. «Sind Sie beide Rednecks?», fragte er, woraufhin die Frau losprustete.

«Hast du das Wort hier in Australien gelernt, Kumpel?»

«Das ist ein amerikanisches Wort», sagte Danny, bevor er ging.

Er war schon halb am Bahnhof, als er Schritte hinter sich hörte und eine Frau rief: «Du hast recht!» Radha kam ihm nachgelaufen. «Es ist amerikanisch. Wir haben es auf Prakashs Handy nachgesehen. Komm mit und trink was mit uns. Bleib zum Essen.»

Nach kurzem Zögern folgte Danny ihr zurück in die Wohnung.

Damit fing es an.

Ist Ihnen inzwischen eingefallen, wer Sie zu ihrer Wohnung geschickt hat?

Nein, noch nicht. Ich komm noch drauf. Danny drehte sich wieder mit seinem Sessel.

Jeden Dienstag putzte er bei ihr in Erskineville. Aber sie hatte noch eine zweite Wohnung, in Potts Point. Haus Nummer sechs. Sie ließ ihn dort wohnen: Dr. Prakash. Jeden Mittwoch war Danny bei ihm. Aber der Ablauf war eigentlich in beiden Wohnungen der Gleiche.

Und das heißt?

Das heißt, ihm wurde gesagt, er solle draußen warten, während sie das machten, was ihnen am besten gefiel – in der Wohnung vögeln, wenn ihr Ehemann nicht da war. Danny fand sich damit ab. Er fand sich mit allem ab, solange sie ihn pünktlich bezahlten, was sie stets taten, mit ordentlich Trinkgeld obendrauf.

Dann hatte es wohl einen Zwischenfall gegeben, vielleicht hatte ihr Ehemann sie um ein Haar erwischt, denn von einem Tag auf den anderen kam Prakash nicht mehr nach Erskineville und sie trafen sich nur noch in seiner Wohnung in Potts Point.

Ihrer Wohnung in Potts Point, in der sie Prakash wohnen ließ.

Von nun an kutschierte Radha ihn, nachdem er Haus Nummer fünf gründlich geputzt hatte, immer in ihrem Auto («Alle anderen Putzleute, die wir hatten, reden so: ‹Ich wollen Bettlaken neu machen.› Und du kommst mit einem ausgeklügelten Wortschatz daher! Da können wir dich doch unmöglich gehen lassen!») den ganzen Weg bis Kings Cross, Sydneys Rotlichtviertel, hinter dem sich wie so oft in Sydney unvermittelt eine andere Welt auftat, eine Gegend mit weiß getünchten, klassischen Häusern («Mega dünner Hintern», sagte Danny später zu Radha, was sie zum Lachen brachte). Das war Potts Point. Sie parkte ihr Auto vor einem Gebäude namens Regents Court. Haus Nummer sechs. Sie ging zuerst rein. Danny sollte draußen warten oder sich einen Kaffee kaufen oder in Kings Cross herumspazieren oder bei der Coca-Cola-Reklame stehen und den Verkehr beobachten, bis sie ihm simste – *Wir sind fertig* –, und dann eilte er wie beim Dreisprung mit Hop, Step und Jump zurück zu dem Haus, ging durch die Glastür und hinauf zu Dr. Prakashs Wohnung im sechsten Stock und brachte alles in Ordnung, machte das Bett und zog das Laken glatt.

Der schwarze Sessel hatte sich ausgedreht. Danny hatte sein Handy vom Sofa genommen.

H6

Es summte und leuchtete jetzt ununterbrochen. Dr. Prakash störte Dannys imaginäre Unterhaltung, um eine reale zu führen.

Sie nennen ihn immerzu Doktor. Ein echter Doktor?

Danny streckte den Arm aus, um die Position der Kaktuspflanze leicht zu verändern. Dann drehte er eine weitere Runde mit dem Sessel.

Sie nannte ihn so, Officer. Weil sie das witzig fand. Sie nannte ihn Doktor, weil das der Preis ist, den du bezahlst, wenn Radha Thomas dir hilft. Prakash ließ sich auf den Witz ein. Manchmal, wenn er in Kings Cross unterwegs war, zeigte er auf irgendwelche Leute und sagte: «Der Typ da hat eine schrottreife Blase. Das seh ich an seinem Gang.» Oder er zeigte auf einen Jogger. «*Arrhythmie*. Der Mann hat ein krankes Herz. Lange joggt der nicht mehr.» Ja, er spielte den Doktor-Witz mit.

Was genau war denn der Witz?

Er war auf eine Privatschule gegangen, ein Tiefkühl-Inder, und er hätte Arzt werden sollen. Kein Bergmann. Das war der Witz.

In seiner Wohnung in Potts Point, besser gesagt: in der Wohnung, die ihr gehörte und die er benutzte, glaubtest du tatsächlich, dass der Mann eine Privatschule besucht hatte: Da gab es einen ganzen Schrank voller Krawatten, gestreifter Krawatten, und da gab es ein silbernes Wappen, das er in der Schule beim Rugby gewonnen hatte, mit einem Motto auf Latein. Außer den Krawatten und dem Schulwappen gab es ein Foto von Prakash in einem fremden Land, irgendwo in Afrika, den Leuten um ihn herum nach zu schließen.

Ist Ihnen inzwischen der Name der Person eingefallen, die Sie zu Radha Thomas geschickt hat?

Nein. (Danny warf wieder einen Blick auf das leuchtende Handy: *H6* rief immer noch an.)

Wissen Sie, beide konnten über sich selbst *und* über den anderen lachen. Das rettet eine Beziehung. Glauben Sie mir. Deshalb verstehen Sonja und ich uns so gut.

Ein Beispiel: Eines Tages stand Radha vor Prakash und sagte: «Ich hab das gemacht, was alle in meiner Generation gemacht haben, ich hab für die Regierung gearbeitet. Du hast eine Affäre mit einer Bürokratin. Du bist gefährlich, was?»

«In *meiner* Generation ist jeder Arzt geworden», entgegnete Prakash mit einer Verbeugung. «Also auch ich.»

Und dann lachten sie beide.

Verstehen Sie, was ich meine? Danny hob zur Betonung die Arme. Die beiden waren toll zusammen. Sie hatten das Glücksspiel. Und das Vögeln.

Natürlich redeten sie davon, gemeinsam durchzubrennen. Ja, wie Liebespaare in tamilischen Filmen redeten sie davon, wegzulaufen, Sydney zu verlassen, Australien zu verlassen.

Aber Danny glaubte nie, dass sie das tun würden. Sie besaßen Immobilien. Radha besaß Immobilien. Zwei Wohnungen in Sydney.

Danny schloss die Augen und erinnerte sich. Dachte an die Wohnung in Potts Point, wo sie Dr. Prakash wohnen ließ. Wenn Danny um das Sofa herum saugte, konnte er zwischen den Wohnblocks in Elizabeth Bay und dem Bogen der Harbor Bridge hindurch einen Haufen zerbrochenes Porzellan sehen: die Oper von

Sydney – die an schwülen Tagen in einem Dunstschleier zitterte, der aussah, als wäre er von Batticaloa herübergeweht.

Und sie ließ Prakash da mietfrei wohnen. So sehr wollte sie ihn. Warum hätte er ihr was antun sollen?

Vielleicht war es ja *der Mann*. Ihr Gatte. Mark, der Typ mit dem roten Gesicht, den er an dem Fenster gesehen hatte, neben den Tulpen. Aber wieso hätte sie ihm von dem Fluss erzählen oder mit ihm dorthin fahren sollen? Jener Ort, das strömende Wasser, die Sterne: All das war nur für sie und für den Doktor.

Oder vielleicht war es ein Fremder, irgendeiner, der sie zufällig in dieser Nacht am Fluss gesehen hatte …

Moment. Einmal, als Radha und Prakash an dem Fluss waren, hatten zwei weiße Jungs mit ihrem schwarzen Hund im Wasser gespielt. Und wie der Hund geheult hatte.

Danny öffnete die Augen. Die Metalltreppe draußen erbebte, was bedeutete, dass Tommo einen Karton draufgestellt hatte, um Danny zu signalisieren, dass er endlich anfangen sollte, im Laden zu arbeiten, statt verträumt in seinem Zimmer rumzuliegen.

Er stand auf, öffnete den Schrank und kramte die Gelben Seiten heraus – die bewahrte er dort auf, um Reinigungsdienste anzurufen und sich nach deren Preisen zu erkundigen. Er blätterte das große, abgegriffene Buch durch, bis er fand, was er suchte:

Wichtige Nummern
Crime Stoppers 1–800–333–000
Crime Stoppers ist rund um die Uhr erreichbar und ermöglicht es Bürgerinnen und Bürgern, anonyme Hinweise auf kriminelle oder verdächtige Aktivitäten zu geben – Ihre Information könnte der entscheidende Hinweis sein, den die Polizei benötigt, um ein Verbrechen aufzuklären.

Er nahm den Kaktus zur seelischen Unterstützung mit.

Als Danny die Tür des Lagerraums öffnete, sah er, dass die

siebensprossige Leiter nach unten von dem Karton mit Ramen-Nudeln blockiert wurde, den der alte Mann offenbar dorthin gestellt hatte, um ihm etwas mitzuteilen. Wenn er nicht für Tommo putzte, wurde von ihm erwartet, dass er für Tommo Regale auffüllte.

Die Leiter gab ein nervöses metallisches Kichern von sich. Mit dem Kaktus in der rechten Hand stieg Danny nach unten und machte einen übertrieben großen Schritt über den Karton hinweg.

Können Sie uns mehr über diese zwei weißen Jungen im Fluss erzählen? Und über ihren schwarzen Hund?

Mit einem Finger an den Lippen beschwor Danny den Polizisten, still zu sein – nur für einen Moment.

Tommo Tsavdaridis beobachtete ihn von der Ladentheke aus, als Danny einen Dreisprung machte: ein Hop an dem schimpfenden Alten vorbei, ein Step durch die offene Tür, und ein Jump hinaus auf die Straßen von Glebe, während eine wütende Stimme hinter ihm her schrie: «Danny! Komm zurück und gib mir meine zwanzig Dollar! Ich bring dich um, Danny. Zwanzig Dollar vergesse ich nie!»

Nicht weit von dem berühmten Wandbild von Krishna, einem örtlichen Wahrzeichen, befand sich eine weitere Perle des Vorortes, ein Laden namens Gabrielle, wo man sein eigenes Brot backte, Kaffee 20 Prozent teurer als im städtischen Durchschnitt verkaufte und jeden Wochentag um 15.00 Uhr schloss, während auf einem Schild mit den Öffnungszeiten an der Fensterscheibe neben *Samstag* und *Sonntag* eine Figur im Nachthemd genüssliche *zzzzzs* von sich gab. Es war die Art von Laden, die von Leuten betrieben wird, die keine Migranten in Australien sind.

Als Danny am Gabrielle vorbeiging und den Duft von frisch Gebackenem einatmete, presste er sich die Topfpflanze ans T-Shirt und spürte ihre Wölbung an der Brust.

Jemand beobachtete ihn aus dem dunklen Fenster des 7-Eleven heraus, der Art von Laden, die von Immigranten betrieben wird.

Der braune Mann trat zwar vom Fenster weg, als Danny den Blick erwiderte, doch seine Augen weiteten sich so, wie eine Kamera ihre Blende öffnet, während sie sich bereits zurückzieht, beschämt, weil sie Dannys Bild haben will, obgleich sie gerade wegen dieser Scham umso mehr danach giert.

Danny ahmte den Mann nach. Er trat einen Schritt zurück; er beobachtete das zurückweichende Gesicht des braunen Mannes in dem 7-Eleven.

Unversehens taucht es vor deinen Augen auf: das Antlitz eines ägyptischen Pharaos auf einem elektronischen Spielautomaten. König vom Nil. Er ist breitschultrig und majestätisch, mit glänzenden, verständnisvollen Augen, ein würdiger Gefährte der mit einem Diadem geschmückten Kleopatra, die dich vom nächsten Automaten aus anblickt, die Königin vom Nil.

Dannys Herz begann zu hämmern. *Es kommt*, sagte er sich. *Es kommt*. Ein Hund beschnupperte Dannys Schuhe, fand sie uninteressant und lief zu seinem Herrchen zurück, und dann, genau wie er gespürt hatte, kam es. Sein Handy summte und das Display leuchtete auf:

H6

Haus Nummer sechs.

Danny war bewusst, dass er noch immer aus dem 7-Eleven beobachtet wurde, als er weiter in Richtung des Postamts von Glebe ging.

Er drückte sich den Kaktus an die Brust, hob aber eine geöffnete Hand, sodass er die Nummer lesen konnte, die er auf den Handteller geschrieben hatte,

1–800–333–000,

und er nahm das Gespräch an, indem er sagte: «Ja, Doktor, Sir?»

11.43 Uhr

«Ist doch komisch», sagte eine Stimme am anderen Ende, «dass du mich ausgerechnet heute anrufst, Putzmann.»

Ruhig, gelassen. Da ist kein Schuldgefühl in dieser Stimme, sagte sich Danny. Null.

«Heute ist ein besonderer Tag. Du weißt doch, warum es ein besonderer Tag ist, oder?», fragte Dr. Prakash.

«Ja, natürlich weiß ich das», beteuerte Danny. «Heute ist Guru Purnima.»

«Oh, das weißt du», sagte der Doktor, als hätte ihn Dannys Antwort verblüfft. Dann schwieg er.

Hat er die Fernsehnachrichten noch nicht gesehen? Soll ich ihm einfach sagen, dass seine Geliebte, seine heimliche Geliebte, erstochen an einem Fluss in Toongabbie liegt?

«Guru Purnima bedeutet Purnima, das ist Guru. So hast du doch immer geredet, oder?» Die Stimme lachte wieder und dann senkte sie sich zu einem Flüstern. «Wie viel verlangst du?»

«Bitte?», sagte Danny.

Wieder fragte die Flüsterstimme am Telefon: «Wie viel?»

«Wofür?», fragte Danny, rettete die Situation.

Ein Lachen. «Stimmt genau», sagte die Stimme am Telefon. «Wofür? Fürs Putzen meiner Wohnung natürlich. Die braucht wirklich eine letzte Grundreinigung. Komm her. Du bist genau der Mann, den ich brauche.»

Vielleicht weiß er deshalb nicht, was mit Radha passiert ist. Er will abreisen. Er hat gepackt.

«Weißt du, Nelson, nachdem du aufgehört hast, musste ich sie selbst putzen. Ich musste alles machen. Die Bude ist das reinste Chaos. Komm her.»

Jetzt senkte sich die Stimme des Doktors. «Danny. Mach dir keine Sorgen.»

Danny fragte: «Ich soll mir keine Sorgen machen?»

Die Stimme am Telefon sagte: «Ja, mach dir keine Sorgen. Dein Geheimnis ist sicher.»

Ehe er sich bremsen konnte, entgegnete Danny: «Sie meinen, *Ihr* Geheimnis.»

«Nein», die Stimme des Doktors wurde lauter, «*dein* Geheimnis.»

Wie Kinder, die mit dem Wort spielten.

«*Welches* Geheimnis?»

«Ich werd's niemandem verraten, Danny. Dein Geheimnis, das ist ein schreckliches Geheimnis.»

«Welches Geheimnis?», fragte Danny ratlos.

Er droht mir. Er hat mir gerade offen am Telefon gedroht. Aber womit?

«Ja, *welches* Geheimnis. Genau.» Der Doktor schwieg kurz. «Du wohnst in einem Lebensmittelladen, nicht wahr, Danny? In der Nähe von deinem Versteck ist ein Gemälde an der Wand. Ein Hindu-Gemälde. Richtig?» Eine Pause. «Ist es ein Gemälde von Ganesha?»

Das Geheimnis.

Danny spürte das kalte Telefon am Hals – sie hat's ihm erzählt. Hat ihm alles erzählt – und versuchte, auf dem eben noch festen Boden einen sicheren Stand zu finden. Einatmen, ausatmen.

Vor ihrem Tod hatte Radha Thomas offenbar Prakash jedes Geheimnis über Danny verraten, von dem sie wusste.

«Komm zu mir nach Potts Point und putz meine Wohnung. Okay?»

Als Danny nicht antwortete, machte ihm der Doktor wie ein ganz vernünftiger Mann einen anderen Vorschlag. «Wir können uns aber auch in der Klinik treffen. Du weißt doch noch, wo, oder?»

Danny legte einfach auf.

Bestimmt kennt er die Nummer von der Einwanderungsbehörde, über die man Illegale melden kann. Wenn er da anruft und denen erzählt, was er über mich weiß, bin ich heute Abend im Auffanglager Villawood.

Direkt vor dem Postamt von Glebe hatte sich ein hemdloser Weißer niedergekniet wie ein Hindu, den Kopf gesenkt, die Hände um einen Plastikbecher mit der Aufschrift HELFT MIR, wie in einer Yogaübung der Demütigung.

Eine neue Textnachricht kam an. *Du hast aufgelegt.*

Danny dachte kurz nach, schrieb: *Sorry. Ich komme.* Und dann: *Wir treffen uns in der Klinik.*

Und Prakash schrieb zurück: *Geheimnis ist sicher.*

Danny atmete auf. Aber wieso droht er mir, es sei denn, er hat etwas zu verbergen?

Vielleicht weiß er bloß etwas über den Mord, das er der Polizei nicht erzählen will.

Zur Hölle mit ihr. Danny wollte sein Handy zertrampeln. Zur Hölle mit ihr – dieser Radha. Sie hat ihm erzählt, dass ich illegal bin.

Viel Wasser, erinnerte er sich. Sonja hatte ihm erzählt, dass das gegen Nebenhöhlenbeschwerden half. Viel Wasser den ganzen Tag über.

Danny sah den vorgebeugten weißen Mann an, seinen weißen Bettelbecher, und dachte: Ich habe gerade eine Tote verflucht. Als Wiedergutmachung zückte Danny sein Portemonnaie und warf die kleinste Münze, die er hatte, ein Fünfcentstück, in den Plastikbecher. Wie ein Automat, der durch die Münze aktiviert wurde, blickte der Yogi plötzlich auf und sagte: «Danke.»

Bevor sein Kopf wieder auf den Bürgersteig sank.

Ein großes, geschwungenes Gebäude, wie eine Theaterbühne, markierte das Ende von Glebe und den Anfang des Broadway. Im Grunde war kein Teil der Stadt wirklich vor den Fangarmen der Einwanderungsbehörde sicher, aber Glebe war eine abgeschirmte Wiese in Sydneys Regenwald aus Licht – belaubt, linksliberal, mit provozierend vielen Kirchen –, und wenn du hierherkamst und einen Moment stehen bliebst, auf dem Broadway, und nur wenige Schritte entfernt zwei palastartige Einkaufszentren sahst, eineiige Zwillinge, beide mit einer grünen Kugel gekrönt, dann wusstest du, dass Glebes besonderer Schutz hier endete.

Das waren die Portale von Sydney.

12.03 Uhr

Danny atmete ein.

Fahnen, keine australischen, flatterten über zwei dunklen, klobigen Ziegeltürmen, die durch einen Balkon miteinander verbunden waren, der an den Balkon erinnerte, von dem aus der Papst seinen Segen erteilt.

Das ist ein weiterer, sicherer Ort für Danny: das Lansdowne Hotel, gleich gegenüber von Glebe.

Als Danny sich dem Pub näherte, trat eine Frau aus der schwarzen Tür, wobei ein Schwall klimatisierte Luft entwich, und schüttete laut klappernd Eiswürfel aus einem Plastikeimer in einen Blechnapf mit der Aufschrift ERFRISCHUNG FÜR HUNDE.

«Du kommst zu spät, mein Lieber», sagte die weiße Frau, ohne von dem Blechnapf aufzublicken, in dem jetzt Diamanten glitzerten, zu Danny, aber dafür gab es eine simple Erklärung: Sie hatte ihn mit einem anderen braunen Mann verwechselt, der in dem Pub arbeitete.

«Sorry», sagte Danny.

Sie würde sich nie im Leben an die goldenen Haarsträhnchen oder irgendeine andere Besonderheit dieses speziellen Mannes erinnern, falls sie später danach gefragt wurde.

Im Pub sah er neben dem Poolbillardtisch den blinkenden Bildschirm von Big Buck, dem Videospiel, bei dem man mit schwarzen Plastikgewehren auf Karibus und Rentiere zielte, die durch simulierten Schnee und eiskaltes Wasser flohen – jedes getroffene Tier entpuppte sich als junge Frau, die dir eine Kusshand zuwarf –, dann ging er die Treppe hoch, vorbei an einem pornografischen Ölgemälde, und kam zu einer Lounge mit Blick auf die Portale der beiden identischen Einkaufszentren mit ihren gläsernen Kugeln auf der anderen Straßenseite.

Auf der oberen Ebene war kein Licht eingeschaltet und auf der Suche nach dem Münztelefon gelangte er bald in einen dunklen Bereich. Doch sobald er den ersten Schritt machte, ging automatisch das Licht an und vor den WC-Kabinen mit den FRISCH-GESTRICHEN-Schildern erblickte er ein schwarzes Münztelefon.

Mit der flachen, rechten Hand presste Danny sein goldenes Haar herunter. Deshalb war er hergekommen.

Also nimm den Hörer, wähle. Officer, Haus Nummer fünf hatte eine Affäre mit Nummer sechs, mehr weiß ich nicht, bye-bye, leg auf.

Und hau ab.

«Hey, hast du da 'nen Kaktus?»

Ja klar, in einem Pub bist du nie allein, nicht mal am Vormittag. Dieser Bursche trug Anzug und Krawatte, und er trank an einem Montagmorgen.

Danny starrte hilflos auf das grüne Ding in einem Topf, das er in der Hand hielt. Er rechnete damit, ein Lachen zu hören, doch stattdessen sah er in dem roten Gesicht des jungen Mannes ein tiefes Mitgefühl – entweder alkoholischen oder australischen Ursprungs – mit etwas, das sichtlich fehl am Platze war.

«Du hast da 'nen Kaktus», sagte der Betrunkene traurig und ließ ihn allein.

In einer Nische vor den Toiletten sah Danny im flackernden Licht ein schwarzes Telefon. In der defekten Lampe über dem Telefon schlug die nackte Glühbirne wie ein Vogelherz.

Auf seinem Handteller, in schwarzer Tinte, in dem flimmernden Licht, las Danny die Nummer.

1–800–333–000

Er fütterte das Münztelefon mit Zwanzigcentstücken und wählte. *Unzureichendes Guthaben.*

Noch eine Münze.

Jetzt klingelte die Verbrechens-Hotline von New South Wales. Eine Frauenstimme meldete sich: «Polizei-Hotline. Was kann ich für Sie tun?»

«Entschuldigen Sie», sagte Danny.

«Ja?»

«Entschuldigen Sie.»

«Ja, was ist bitte der Grund Ihres Anrufs? Hier ist die Polizei-Hotline. Möchten Sie eine Straftat melden?»

«Ich hab Kenntnis.» Er stockte.

«Kenntnis wovon? Von einer Straftat?»

«Kenntnis von einer Straftat.»

«Dann sind Sie hier an der richtigen Stelle. Um was für ein Delikt handelt es sich?», fragte sie.

«Heute ist … Guru Purnima», sagte er.

Weil es nämlich noch eine andere Hotline und eine andere Nummer gibt. Und *die* Nummer kennt Danny auswendig.

1-800-009-623

Wie erstattet man Anzeige beim Meldeservice der Einwanderungsbehörde (Grenzschutz-Hotline)

Welche Arten von Aktivitäten sollten gemeldet werden?

Wir bitten die Bevölkerung um Informationen über jede Person, die möglicherweise:

ihr Visum überschritten hat (nicht mehr im Besitz eines gültigen Visums ist)

illegal arbeitet

gegen die Visabestimmungen verstoßen hat – Beispiel: Der

Inhaber eines Studentenvisums übt eine bezahlte Tätigkeit über einen längeren Zeitraum aus, als das Visum erlaubt

in ihrem Visumsantrag vorsätzlich Falschangaben gemacht hat

der Behörde gefälschte Dokumente vorgelegt hat

ohne gültiges Visum nach Australien eingereist ist

sich mit einem Studentenvisum hier aufhält, aber nicht studiert

eine Scheinehe oder -beziehung eingegangen ist, um ein Visum zu erhalten

in Einwanderungsfragen berät, aber kein

«Sir? Um was für ein Delikt handelt es sich, was möchten Sie melden?»

In dem flackernden Licht wurde die Nische zur Botschaft von Batticaloa.

Eine Petroleumlampe zischte und warf Schatten rings um die Nische: Die scharf umrissenen Schatten waren die von Menschen, Menschen, die er vielleicht von zu Hause kannte, und die schwächeren Schatten stammten von ihren Fahrrädern, die an einer Wand lehnten.

Danny berührte die Delle an seinem Unterarm.

Niemals zurück.

Er legte den Hörer wieder auf und beendete den Anruf.

Er bemerkte rosa und weiße Buchstaben, die bekundeten, dass die Identifikationsnummer des Münztelefons 02379286X2 lautete. Er folgte dem langen, schwarzen Kabel, das aus dem alten Münztelefon kam, bis zu einer Anschlussdose an der Wand. Elektrische Leitungen verliefen in gestreiften Kolonnen aus der Anschlussdose die Wand hoch, ehe sie nach links abknickten, wie ein Art-déco-Ornament. Und wohin führten diese Leitungen? Eine einzige, große Abhörmaschine, dieses Sydney.

Das Licht in der Nische ging von allein aus.

Er ließ das Münztelefon und die Versuchung zum Heldentum hinter sich, rannte die Treppe hinunter, vorbei an dem pornografischen Gemälde, sah die Frau hinter der Theke an, die fragte: «Hast du den Käse besorgt? Heute Abend haben wir Burger auf der Karte.»

Er ging weiter, stieß die Tür auf und blieb stehen, sah die Zwillingspaläste auf der anderen Straßenseite, die Portale von Sydney.

Unter jeder grünen Kugel auf den Zwillingsgebäuden war eine riesige Uhr, meilenweit sichtbar.

Während Danny sie betrachtete, bewegte sich der Minutenzeiger an einer Uhr.

Südafrika.

Er hat gesagt, er reist heute nach Südafrika.

Er hatte immer gewollt, dass sie beide dorthin abhauen.

Sie sagte dann meistens: «Wenn du wegwillst, meinetwegen, ich komme mit, Prakash. Aber nicht nach Südafrika. Wir könnten nach Hongkong. Ich hab da ein Jobangebot. Oder Indien. Du kommst doch aus Indien, oder?»

«Da drüben fließt *Blut*. Auf den Straßen in Indien fließt Blut. So, wie die da fahren, dafür hab ich nicht die Nerven», erwiderte Prakash dann kopfschüttelnd. «Ich geh nie zurück nach Indien. Es muss Südafrika sein. Die Steuern da sind niedrig. Die Menschen *leben* dort. Sind nicht so eingebildet wie hier. Da drüben musst du keine drei Scheißformulare ausfüllen, wenn du aufs Klo willst. Gleich außerhalb der Stadt kannst du Löwen und Giraffen sehen. *Das* ist Zivilisation. Und die haben da ehrliche Kasinos.

Wirklich ehrliche Automaten. Wenn wir da drüben spielen, gewinnen wir jeden Abend.»

Danny zuckte zusammen –

«Hey, ich hab dich gefragt, ob du den Käse für die Burger heute Abend besorgt hast, oder hast du das schon wieder verschwitzt?», herrschte ihn die weiße Frau aus dem Pub an.

«Sorry», rief er zurück, bloß damit sie den Mund hielt.

Wenn Prakash unschuldig ist, warum hat er dir dann gedroht und gesagt, er weiß, dass du illegal bist? Du solltest die Polizei anrufen.

Aber selbst wenn die Polizei dir glaubt und den Doktor verhört, würde er sich sofort denken können, dass *du* ihn verpfiffen hast, und im Gegenzug würde er dich als Illegalen verpfeifen. Er würde die Einwanderungsbehörde anrufen und melden, dass der Legendäre Putzmann illegal ist, würde deinen Namen nennen, sagen, wie du aussiehst und wo du wohnst, weil die tote Frau ihm alles erzählt hatte.

Andererseits: Wenn du weißt, wer der Mörder ist, solltest du die Polizei anrufen. So einfach ist das.

(Aber sobald ich den Officern von ihm erzähle, erzähle ich ihnen auch von mir.)

In der offenen Tür des Pubs ging Danny weder vor noch zurück.

Der Blechnapf, der so geräuschvoll mit Eiswürfeln für Hunde gefüllt worden war, stand jetzt randvoll mit Wasser. Kleine, steife Bläschen bildeten sich auf der Oberfläche. Der Tag war schon so heiß, obwohl die Tür des Glutofens sich noch nicht geöffnet hatte. Danny hob den Kaktus näher an die Brust.

Mädchen in weißer Sportkleidung spielten Kricket auf dem Rasen neben der Sydney University. Danny sah die jungen Frauen laufen und sich drehen und schreien. Ich hab noch nicht mal richtig angefangen, in dieser Stadt zu leben, und ihr verlangt, dass ich sie wieder verlasse.

12.06 Uhr

Eine neue Textnachricht von Haus Nummer sechs: *Bist du unterwegs?*

Ja, schrieb Danny zurück. Unterwegs. Ja.

Er hielt die Blicke auf die zwei Paläste vor ihm gerichtet, auf die zwei grünen Kugeln und die zwei Uhren.

Seine Nebenhöhlen reagierten auf die Uhren: Er spürte, wie ein Klumpen in der Kehle anschwoll und die Temperatur in der Stirn stieg.

Jemand schrie ihn an. Eine von der Hitze wild gewordene junge, weiße Frau, unter jedem Arm einen fetten, grauen, in eine australische Fahne gewickelten Mops, lehnte sich aus dem Fenster und kreischte, kreischte dann noch mal. Die Hunde leckten den Sommerwind von ihren patriotischen Bedeckungen und grinsten Danny einmütig an.

Mission: Impossible 2, von wegen.

Danny seufzte.

Ich hätte gleich nach dem ersten Mal nicht mehr für die beiden putzen sollen, Officer, das weiß ich. Sie waren beide balla. Das wusste ich.

Er ging den Broadway entlang, den Kaktus an die Brust gepresst.

Aber sie haben über meine Witze gelacht, Officer. Sie wollten mich bei sich haben.

So konnte Danny beispielsweise ganz nebenbei sagen, während er den Staubsauger unter Radhas Sofa schob: «Auf Tamil gibt es eine Redensart: Der Eisvogel ist ein Angeber, der Adler kreist den ganzen Tag über dem Wasser, aber die Krähe kriegt immer den Fisch.» Und Radha war begeistert. «Ich glaube, der Putzmann spielt auf dich an, Prakash.» Oder aber Danny konnte seinen Staubsauger weglegen und sagen: «In der Schule hab ich Dreisprung gemacht, Hop, Step und Jump. Schauen Sie mal.»

Eines Abends wurde er eine Frage los, die ihm seit zweieinhalb Jahren auf den Nägeln brannte. Eine Frage zum Wasser in Australien. «Kippen die jeden Abend blaue Farbe in den Hafen von Sydney?» Radha forderte ihn auf, die Frage zu erläutern. «Auf die Äpfel im Supermarkt sprüht man doch Wachs, damit sie rot aussehen», sagte er. «Vielleicht machen sie ja hier im Hafen das Gleiche. In Sri Lanka sieht das Meer nicht so blau aus.»

«Soll das ein Witz sein?», fragte Radha nach, und dann rief sie Prakash zu sich und bat Danny, die Frage zu wiederholen.

Als sie endlich mit Lachen fertig waren und sich die Tränen abwischten, sagte Prakash: «Also ehrlich, der Bursche hätte wunderbar nach Middlington gepasst. Der typische Privatschüler.»

Radhas Mund formte ein *O*. «Hast du seine Privatschulkrawatten gesehen, Danny?»

Natürlich. Danny hatte schon jede Menge davon vom Boden aufsammeln müssen. Schwarz-weiß gestreift bis runter zu der breitesten Stelle, wo ein goldener Klecks eingestanzt war, bei dem es sich, wie man dem ausländischen Putzmann erklärte, um das Siegel einer sehr privaten Schule in Sydney handelte, was bewies, dass Prakash zur Elite gehörte und zu Höherem bestimmt war.

«Sehr schöne Krawatte», sagte Danny anerkennend. Natürlich hatte er selbst als Schüler auch eine Krawatte getragen: damals in Batticaloa.

«Prakash ist mächtig stolz auf seine Krawatten, was?», sagte die Frau auf eine Art, die womöglich ironisch war, vermutete Danny. «Er hat die Krawatte auch vor Gericht getragen. Um den Richter zu beeindrucken. Und jetzt trägt er sie überall in Kings Cross.»

«Spionierst du mir nach?», fragte Prakash die Frau. «Spionierst du mir zusammen mit deinem Putzmann nach? Verdammtes Miststück.»

«So zivilisiert. So stilvoll.»

«Zivilisiert?», fragte der Doktor. «Was ist Zivilisation?»

«Nun werd nicht gleich wieder wütend, Prakash. Du bist gemein zu mir.»

«Ich habe gefragt: ‹Was ist Zivilisation?› Jede Menge Blondinen, die einem schwarzen Kaffee servieren, das ist noch keine Zivilisation. Und mehr haben wir hier in Sydney nicht. Sag du's mir, Radha, du hast für den Staat gearbeitet. Du bist richtig intelligent, oder?»

«Ich weiß nicht. Anderen Menschen helfen, wie Gandhi. Das ist zivilisiert.»

«Nein. Zivilisation bedeutet nicht, in andere Länder zu gehen und braunen oder schwarzen Menschen dein Geld zu schenken. Gutmenschen. Das sind überhaupt die Schlimmsten. Und wir kennen so einen, was, Radha?», fragte er.

Radha Thomas' Launen konnten blitzartig umschlagen. Prompt fing sie an, ihn breit grinsend zu provozieren: «Och, mein Baby.. Mein Baby ist bloß eifersüchtig, weil wir in einem Café in Dee Why waren und die ganzen sexy Kellner da mit mir geflirtet haben. Alle. Jetzt versteh ich. Der Doktor ist eifersüchtig.»

Prakash sagte nichts. Er rieb die Handflächen aneinander und zwinkerte Danny zu.

«Doktor», sagte die Frau, reizte ihn weiter. «Ärgert es dich, dass ich dich so nenne? Doktor? Doktor?»

Offenbar ja, denn plötzlich zielte der Mann mit einem silbernen Kuli auf sie und warf ihn nach ihr.

«Du bist so verdammt unterster IQ», sagte Prakash. «Das bist du wirklich. Echt.»

Er nahm seine Lesebrille ab, schmiss sie vor der Frau auf den Tisch und näherte sich ihr.

Radha wandte sich plötzlich Danny zu, der dachte, sie bräuchte Hilfe, doch dann hörte er sie schreien: «Mach, dass du aus meiner Wohnung kommst, du bescheuerter Putzmann. Lass alles liegen und stehen und zisch ab. Dalli!»

Die leben wie die Schweine, sagte sich Danny, als er die Tür hinter sich zuzog. Schweine. Er konnte hören, wie sie schon anfingen rumzuknutschen, als er noch nicht ganz aus der Wohnung war.

Er ging durch Potts Point nach Kings Cross und zu der Coca-Cola-Reklame, blickte auf die Palmen, die in die City führten; er wusste, dass er ihnen rund vierzig Minuten geben musste. Er drehte um und schlenderte ziellos zurück, in eine Gegend namens East Sydney, von wo man Aussicht auf den Hafen hatte. In diesem Teil der Stadt war es tagsüber menschenleer. In den stillen Straßen fand etwas in ihm Nahrung, das in Batticaloa und in Dubai gedarbt hatte: etwas, das unbeobachtete Einsamkeit brauchte. Danny redete mit sich selbst: «Zu Shakespeares Lebzeiten hat niemand je Shakespeare *gesehen,* das ist eine Tatsache. Eine absolute Tatsache.» Durch Palmen hindurch erblickte er blaues Meer und nicht weit entfernt das Opernhaus. Er redete schneller. Bis die Stadt ihm eines ihrer eigenen Wunder präsentierte. Ein meckerndes Geräusch. Als er sich nach rechts wandte, um dem Kotgeruch zu folgen, entdeckte er in einem Holzgehege und an einen Pfosten gebunden eine weiße Ziege mit aufgetriebenem Bauch, als wäre sie schwanger, ein gefangenes Einhorn, das ihn anblickte wie das Symbol für alles, was der Westen sein sollte. Von irgendwo oben ein Flüstern: «Er sollte die wirklich nicht da halten.» «Wir sollten das der Polizei melden. Riechen Sie die Scheiße von dem Tier? Phänomenal. Verpestet die ganze Straße.»

Vierzig Minuten später, als er zu der Wohnung in Potts Point zurückkehrte, stand die Tür offen, und Radha lächelte und war mehr oder weniger angezogen. «Komm mit, Putzmann. Wir gehen aus.» Er packte seinen Kram zusammen, wickelte das rote Kabel um den Astronautenrucksack und trug ihn zum Auto, wo er sich auf die Rückbank setzte, diese Autofahrt als ein weiteres Einhorn akzeptierte, verdreckt und nach Kot riechend, denn was Besseres konnte er von Australien nicht erwarten. Prakash saß am Steuer und sie fuhren los, um Sydney zu erkunden.

Dieses verrückte Paar hatte ihn in den acht Monaten, die er für die beiden putzte, von einer Bar in die nächste geschleppt. Sports Bar. Jackie Chan Bar. Cricket Corner. Wizard's Lair. Live-Unterhaltung. Ein pulsierender Neon-Drache wies die Treppe in eine versteckte Höhle hinunter, und Danny empfand da unten einen James-Bond-mäßigen Nervenkitzel, als er Prakash und Radha in eine klimatisierte Spielhölle folgte, wo ihm die Haut in der luxuriösen Kälte fröstelte und er sich an die Verheißung erinnerte, die ihm über den Westen gemacht worden war. Jeder Quadratzentimeter da war wie das Hotel Galadari! Aber als er sich umschaute, um seinen Wohltätern von dieser Entdeckung (der Westen!) zu erzählen, stellte Danny fest, dass sie schon dabei waren, sich direkt vor seinen Augen in den König und die Königin vom Nil zu verwandeln.

Es war, als hätte Danny einen Schleier zurückgezogen und in das Herz dieses neuen Landes geblickt. Und was siehst du da?

Spielautomaten!

Der König vom Nil war der Automat, mit dem sie immer anfingen – und erst, wenn sie dort verloren hatten, zogen sie weiter zu den anderen leuchtenden Automaten: Azteken, Wilder Westen, Sternzeichen, Tadsch Mahals, Bengalische Tiger, Blitze, Mexikanische Sombreros. Der Doktor spielte, indem er entweder eine weiße Magnetkarte in das Gerät steckte oder es einfach mit Dollar für Dollar fütterte, während Radha die blinkenden, flackernden elektronischen Anzeigen beobachtete. Dann tauschten Mann und Frau die Plätze und sie spielte, während der Doktor seine Lesebrille abnahm und zuschaute, und dann tauschten sie wieder die Plätze, hörten allmählich auf, überhaupt noch miteinander zu reden, glitten in eine Art Trance vor dem Automaten, aus der sie nur erwachten, wenn sie sich umwandten, um die nächsten Drinks zu kaufen, oder wenn Männer in schwarzen Westen, die Hüter des VIP-Raums, sie lächelnd auf die Herren- oder Damentoilette und von dort wieder zurück in den Spielsaal begleiteten, vor dem, von niemandem außer Danny bemerkt, ein kleines Schild darauf hinwies, dass die Chance, den Jackpot zu gewinnen, bei weniger als eins zu einer Million lag.

«Guck mal, was der Putzmann für ein Gesicht macht. Guck dir sein Gesicht an.»

«Mach dich nicht über ihn lustig, Prakash. Putzmann. Nicht bloß zugucken. Geh an den Automaten spielen. Hier hast du einen Dollar. Nun spiel.»

«Guck ihn dir an. Ich glaube, er hat Angst vor den Automaten. Mach dem Mann ein bisschen Mut!»

«Du!», sagte die Frau. «Putzmann. Gönn dir einen Drink. Auf unsere Rechnung.»

«Nein.»

«Das ist unverschämt», sagte die Frau.

«Stimmt», pflichtete Prakash ihr bei. «Was bist du überhaupt für ein Tamile?», fragte er den Putzmann. «Chinesen sind mürrische Eigenbrötler und dann werden sie verbittert. Inder sind da ganz anders, wenn sie spielen. Weißt du, was der Bhangra ist? Ein Tanz aus dem Pandschab. Den tanzt man in Vollmondnächten und ich sage dir, ein Inder beim Glücksspiel hat immer einen vollen Mond über dem Kopf.»

Wenn sie mal gewannen, kreischten sie beide vor Freude und hielten sich an den Händen, und es kam sogar vor, dass sie sich auf Prakash setzte. Einmal, als sie offenbar groß gewonnen hatten, tanzten sie zusammen etwas, das sie den Lindy Hop nannten, vor den Automaten, während die anderen zusahen und klatschten.

Eines Tages, als sie ihn schon eine Weile kannten, rief Radha von der Bar: «Und heute spendier ich dir einen Drink, Danny.»

Sie kam mit einer Cola Light zurück und sagte: «Ein Männergetränk! Das war», schob sie nach, «*Ironie*, du genialer Putzmann!»

Danny nippte an dem Getränk und sah seine Arbeitgeber an.

«Putzmann. Weißt du eigentlich, dass dieser Mann – dieser Prakash – mal eine Kombi-Dreierwette gewonnen hat und für seine sieben Dollar Einsatz fünfzehntausend Dollar kassiert hat? Erzähl ihm die Geschichte, Doktor.»

«Sechstausenddreihundertvierundsiebzig Dollar», sagte der Mann, der sich weiter auf seinen Spielautomaten konzentrierte und die Frau ignorierte, die anfing, mit den Fingern an seiner roten Jacke zu zupfen. «Nicht fünfzehn.»

Sie zerrte weiter an seiner roten Jacke. «So sensibel. Doktor Prakash. Passt der Namen nicht perfekt zu ihm?» Sie kicherte. «Du hast mir gefehlt, Doktor. Danny hat alles schön sauber gehalten, während ich in Hongkong war. Hast du doch, oder? Aber es war ein Scheißurlaub. Mark hockt da in seinem Hotelzimmer, krank, und erwartet von mir, dass ich ihn bemuttere, aber wir sind verdammt noch mal in Hongkong, und ich wollte mich amüsieren, also bin ich auf die Hotelterrasse und hab mit all diesen schönen, jungen chinesischen Männern Lindy Hop getanzt. Und ich schwöre dir, ich hätte glatt ein Rockstar sein können. Weißt du, was der Lindy Hop ist, Putzmann? Ich weiß, du sagst jetzt wahrscheinlich: Lindy Hop ist Hop, der Lindy ist, stimmt's?»

«Ich versteh nicht, wieso du mit dem Mann in Urlaub fährst.»

«Tja, du bist ja schließlich nicht in der Lage, mir einen Urlaub zu spendieren, oder, Doktor? Du gibst dein ganzes Geld hier aus, beim Glücksspiel.»

«Leck mich», sagte Prakash. «Dieser Mann – der ist ein verdammter Immobilienmakler. Das reinste Gesindel. Ungeziefer. Verkauft Häuser an Chinesen, hast du selbst gesagt. Da siehst du, was für ein Scheiß in Sydney so läuft, mein Freund. Und noch was. Ich bin derjenige, der zum Militär geht, und er ist derjenige, der eine Wohnung in Potts Point hat.» Prakash versuchte mehrmals, die Hände der Frau von seiner Jacke zu schieben.

«Geht mich nichts an», sagte er, als er später in der Woche seine gestreifte Krawatte vor dem Spiegel richtete, während

Danny zaghaft um sein Geld bat, nachdem er die Wohnung in Potts Point geputzt hatte. Sechzig Dollar? Prakash hat nie irgendwem sechzig Dollar bezahlt. Du weißt doch, dass sie dich bezahlt, die Frau. Wo ist sie? Ausgegangen? Gehen wir sie suchen, Putzmann. Nach einem letzten prüfenden Blick in den Spiegel ging Prakash voraus, und Danny, den Astronautenrucksack auf den Rücken geschnallt, folgte ihm nach Kings Cross.

Leute blieben auf dem Bürgersteig stehen und gafften. In seiner prächtigen, roten Jacke und mit der gestreiften Privatschulkrawatte schritt der Doktor vorbei an den Bankern von Potts Point, ein Prinz unter Prinzen, und weiter nach Kings Cross, vorbei an den morgendlichen Betrunkenen, den Drogensüchtigen, die tief gebeugt die Bürgersteige nach Zigarettenkippen absuchten, um daran zu schnüffeln, vorbei an dem blonden Callgirl, das die Vormittage damit verbrachte, wie besessen die Blütenblätter von jedem einzelnen Gänseblümchen in Kings Cross zu rupfen, vorbei an dem Mann, der ständig einen zahmen, schwarzen Kakadu auf der Schulter trug – bis Prakash einen Fuß auf den plätschernden Brunnen stellte, der aussah wie eine Discokugel, und inmitten der flatternden, weißen Flügel der Jabirus majestätisch sein kleines Königreich überblickte, das er mietfrei bewohnte, bevor er dann eine klimatisierte Bar betrat, das Vegas, um an seinen Automaten zu spielen, auf seine Greyhounds und Pferde zu wetten und darauf zu warten, dass Radha in diese Bar nachkam, der sie den Spitznamen «die Klinik» gegeben hatte.

Dort war es, wo Danny Radhas Geschichte erfuhr, von Prakash; dort wurde ihm klar, dass, unabhängig davon, ob Prakash der richtige Arzt war, sie ganz sicher eine Patientin war.

«Bei der Frau weißt du nie, Putzmann. Du weißt einfach nie, was sie macht, sobald sie von hier nach Hause geht.» Er senkte die Stimme. «Sie hat ein bisschen was Kriminelles an sich.»

Noch vor drei Jahren war Radha Thomas Leiterin der Geschäftsstelle von Medicare in Blacktown gewesen. Sie war ein Star in der Bürokratie, jawohl. Sie saß in einem großen klimatisierten Büro in Blacktown und war für sämtliche Rechnungsbelege zuständig. Der Kassenbestand in allen Medicare-Geschäftsstellen wird regelmäßig am Ende der Woche überprüft, sodass eventuelle Schwankungen zwischen Montag und Freitag unbemerkt bleiben und niemanden interessieren, solange die Geschäftsführung bis Freitag alles ausgleicht. Und so stopfte Radha eines Montagabends eine Einkaufstasche mit brandneuen Geldscheinen aus dem Safe voll und marschierte in ihrer weißen Uniform zum Blacktown RSL Club. Sie verspielte an dem Abend fünftausend Dollar. Am nächsten Tag kam sie wieder und gewann jeden einzelnen Dollar zurück. Was brachte es, jung zu sein, wenn man nicht jung lebte? Das war Radha Thomas' Auffassung. Sie hatte alles, was ihre indischen Eltern für sie erträumt hatten: Sie war mit einem Immobilienmakler verheiratet, der in den östlichen Vororten Häuser zu *absurden* Preisen an Chinesen verkaufte, war hochrangig im Staatsdienst beschäftigt, was der beste Job ist, den Sydney zu bieten hat, und hatte über zweitausenddreihundert Freunde auf Facebook; aber was sie wirklich brauchte, fand sie erst, als sie in voller Uniform aus ihrem Medicare-Büro über die Straße und in den Blacktown RSL Club ging, wo sie von einer weißen Frau im Hosenanzug mit einer tiefen Verbeugung begrüßt und dann in die Halle geführt wurde, in der Spielautomaten leuchteten. Oh ja, im RSL Club wussten sie, dass sie von der Medicare-Geschäftsstelle kam, sie sahen, dass ihre Geldscheine frisch gedruckt waren, und sie lächelten und sagten: «Willkommen.» Sie spielte und verlor, aber am nächsten Tag kam sie erneut und gewann, und irgendwie hatte sie am Freitag das Geld immer wieder zusammen: Die Kasse der Geschäftsstelle stimmte immer. Und dann passierte es: Von Montag an spielte sie an drei aufeinanderfolgenden Tagen, das Glück verließ sie, und sie spielte und verlor über siebzigtausend Dollar, die dem australischen Staat gehörten. Am Freitagmorgen ging sie nicht zur Arbeit, sondern nahm ihren Pass und fuhr zum Flughafen, um nach Indien zu fliegen, aber an der Ausweiskontrolle warteten sie schon auf Radha und nahmen sie fest. Mark, ihr Ehemann, hatte nämlich im letzten Moment herausgefunden, was los war, und sie verpfiffen. Zu ihrem eigenen Besten, sagte er. Der Richter schickte sie nicht ins Gefängnis. Mark, ihr braver Immobilien-Gatte, versicherte dem Gericht, dass er sie finanziell unterstützen würde. Der Richter verdonnerte Radha dazu, eine Therapie zu machen und sechs Monate lang eine Selbsthilfegruppe zu besuchen, dann hakte er sie auf seiner Liste als erfolgreich resozialisiert ab.

Da sah sie ihn zum ersten Mal. Grau meliertes Haar passt doch wirklich gut zu einem dunklen Gesicht, oder? Und diese dick umrandete Brille! Sie waren die einzigen beiden braunen Menschen in der Selbsthilfegruppe für Spielsüchtige, und sie sahen einander die ganze Zeit an, und als die Sitzung zu Ende war und das selbstgefällige Klatschen geendet hatte, gingen die zwei, nachdem sie direkt vor der Tür rumgemacht hatten, schnurstracks in den nächsten Pub und spielten wieder. Selbst im australischen Sommer hatte Prakash ein Gesicht, das nicht transpirierte, und Augen, die die Temperatur um sie herum abkühlten. Sie hatte noch nie was mit einem Inder gehabt, gestand sie. Geht mir genauso: hatte noch nie was mit einer Inderin.

Prakash erzählte ihr, dass er eine Wohnung suchte. Was für ein Zufall. Ihr Apartment in Potts Point mit Blick auf das verdammte Opernhaus war gerade frei. Das Apartment ihres Mannes, um genau zu sein. Prakash konnte dort wohnen, das wäre die süße Rache an Mark, weil er sie verpfiffen hatte. Sie würde sich natürlich nicht von Mark scheiden lassen, weil das jede Menge Probleme nach sich ziehen würde (Geld, Nahrung, Unterkunft), also ging sie nach Hause und machte Smiling Lasagna für sie beide, doch am Abend textete sie dem *Doktor* und vereinbarte einen Termin entweder in ihrer Wohnung, wenn sie allein war, oder in «seiner» Wohnung in Potts Point. Von da an führte sie zwei Haushalte: als brave Ehefrau in einem und als Königin vom Nil in dem anderen.

Der König vom Nil hatte sie mit seinen Umgangsformen bezaubert, mit seinem kraftvollen Männerkörper und seinen schwarzweiß gestreiften Privatschulkrawatten (Danny stellte sich vor, dass der Arzt sie auch beim Vögeln nicht ablegte), und im Gegenzug ernährte und beherbergte sie ihn. Und ging Abend für Abend mit ihm zum Glücksspiel.

Prakash und Radha. Oscar und Lucinda.

Oben im gleißenden Licht waren sie nichts, aber unten in den Bars und vor den Spielautomaten leuchtete ihnen der Vollmond. Denn sobald Dr. Prakash einen Pub in Sydney betrat, war er erklärtermaßen das Auffälligste darin: zwei Schattierungen dunkler als die Weißen und zwei Schattierungen heller als die Schwarzen, ein brauner Mann mit kraftvollen Schultern und Lesebrille. Alles im Saal wurde von ihm angezogen.

12.28 Uhr

Ich hab's ihr gesagt, dachte Danny, als er sich im Spiegel über dem Waschbecken einer Herrentoilette betrachtete, ich hab sie gewarnt, dass er das tun könnte.

Er klatschte sich Wasser ins Gesicht, bevor er wieder in den Spiegel schaute.

In der verrückten Zivilisation von Sydney, wo eine Flasche Wasser mitunter teurer ist als eine Tasse Kaffee, sogar teurer als ein *Bier*, kann man nur an dem Ort Wasser umsonst trinken, wohin man sich auf der ganzen Welt begibt, um es loszuwerden. Auf der Pitt Street war Danny in den Edinburgh Castle Pub geschlüpft, und falls ihn die Leute an der Bar überhaupt bemerkten, dachten sie, er sei da, um zu putzen. Er war die Treppe hinunter zur Herrentoilette gelaufen, wo er den Wasserhahn aufdrehte und trank.

Als er von dem laufenden Wasser zurücktrat, um zu atmen, bemerkte er, dass der Boden der Toilette ein Mosaik aus kleinen quadratischen Fliesen war, das ihn an Toilettenböden in einer anderen Stadt, einem anderen Land erinnerte. Wie nah sie sich wieder anfühlt: die Heimat. Im Spiegel, auf dessen Ablage er den Kaktus gestellt hatte, sah er die Zugketten an den Spülkästen über den Toiletten hinter ihm. Auch das erinnerte ihn an Batticaloa. Während das Wasser ins Waschbecken strömte, fühlte er sich neu belebt, doch als er den Hahn zudrehte und sich das Gesicht an seinem Ärmel abtrocknete, fröstelte er, weil er Sätze sah, abwechselnd in Englisch und in Tamil:

Ich hab's ihr gesagt
நிச்சயமாக அவளிடம் சொன்னேன்

Ich hab sie gewarnt
அவளிடம் சொன்னேன்

Er benetzte seinen Finger und führte den Satz auf Englisch fort
Die Dornen sind dazu da, um die Rosen zu schitzen
und hatte gerade begonnen, den Fehler zu korrigieren
die Rosen zu ~~schitzen~~
als sein Handy klingelte.
Es war Dr. Prakash.
«Du bist doch hoffentlich unterwegs, Putzmann?»
«Ja, Sir.»
Wie ruhig er klingt. Wie leicht er dir Gehorsam abnötigt.

… und jetzt wurde die Dunkelheit von einem Augenpaar durchdrungen: Dr. Prakashs Augen. Die grün-braune Farbe, die du in den Augen eines Inders gegen Abend siehst, in einem Badeort wie Bondi, wenn das tiefe, untergehende Licht in seine Iris dringt.

Ein Fehler, Danny. Diese durchscheinenden Augen sagten: *Du hast heute Morgen einen großen Fehler gemacht*.

«Und ich erwarte, dass du meine Wohnung putzt, Danny. Bevor ich nach Südafrika abreise.»

«Ja, Sir.»

«Was machst du gerade? Wieso brauchst du so lange, um herzukommen?»

«Ich arbeite, Sir.»

Pause.

«Ehrlich? Du *arbeitest* gerade?»

«Ja, Sir.» Danny spitzte die Lippen. «Wruum wruum – hören Sie das, ich sauge gerade Staub, wruum wruum.»

Prakashs kräftige Stimme wurde breit vor Lachen. Danny legte sofort auf.

Während des gesamten Telefonats hatte sein Finger den Spiegel berührt, tropfend und wischend. Jetzt drückte Danny auf den Spiegel und zog eine nasse Linie. Die Lagune. Dann durchbrach er die Linie an zwei Stellen. Die Öffnungen.

Jemand anders hatte Radha getötet. Wenn du zu einer der beiden Öffnungen in der Lagune fährst, wirst du nur das herausfinden.

Es war verrückt, Dr. Prakash auch nur zu verdächtigen. Weil du den Mann kennst. Du warst mit ihm in Bars.

Er fuhr sich mit den Fingern durchs Haar. Aber.

Es ist schon eigenartig. Dass er an dem Morgen nach Radhas Tod das Land verlässt. Vielleicht weiß er etwas. Vielleicht weiß er etwas und muss weg.

Ich sollte es der Polizei erzählen. Die würde das wissen wollen. Oder?

Wird man dich nicht *loben*, weil du ihnen den Mörder geliefert, das Richtige getan hast? In dem feuchten Spiegel, zwischen den nassen Linien, die die Lagune und ihre beiden Öffnungen darstellten, sah er jetzt die Stadt Sydney, wie sie ihm am schönsten erschien, in der Dämmerung eines Wintermorgens, im Herzen der Stadt, mit den rumpelnden Straßenkehrmaschinen um ihn herum, während er zu dem vierseitigen Sandsteinuhrturm der Central Station aufblickte, von zerfetzten rosa Wolken umschwebt, das Versprechen gegenüber dem Immigranten erneuernd, dass etwas so Großartiges wie das klimatisierte Innere des Hotels Galadari ihn erwartete. Du kannst das alles noch immer haben, Danny, diese Stadt, dieses Land, dieses Paradies ...

Jetzt erschien ein alter Patriarch, ein ehemaliger australischer Premierminister, ein Mann namens Malcolm Fraser, in dem Spiegel, ein riesiger, südlicher Stern über der rechten Schulter, die australische Flagge hinter ihm. Beugen wir das Gesetz für meinen lieben Freund Danny. Komm her, Danny. Gratuliert diesem Mann, Aussies.

Danny lachte. Fraser verschwand. Er lachte erneut. Über sich selbst.

In Dannys Heimat gibt es eine Kultur des Lobens. Wenn du jemand bist, musst du jemand auf einer Bühne sein, umgeben von Lautsprechern, Mikrofonen und Schmeichlern. Ein Mann mit Mikro muss dich vorstellen: «Würdenträger auf dem Podium und vor dem Podium, Würdenträger von auswärts und hier aus dem Ort, wir haben uns heute hier versammelt, um die Leistungen unseres Sohnes gebührend zu feiern und zu rühmen ...» Die feierliche Ehrung. Sie ist das Herzblut eines Ortes wie Batticaloa, wie auch jeder Kleinstadt in Südasien. Du willst Anerkennung, Achtung, Glückwünsche. Willst von Plakaten mit deinem Konterfei umgeben sein, von handgemalten Wandbildern, die dich mit einer Taube über dem Kopf zeigen. Dann das Entzünden von bronzenen Öllampen, der Vortrag von mehreren dreißigminütigen Reden, die ein oder andere am besten von einem Politiker der zweiten Garde, anschließend die Bekränzung mit Girlanden aus Ringelblumen und Jasmin sowie die Präsentation der Ehrentafel, auf der normalerweise dein Name falsch geschrieben ist. Donnernder Applaus. Du bist jetzt der Lieblingssohn der Stadt.

Fünf Minuten später kann sich das radikal ändern.

Denn die Ehrung hat eine Zwillingsschwester – die getuschelte, zersetzende Wahrheit der Gosse. Jeder, der oben auf der Bühne bejubelt wurde, muss noch am selben Tag verhöhnt und niedergemacht werden. «Ja, jetzt hockt er da oben mit seinen Girlanden wie ein wichtiger Mann, aber ich weiß hundertprozentig, dass er letzten Samstag beim ... gesehen wurde ... wie er ... zusammen mit ...» Die Ehrung und die Gosse wiegen sich gegenseitig auf, und deshalb ist jede gefeierte Person in Batticaloa in dauerhafte weiße und schwarze Hälften geteilt, wie ein Schwein, das mittags aus einem Abwasserkanal auftaucht.

Schau dir das Gesicht im Spiegel an. Was siehst du? Nelson Mandela, so haben dich manche genannt.

Aber du hast auch andere Bezeichnungen für dieses Gesicht gehört. Andere Geschichten.

Halb Mandela, halb Schwein.

Heute, sagte er sich, ist eine Toilettenkabine der richtige Ort für dich. Na los, schließ dich ein. Okay. Genau das machte er.

Der kleine Kaktus stand in Plastik eingehüllt auf einer Rolle Klopapier. Der Besitzer des Kaktus saß in einem festen Gehäuse aus vier Metallwänden und klatschte immer wieder in die Hände. Klatsch, klatsch, fest genug, um diesen blauen Ball, die unerwünschte Spinne verschwinden zu lassen. Und die blauen Polizisten.

Die Luft roch nach Clorox – zu stark. Das bedeutete, dass wahrscheinlich die Nepalesen diese Toilette geputzt hatten, dachte er. Die nahmen immer zu viel von dem Zeug.

Pubs zu putzen wäre ziemlich hart, und Pub-Toiletten noch härter. «Kapierst du eigentlich, was ich sage, kapierst du überhaupt irgendwas?», blafft die weiße australische Chefin. Frauen schienen immer besonders darauf erpicht, beleidigend zu sein. «Das ist ein verdammtes Klo. Wir haben euch in unser Land gelassen, damit ihr es putzt.» Vielleicht revanchierte man sich ja mit Clorox.

H6

Die Textnachricht von Dr. Prakash drang durch die Toilettenwand.

Danny lachte ein bisschen, und dann fiel ihm ein weiterer Trick aus seiner Kindheit ein. Einer, der ihm geholfen hatte, endlose Stunden allein zu verbringen.

Nimm dein Gesicht in die Hände, mein Junge. Jetzt stütz die Ellbogen auf die Oberschenkel, knapp über den Knien. Denk an nichts. Nach kurzer Zeit bist du zu einem Parallelogramm aus Druckpunkten in der Dunkelheit geworden: flacher Hintern auf der kalten Klobrille, Ellbogen in Knie gedrückt und das Kratzen eines langen Fingernagels an deiner rechten Wange. Der Rest von dir ist …

Rauch.

Danny öffnete die Augen und nahm die Ellbogen von den Knien. Er packt heute seine Sachen. Dr. Prakash hat gesagt, er packt *heute*.

Ausgerechnet heute.

Dannys Blick fiel auf ein bedrucktes Schild über der Toilettenschüssel:

DIESE TOILETTE IST WEGEN WANDALISMUS AUSSER BETRIEB!
WIR WISSEN WER! IHR SEID
DIE GESCHÄFTSFÜHRUNG SIEHT ALLES

Das Ausrufungszeichen war an der falschen Stelle, und er kratzte mit seinem Fingernagel darüber … *W*andalismus. Scheißaustralier … können nicht mal richtig …

Genug. Er trat die Tür auf, ging aus der Kabine und zurück zum Waschbecken, um sein Spiegelbild mit Wasser zu bespritzen und sich anzuschauen, wie die Strähnchen im nassen Haar kräftiger leuchteten.

Ist doch eigenartig, dass er heute seine Sachen packt.

Eigenartig ist Eigen, das artig ist, oder?

Wieder eine Nachricht. Der Doktor wollte eine Antwort.

H6

Wruum wruum. Komm schnell.

Ja Sir ich bin bald bei ihnen. Danny trat einen Schritt zurück von dem Spiegel und seinem nassen Bild darin. Ich komme, keine Sorge.

Ich habe immer gewusst, verkündete er den vielen lauschenden Menschen aus Sydney, die er in dem Spiegel sah, dass an Haus Nummer sechs irgendwas *unheimlich* war.

Sie selbst, Radha, Haus Nummer fünf, die Tote – erklärte er seinen Zuhörern schnell –, war 100 Prozent Aussie. Genau wie Sie. Keine Frage.

Aber *er* – Prakash, Haus Nummer sechs, ihr Liebhaber, der König vom Nil, er war wie ich.

Damit meine ich, erklärte Danny, dass er ganz sicher nicht in Australien geboren worden war. Er muss als Junge hergekommen sein. So etwas merkt man am Akzent, nicht wahr? Er muss in Indien geboren worden sein und ist als Junge hergekommen. Aber er war in eurer Army, somit ist er australischer Staatsbürger. Wie Sie. Somit ist er wie Sie und gleichzeitig wie ich.

Und die Army hat Dr. Prakash hart gemacht, ja.

Weil jeder braune Mensch in Sydney früher oder später betteln muss – aber nicht Prakash. Er hat sich nie für irgendwas entschuldigt. Niemals. «Warst du mal am Great Barrier Reef, Putzmann?», sagte Prakash manchmal. «Ja? Bist du mal mit einem von diesen Glasbodenbooten gefahren, um dir die ganzen Korallen anzugucken? Und was siehst du da? Irgendeinen fiesen Stachelrochen, der sich auf den Meeresboden drückt, damit ihn keiner sieht, und dann Schlamm aufwirbelt und mit seinem gegabelten Schwanz unter dem Glasbodenboot abhaut, wie das ängstlichste Gewürm, das du je gesehen hast. So werde ich nie leben. Ich werde mich nie für irgendwas entschuldigen.»

Du weißt, dass *er* Folter ertragen hätte. Das bewunderst du unwillkürlich, was? Ein echt hartgesottener Inder in Sydney.

Wie als Reaktion darauf war die immense Zuhörerschaft aus weißen Australiern verschwunden. Im Spiegel war nur noch ein dunkles, nasses Gesicht zu sehen, und es grinste ihn an.

Er hat sie umgebracht. Du hast gewusst, dass er das tun würde.

Danny bespritzte sein Spiegelbild mit Wasser und sah das Grinsen breiter werden.

Erstens, entgegnete Danny dem Spiegelbild, woher wissen wir eigentlich, dass die Tote in demselben Fluss in Toongabbie gefunden wurde, den die beiden so gern nachts aufgesucht haben? Könnte auch irgendein anderer Fluss sein. Zweitens, und das ist noch wichtiger, wäre da Prakashs Charakter.

Du weißt – er sah den Spiegel an –, wovon wir reden.

War das schon zwei Jahre her? Auf jeden Fall war es ein Dienstagabend. Ja: Danny und Prakash warteten in dem Pub auf Radha. Danny erinnerte sich an die Deko des Pubs: tote Tiere. Der Kopf eines Zebras hing als Trophäe über einem Kamin. Als Danny aufblickte, sah er den Kopf eines Tiers, von dem er meinte, dass es *Kudu* genannt wurde, direkt über sich.

Eine Discokugel an der Decke sprenkelte die vielen fremdartigen Trophäen des Pubs mit lichtlosem Glitzern.

Prakash trank Bier, Danny nippte an einer Cola Light, und an der Bar tranken drei Männer.

Die drei Männer waren Weiße.

Sie waren nicht die Sorte Männer, die man manchmal samstags in Sydney sah – geballtes, rechtsextremes Protein, sturzbetrunken, mit Tattoos übersät, stolzgeschwellt mit Gerede über Soldatenehre und Gallipoli und dem Reichtum ihrer eigenen Rasse und der Armut aller anderen Rassen, knochig und verknöchert erpicht darauf, Körper anzurempeln, die nicht weiß waren.

Diese drei weißen Männer trugen orange Westen, was sie als Handwerker auswies, als Erwerbstätige, aber sie tranken, als wäre schon Wochenende. Auf ihren Armen war Sand, als kämen sie geradewegs vom Strand.

Prakash bestellte für sich ein Bier und für Danny eine Cola und redete weiter:

«Putzmann, ich hab die Nase voll von diesem Land, das kann ich dir sagen. Es ist nicht mehr das, was es mal war. Aber du weißt ja nicht, was es mal war, oder?»

Prakash erzählte eine Geschichte.

Er hatte, gerade mal neun Jahre alt und einen Monat zuvor aus Indien gekommen, seine abgelaufenen Schuhe ausgezogen, sie einem Schuster gezeigt und auf die Sohlen getippt, woraufhin der Aussie ihn lediglich lange musterte, bevor er sagte: «Junge, kauf dir doch einfach ein Paar neue.»

«Australien! Wenn alte Schuhe abgenutzt waren, kaufte man sich einfach ein Paar neue. Erstaunlich, was? Damals gab es hier keine Inder, kannst du dir das vorstellen, Putzmann? Jawohl. Weißt du, was mein Dad und ich gemacht haben, wenn wir uns einsam fühlten?»

Prakash verkaufte Australien an jemanden, der sich nichts anderes leisten konnte. Danny hörte zu.

«Wir haben das Telefonbuch aufgeschlagen, sind mit einem Finger die Seiten runter und haben einen Namen gesehen, Kumar. Den haben wir angerufen. Aus Indien? Ich auch. Sollen wir uns treffen? So war das damals. Aber heute ist das ganze Scheißland mit braunen Leuten überlaufen. Australien ist nicht mehr das, was es mal war, mein Lieber. Überlaufen. Das ist ein schönes Wort. Kennst du es, Putzmann? Klar kennst du es. Du kommst aus einem guten Bildungssystem. Im Gegensatz zu unserem. Das bedauere ich. War nicht gut in der Schule. Bekam keine Chance. Dann war es zu spät. Ab dem Alter von zehn Jahren ist der IQ nicht mehr zu steigern. Wusstest du das?»

Danny wusste es nicht.

«Hab keine Chance gehabt. Ich war ein paar Jahre auf einer

Privatschule, ja, das erzählt sie ja auch jedem, der es hören will. Aber wir sind zu oft umgezogen. Der IQ, der konnte sich nicht festigen. Bei der Army hat's mir auch nicht gefallen. Danach hab ich als Bergarbeiter in Westaustralien geschuftet, in den Kimberleys. Tief unten in den Minen gibt es kein Umgebungslicht. Weißt du, was ich meine? Der Mann vor dir macht den Mund auf, aber du kannst seine Zähne nicht sehen. Gefährlich. Felsstürze waren damals eine Gefahr. Aber die Bezahlung war gut. Damals, bevor die Ausländer den Bergbau übernommen haben. Jetzt sind die Top-top-Leute alle Chinesen und die Bezahlung ist beschissen.»

Danny war so auf Dr. Prakash konzentriert, dass er seinen Spinnensinn runtergefahren hatte. Dann hörte er einen lauten Furz.

Einer der drei weißen Männer hatte sich genussvoll über drei dunkle Hocker an der Bar gefläzt und gefurzt – und alle drei lachten los und plötzlich merkte Danny, dass die Männer in seine Richtung sahen.

Irgendwas wurde gesagt, und obwohl Danny es nicht genau verstand, verrieten ihm die gedehnten, trägen australischen Vokale, die vom Alkohol sogar noch träger wurden: *Gleich gibt's Ärger.*

Denn der Fernseher in diesem Pub, den die Männer anstarrten, wenn sie nicht gerade zu Danny herübersahen, zeigte keinen Rennsport. Er zeigte Migranten. Worum es ging, lag auf der Hand, denn es gab Bildunterschriften: Illegale Migranten. Irgendwo vor Westeuropa war ein Boot im Wasser. Das Boot war randvoll mit schmutzigen Menschen. Ein anderes Boot mit Menschen in sauberen, blauen Uniformen ging längsseits. Sie würden die Illegalen abfangen.

Prakash redete noch immer. «Damals konnte echt jeder Australier jedes Jahr Urlaub machen. Du hast nicht erlebt, wie dieses Land war, Putzmann. Meine Frau und ich sind nach Südafrika geflogen. Da hab ich die Statue von Gandhi gesehen, und meine

Frau ist gelangweilt, aber ich steh da und denke: Das ist die Statue von einem Inder. Ich bin Inder, der ist Inder. Und er ist sehr zivilisiert, oder? Aber meine Frau ist gelangweilt. Exfrau kurz danach. Ha. Sogar tote Frau.»

«In Batticaloa gibt es auch eine Statue von Gandhi», sagte Danny. «Eine goldene Statue.»

«Aber das war ein junger Gandhi, komplett angezogen. Hast du die mal gesehen?»

Nein, hatte er nicht.

«Von da sind wir nach Gujarat geflogen, wo er herkam, weißt du? Gandhi war aus Gujarat. Warst du schon mal da? In Indien?»

Schnappt euch die Schweine! – ertönte ein Ruf von der Bar, und Prakash verstummte. Er und Danny drehten sich um und sahen die weißen Männer an.

Schnappt sie euch, schrie ein Aussie, der auf den Fernseher starrte. Schnappt euch die Saftsäcke.

Saftsäcke? Danny erkannte den schreienden Mann: mager, ungepflegt, den Hals noch mit Sand überkrustet, ein Mann, der den ganzen Tag über seinen Boss auf der Arbeit am liebsten umgebracht hätte. Männer wie ihn sah man auch in Sri Lanka, die Burschen, die sich lautstark über Tamilen ausließen.

Schnappt euch die Schweine!, riefen die weißen Männer. Schnappt euch die Schweine!

Mach dich fluchtbereit, dachte Danny.

Aber es war gar nicht nötig, dass Danny sich für irgendetwas bereit machte, denn in dem Moment stand Prakash auf, ging zum Fernseher und schaltete ihn einfach ab. Mit einem Augenzwinkern in Richtung der weißen Männer setzte er sich wieder hin und redete weiter. Den drei weißen Männern verschlug es die Sprache, selbst dem mit dem Sand am Hals, der am lautesten geschrien hatte.

«Ich hab's ja gesagt», redete Prakash weiter, «dass ich die Nase voll habe von diesem Land. Ich hab's ja gesagt.»

Auf einer Wiese bei Batticaloa hatte Danny einmal einen Elefanten gesehen, der Gras zu einem Ball zusammenrollte und zwischen seinen Stoßzähnen verschlang. Danny hatte den Blick nicht abwenden können – von diesem einsamen, trotzigen Tier – und ihm leise einen magischen Kosenamen gegeben: Prabhakaran. Oder: der nie um Verzeihung bittet.

«Scheißrassisten. Scheißaustralien. Verstehst du jetzt, warum ich nie Arzt geworden bin?»

Später saß Prakash an dem Flying-Ufo-Spielautomaten, fütterte ihn mit Dollarmünzen und hätte fast den Jackpot gewonnen, während Danny ihm brav frische Gläser Tooheys Lager brachte.

«Also, ich hab folgende Theorie: Heutzutage hat jeder Mensch zwei Stimmen in sich. Er will zu allem und jedem sagen, es tut mir leid. Es tut mir leid, dass es mir leidtut. Das ist die eine Stimme. Aber er hat auch noch eine andere in sich.»

Prakash trank einen Schluck Bier, lehnte sich vom Spielautomaten weg, fuhr mit den Fingern durch sein grau meliertes Haar und seufzte.

«Besaß dein Großvater nicht mal ein Stück Land in dem Dorf direkt am Rande des Dschungels? *Diese* Stimme sagt zu ihm: Was auch immer in den Dschungel kommt – Hirsch, Tiger, Wildschwein, Mädchen und sogar die Mütter, die nach den Mädchen suchen –, es gehört dir.»

Lächelnd, als sollte Danny raten, wie ernst er es meinte, wackelte Prakash mit seinen gespreizten Fingern.

Kein Wunder, dachte Danny, während er Prakash bei dessen nächstem Spiel beobachtete, kein Wunder, dass sie diesen Mann kostenlos da wohnen lässt.

Wütend auf Australien, wütend auf Indien, wütend auf die Weißen, wütend auf alle anderen – komplett balla.

Nach zwei Stunden an dem Flying-Ufo-Automaten stöhnte Prakash: «Ich bin blank, Putzmann, blank. Ich glaub, der Automat hier ist manipuliert, total manipuliert», und dann drückte er das Gesicht an seine Schulter und stieß ein dreckiges, selbstverachtendes Lachen aus.

Eine Tür knallte. Danny trat vom Spiegel zurück. Jemand kam die Treppe zur Herrentoilette des Edinburgh Castle Pubs heruntergerannt.

Den Kopf gesenkt, damit sich keiner an ihn erinnern würde, stieß Danny die Tür genau in dem Moment auf, als jemand hereinkam, und sprang die Treppe zum Pub hoch und spuckte sich selbst zur Tür hinaus und hinein in grelles Sonnenlicht.

12.43 Uhr

Auf dem Weg von einer Seite der George Street zur anderen flogen die Tauben so tief, dass sie fast den Schädel eines Mannes gestreift hätten: Danny musste sich ducken.

Wieder roch er in der Luft den Rauch des Buschfeuers in den Blue Mountains. In der freien Hand hielt er zwei wunderbare Werbezettel, von denen der eine *Asiatisches Streetfood wie es besser nicht sein kann* und der andere *10-Dollar-Haarschnitte nicht nur für Studenten* anpries, und beide waren ihm von opportunistischen Teenagern aufgedrängt worden. Er hielt den Kaktus, in Plastik eingepackt, an die Brust gepresst.

Menthol. Der Klumpen in Dannys Kehle drückte jedes Mal, wenn sein Hals sich bewegte. *Ich brauche Menthol.* Er war jetzt wieder auf offener Straße in Sydney, und die brutale Helligkeit auf der George Street presste seine Augen zusammen.

Gegenüber war die Town Hall hinter sich selbst versteckt: während einer Renovierungsphase mit einem realistischen, in zarten Aquarellfarben gehaltenen Bild von der Town Hall verhüllt.

Die Zellophanverpackung des Kaktus schwitzte auf der Innenseite. Wie die Schweißperlen in einem Traum, dachte Danny.

Beige Türme ragten um ihn herum auf. Sydneys Central Business District. Danny schätzte, dass er eine halbe Stunde lang pausenlos in Bewegung gewesen war. Er rieb den Kaktus an seinem T-Shirt (und dem Unterhemd darunter), während er an einem weißen Wolkenkratzer hinaufsah, der mit schwarzen Fenstern gespickt war.

Aber wer hinter den hohen Fenstern würde ihn hören, selbst wenn er zu ihnen hinaufschrie? Diese Fenster waren voller Chinesen, voller Inder. Aussies mochten bloß Häuser mit Gärten. Hohe Türme überließen sie den Asiaten.

Manchmal sah Danny eine Gruppe indischer Studenten und folgte ihnen. Sie waren es, die da oben wohnten, zu siebt oder acht zusammengedrängt in einer Wohnung im dreißigsten Stock, kühl und mit Meerblick, aber feuchtwarm von Curry und Diskussionen über Einwanderungsgesetze. Er tat dann so, als hätte er die gleichen Sorgen wie sie. Unterbrach sie manchmal sogar bei McDonald's oder in der U-Bahn, um ihnen kostenlose und präzise Ratschläge zu geben: «Sorry, ich muss dazu jetzt mal was sagen. Das stimmt nämlich nicht. Falls ihr in Indien oder sonst wo im Ausland Berufserfahrungen gemacht habt, bringen drei Jahre laut Gesetz fünf Punkte. Für nur ein Jahr Arbeit in Australien gibt es dagegen auch fünf Punkte. Mit sechzig Punkten bekommt man eine dauerhafte Aufenthaltserlaubnis. Ehrlich, die Aussies sind keine verständnislosen Menschen. Los, redet mit ihnen, wenn ihr meint, dass ihr gegen die Visabestimmungen verstoßen habt und illegal seid. Und noch eins: Starrt die Leute hier nicht an, das ist sehr unhöflich.»

Von da, von Einwanderungsfragen, wanderte das Gespräch zwischen den braunen Menschen meist zur nächsten großen Frage: Warum ist in Australien alles so teuer?

«Weil», antwortete Danny, der erfahrene Immigrant, «die Leute hier reich sind. Aussies sind echt reich.»

Das führte jedoch bloß zu einem noch größeren Rätsel: Wieso sind sie reich?

«Weil», behauptete Danny verschmitzt, «sie intelligent sind.»

Standardantwort des Immigranten: Soll das ein Witz sein?

«Okay, okay, stimmt. Australier sind nicht besonders schlau. Sie sind nicht sehr fleißig. Sie trinken zu viel. Also sag *du's* mir. Warum sind sie so reich?»

«Vor hundert Jahren sind sie in großen Holzschiffen losgesegelt und haben uns unser ganzes Geld geklaut.»

«Das waren die Briten. Nicht die Burschen hier. Sehen die etwa aus, als könnten die irgendwem gegen seinen Willen irgendwas abnehmen?»

«Sie haben Gold in der Wüste. Schafe.»

«Andere Länder haben Schafe. Andere Länder haben Gold. Aber sie sind trotzdem arm. Nein. Es liegt nicht am Gold oder den Schafen. Es liegt daran, dass Weiße *Recht und Gesetz* haben und wir nicht.»

Dieses wundersame Phänomen, dieses unbestechliche Ding, das blondeste Tier in Australien: ihr Rechtsstaat.

Er erklärte es ihnen: «Inder sind doch gut in Mathematik, oder? Also frage ich euch: Kann ein Kreis mehr oder weniger als dreihundertsechzig Grad haben?»

Danny hatte es nämlich eines Nachmittags zur Happy Hour in einem Pub endlich begriffen, als ein junger Inder oder Pakistani sich über die Theke lehnte, auf die Kasse zeigte und die Aussie-Barfrau anflehte: «Haben Sie doch ein Herz. Geben Sie doch jetzt schon den Happy-Hour-Nachlass. Es ist vier Minuten vor vier.» Worauf die Aussie-Frau antwortete: «Happy Hour ist – sehen Sie? *Tipp-tipp-tipp* – in einen Chip in der Kasse programmiert. Die kann keine Sekunde vor vier anfangen. Kann ein Chip ein Herz haben?» Später, als Danny auf seinem Sofa im Lagerraum lag und die Pandabären betrachtete, kam ihm ein anderes Bild, ein besseres Bild in den Sinn. Ein Kreis kann nur 360 Grad haben. Das Recht war ein magischer Kreis und in seinem Schutz surften und schwammen die Australier und schliefen wie die Kinder. Danny hatte Länder gesehen, in denen ein Kreis keine 360 Grad hatte. In Dubai ließ das Gesetz zu, dass Arbeitgeber dich um deinen Lohn betrogen. In Sri Lanka war das Gesetz eine brennende Zigarette auf deinem Unterarm. Hier war das Gesetz so groß und hart wie die Klippen, die bei Pyrmont aufragen, und es war gerechter, viel gerechter. In der Rechtshilfeabteilung der Bibliothek von Glebe, Lehrbücher und Broschüren rund um ihn herum ausgebreitet, hatte Danny das Gesetz studiert, verstanden und letztlich begonnen, es zu bewundern. Gerecht? Ja, es erschien ihm gerecht: Alles im Gesetzbuch des Commonwealth of Australia war klar, logisch, Punkt für Punkt. Er erfuhr, dass bei Gerichtsverfahren besondere Rücksicht auf Menschen genommen wurde, die neu im Land waren und kein Englisch sprachen. Übersetzer für Vietnamesisch, Arabisch, Bengalisch und Tamil halfen ihnen, die Fragen des Richters zu beantworten. Australischen Ureinwohnern und solchen Angeklagten, die sich keinen Anwalt leisten konnten, wurde ein kostenloser Rechtsbeistand zur Verfügung gestellt. Gerecht? Vielleicht war es sogar mehr als nur gerecht. Falls das alles nicht bloß ein Märchen ist, dachte Danny, während er in einem Buch über Einwanderungsrecht blätterte, dann war es vielleicht das beste Gesetz auf der ganzen Welt, doch sobald er das angenehm riechende Lehrbuch schloss und zurück ins Regal stellte und die Bibliothek von Glebe verließ, würde dieses Gesetz wieder anfangen, Jagd auf ihn zu machen – weil das in seiner Natur lag. Blind und gerecht.

Ich habe einen Fehler begangen, und jetzt jagt es mich. Es wird mich immer jagen.

Eines wusste Danny: Wenn ich den Hütern dieses Gesetzes erzähle, was ich über Dr. Prakash weiß, erzähle ich ihnen auch, was ich über mich selbst weiß.

Auf der George Street blickten Menschen nach oben. Ein Flugzeug schrieb mit weißem Schaum die älteste Botschaft der Welt an den Himmel: einen Heiratsantrag. Die ersten Buchstaben waren bereits verwischt, und die Leute versuchten, den Namen der glücklichen Frau zu erraten.

WILLST DU MICH HEIRATEN … ET-

«Etta?», rief ein Beobachter.

«Etty?», schlug ein anderer vor. «Schreib schneller, Mann!»

Danny spürte es auch: ihre Sehnsucht danach, dass der Name ausgeschrieben werden sollte, bevor die erste Hälfte der Botschaft sich wieder verflüchtigt hatte. Jetzt erschien ihm das als das Wichtigste auf der Welt – die Preisgabe des Frauennamens da oben am Himmel.

Er dachte gar nicht mehr an den Mord. An die Leiche in Toongabbie.

Als er den Blick senkte, starrte ihn etwas von der Spitze eines schwarzen Laternenpfahls an: das Gesicht starr und erwartungsvoll, weiche graue Federn vom leichten Wind gekräuselt.

Vom blauen Himmel über Sydney war es herabgeschwebt, als wäre es die Antwort auf den Hilferuf eines Mannes.

Eine Möwe.

Woher willst du wissen, dass es derselbe Fluss ist, mein Junge?, schien sie zu fragen. *Derselbe Fluss in Toongabbie? Da gibt's jede Menge Flüsse.*

Danny zuckte die Achseln. Ich weiß nicht genau, ob es derselbe Fluss ist, Officer, Sir.

Die Möwe hatte jetzt den Schnabel weit aufgerissen, als würde sie das Ganze belustigen. *Dann geh nach Hause. Ruf bloß nicht die Hotline der Polizei an und erzähl irgendeinen Scheiß. Beschuldige niemanden.*

Aber es ist ein Notfall.

Ha. Die Möwe war schon zu oft über Sydney geflogen. Jeder Mann hatte jeden Tag irgendeine Krise. *Gib mir eine Fritte, gib mir einen Fisch,* schrie sie, *mein Notfall ist der Einzige, der heute in Sydney wichtig ist.*

Sie erhob sich auf starken und tabufreien Flügeln, und Danny sah ihr nach, wie sie über die Stadt davonschwebte, Richtung Pyrmont mit seinem Kasino, als wollte sie den Rest des Tages dort zocken.

Aber eines weiß ich, dachte Danny und ging weiter die George Street entlang: Genau vor einem Jahr, am letzten Guru Purnima, sind wir drei zu einem Fluss gefahren. In Toongabbie.

Das war ein schlechter Tag gewesen. Einer von diesen Tagen, auf die dich selbst die besten Regeln nicht vorbereiten können. «Oh mein Gott, oh mein Gott», sagte Radha schon, als sie sich mit Einkaufstüten voller Lebensmittel der Wohnung in Potts Point näherte und den Putzmann vor der Tür warten sah.

Als hätte sie sich schon gedacht, dass etwas Schlimmes passiert war.

«Ich hab ihn nur um die sechzig Dollar gebeten. Nachdem ich geputzt hatte.»

«O-kay, o-kay, verstehe. Beschwer dich nicht bei mir.»

Sie öffnete die Haustür und ging voraus, und er folgte ihr in sicherem Abstand.

Als sie die Wohnungstür aufschloss, sahen sie Prakash dort sitzen, umgeben von Bierdosen und offenen Pizzaschachteln.

Seine schwarze Lesebrille lag auf einer Zeitung, die Seite mit den Pferderennergebnissen war aufgeschlagen.

«Hast du wieder Bier verschüttet? Mach doch mal sauber. Verdammt, das ist meine Wohnung, hör auf, andauernd Bier zu verschütten. Such dir endlich einen Job, anstatt den ganzen Tag zu saufen. Danny, würdest du bitte die Pfütze da auf dem Boden aufwischen? Bekommst auch was extra.»

Prakash sagte nichts, strich sich nur mit den Fingern durch sein grau meliertes Haar.

Danny begann zu putzen. Plötzlich merkte er, dass Prakash irgendwas nach ihm warf.

Er duckte sich gerade noch rechtzeitig, die Bierdose zischte an ihm vorbei und traf die Wand, und Radha kreischte auf. Vielleicht dachte sie, das sei ein Scherz, doch als die nächste genau auf ihren Kopf zuflog, drehte sie sich um und flüchtete mit Danny nach draußen. Sie schlugen die Tür hinter sich zu, und die Dosen knallten von innen dagegen.

«Heute ist Guru Purnima. Die verdammten Inder machen ein großes Fest in Parramatta, aber diesmal haben sie ihn nicht eingeladen. Die wollen nichts mit einem Mann zu tun haben, der am Boden liegt. Die wollen bloß dicke Autos und protzige Kultur. Ich wette, Sri Lanker sind genauso, was? Pakistani sind auf jeden Fall so.»

Sie öffnete die Tür, und eine weitere Dose flog gegen die Wand.

Von draußen schrie sie: «Beruhige dich, Baby. Nach dem Essen fahren wir zum Fluss. Da kommst du doch immer so schön zur Ruhe.»

Während sie da vor der Tür standen, wurde Danny klar, dass er mit ihnen fahren musste, um sein Geld zu bekommen. Warum auch nicht? Er würde ein Gratisessen abstauben und die Frau würde ihm vor lauter schlechtem Gewissen deutlich mehr als die sechzig Dollar geben. Von drinnen kam die jammernde Stimme des Doktors: «Ich hab heute zweihundertsiebzig Dollar verloren. Die sind alle manipuliert. Alle Automaten sind manipuliert.»

«Oh, mein armer Schatz», sagte die Frau von draußen und legte das Gesicht an die Holztür, «mein armer, armer Schatz.»

«Ein Glück, dass die Nachbarn nicht die Polizei gerufen haben.»

Sie fuhren eine Weile schweigend dahin.

Danny betrachtete Prakashs Hinterkopf. Warum half ihm seine Familie nicht, wenn er in Schwierigkeiten steckte? Warum hatten sie ihn als Bergmann arbeiten lassen? Ein Mann, der eine Privatschule besucht hatte, musste seine Krawatte abnehmen und im Dreck nach Eisen graben? Aber so ist Australien. Hier gibt es kein Oben und Unten, keine Klassenunterschiede. So findet man in Australien Toilettenschilder mit der Aufschrift MALE TOILET, FEMALE TOILET, also «männliche» beziehungsweise «weibliche» Toilette. Das machte Danny noch immer fassungslos. Toiletten sind weder männlich noch weiblich. Eine Toilette hat schließlich keinen Schwanz. Herren oder Damen. Australier beherrschen ihre eigene Sprache nicht. So etwas passiert eben, wenn du am ganzen Körper tätowiert bist; wenn es keine roten Linien gibt, die besagen: Übertreten verboten. Land ohne Tabu, Land ohne Klassenunterschiede.

Das war das erste Mal, dass er dachte: Ich sollte die beiden verlassen. Wenn ich weiter bei ihnen bleibe, passiert irgendetwas Schlimmes.

Die Frau drehte sich jäh auf ihrem Sitz herum und sah Danny an.

«Sag was. Bring uns zum Lachen. Deshalb nehmen wir dich doch überhaupt mit und versorgen dich mit Essen und Trinken.»

Als sie zum Fluss kamen, ging sie Hand in Hand mit dem Doktor hinunter zu dem rauschenden Wasser. Danny hinterdrein.

«Danny», sagte sie und lächelte ihm über die Schulter hinweg zu, «Prakash und ich kommen jeden Sonntag hier an diesen Fluss.»

Jetzt sind sie wieder die Turteltäubchen, die beiden.

Der König vom Nil hob einen Finger an die Lippen. «Irgendwo hier in der Nähe ist ein Känguru», flüsterte er. «Ich kann's hören.»

«Du spinnst, Prakash. Hier gibt's keine Kängurus.»

«Ich kann's hören. Ich kenn mich mit den Viechern aus. Ich hab schon mal mit Kängurus auf Tuchfühlung gelebt.»

«Ach nee. Wann soll das denn bitte gewesen sein? Ist das wieder eine von deinen Geschichten?»

«Hey. Sei still. Du kennst das Land nicht so wie ich. Das war in den Kimberleys, in meiner Zeit als Bergmann. Da bist du nachts da draußen, in einem Wohnwagen oder Zelt, und du hörst sie kauen. Die kauen die ganze Nacht auf Knochen herum, diese Kängurus.»

«Warum?»

«Wegen dem Salz. Den Mineralien. Die kauen und kauen, und nach einer Weile willst du sie am liebsten abknallen.»

«Verstehst du, warum ich diesen Mann mag, Danny?» Radha hob die Stimme. «Er ist schon überall gewesen. Er hätte was werden können.»

«Ich weiß nicht, wo sich das Viech versteckt», sagte Prakash. Er drehte sich zu Danny um. «Putzmann. Ich hasse Leute, die sich entschuldigen. Das weißt du ja, oder?»

«Ja», antwortete Danny. Er verstand, dass das gewissermaßen eine Entschuldigung war.

«Im Auto ist Bier. Willst du?»

«Du hast genug getrunken, Prakash. Und verdirb den Jungen nicht.»

Bemüht, nur auf das gurgelnde Wasser hinter ihm zu lauschen, blickte Danny zum Nachthimmel hoch und sah eine unermessliche weiße Wolke der australischen Nacht, so groß und leuchtend wie eine Lagune.

«Waren Sie schon mal in Randwick?», fragte er unvermittelt.

Die beiden Aussies lachten.

«Randwick? Wie kommst du denn jetzt auf Randwick?»

«Das kommt in *Mission: Impossible 2* vor.»

«Mission was? Ach, Prakash, Liebster» – Prakash prustete erneut los – «wir sollten diesen Putzmann wirklich als unser Baby adoptieren, findest du nicht?»

«Er ist nicht mein Baby.»

«Komm, wir nehmen ihn und hauen ab. Nach Hongkong oder Indien. Was meinst du?»

«Er ist nicht mein Baby.» Der Inder wälzte sich mit seinem großen Körper auf dem Gras hin und her.

«Doch, ist er. Unser Putzmann mit dem hohen IQ. Das ist unser kleines Dritte-Welt-Baby. Und das ist unsere kleine braune Arche Noah, die durch Sydney treibt. Hey, Prakash, Danny ist gefoltert worden, wusstest du das? Er ist unser Nelson Mandela. Du hörst gar nicht zu, oder? Hey, Danny. Warum bist du so still? Unterhalte uns. Sag was.»

«Selbst der Pfau muss sich hin und wieder am Ohr kratzen», erwiderte Danny, und sie mussten lachen.

«Und was zum Teufel soll das heißen?»

«Das bedeutet: Selbst ein kluger Mann muss hin und wieder mal schweigen.»

«Das ist sogar ziemlich tiefsinnig. Selbst der Pfau … wie ging's noch mal weiter? Übrigens, Danny, was ich dich schon die ganze Zeit fragen wollte: Hast du eine Freundin? Oh, ich bin geschockt. Echt geschockt. Prakash! Hast du das gehört? Unser armer Nelson Mandela. Wir *müssen* ihn irgendwie verkuppeln. Danny. Ich hab eine Idee. Ich weiß, was du machen kannst, du gehst auf dieses Webportal namens VeggieDate. Die attraktivsten Frauen in Sydney sind alle vegan.»

«Ich aber nicht», wandte Danny ein.

«Wen interessiert's? Aussies glauben, alle Inder wären Vegetarier. Neulich waren Mark und ich auf einer Strandparty in Manly, und da waren so Typen, alles Prachtkerle, alle Vegetarier, und ich hab da Lindy Hop getanzt. Und die jungen vegetarischen Männer haben mich angesehen und gesagt: ‹Du Wahnsinns-Rockstar.› Wir verkuppeln unseren Putzmann mit Vegetarierinnen, Prakash.»

«Ich hab in meinem Leben was Besseres zu tun.»

«Was denn zum Beispiel?» Die Frau wartete. «Chirurgie?»

Danny beging den Fehler zu lachen, und Prakash drehte sich murrend weg.

Aber Radha war jetzt in Fahrt; Radha konnte sich nicht mehr bremsen.

«Ich sage dir, Putzmann, dieser Mann hätte was werden können. Wir Medicare-Leute, wir wissen so einiges. Nimm zum Beispiel das Westmead Hospital. Ehrlich, da gibt es manche Ärzte, denen man das Operieren verbieten sollte. Mörder. Bei jedem Patienten Komplikationen. Ich weiß hundertprozentig, dass da eine Frau wegen Magenkrebs operiert worden ist, und weißt du, was? Sie fängt sich bei der OP eine Lungenentzündung ein. Stirbt dran. Und der Chirurg, ein Weißer, ist noch immer da am Krankenhaus. Stell dir mal vor, ein Inder hätte so einen Fehler gemacht! Da hätten die Zeitungen drüber berichtet. Deshalb bist du nie Arzt geworden, Prakash. Das haben die Top-top-Leute so entschieden.»

Sie schwieg kurz und lächelte.

«Das ist der eine Grund, der andere ist, dass du nie studiert hast. Im Gegensatz zu allen anderen jungen Indern, die Krawatten trugen und auf die Middlington gegangen sind.»

Gleich explodiert er, dachte Danny nervös. Stattdessen lachte Prakash: «Wenigstens bin ich nicht kriminell geworden. Mich haben sie nicht drangekriegt, weil ich Geld gestohlen hab. Ha!», schrie er in die Nacht.

Ihre Stimme kippte. «So gemein. Du bist so gemein zu mir.» Danny glaubte, dass sie schluchzte. «Alle sind gemein zu mir. Männer sind immer gemein. Ich hab ja so breite Schultern. Männer mögen keine Frauen mit kräftigen Schultern. Ich hasse meine Schultern.»

«Das ist ein Trapezius, werte Patientin, keine Schultern», sagte Prakash und nahm sie kurz in den Arm.

Radha schluchzte weiter.

«Wo ist denn heute Nacht der Mond?», fragte der Mann nach einer Weile. «Morgen ist Guru Purnima. Da müsste ein fetter Mond da oben sein. Und morgen wird ein prima Tag zum Wetten, ehrlich, morgen gewinne ich mit jedem Pferd, auf das ich setze.»

Lebende, schwarze Opalstücke, Kakerlaken, liefen über Dannys Unterarme. Er lag teilnahmslos da, sah sich die Sterne an und dachte: Ich bin fast hier, Sterne. Das mache ich hier. Fast hier sein.

«Ich sollte Mark Bescheid geben, dass ich nicht nach Hause komme, oder? Ich werde ihm sagen, ich bin mit den Mädels im Pub.»

Die Frau stand auf.

Während Danny dalag und sich die Sterne ansah, zog etwas die Frau wieder nach unten aufs Gras. Etwas schlug sie. Nicht fest: nur ein Klaps, die geringstmögliche Kraft, um klarzumachen, dass es ein Schlag war. «Sag seinen Namen nicht. Ich hab dich gewarnt.»

«Ich sag seinen Namen, wenn ich will, sei nicht so ein Faschist.»

«Sag seinen Namen nicht.»

«Er ist mein Scheißehemann. Und ich sage seinen Namen, wenn ich –»

Radha verstummte. Der Klaps hatte klargemacht, dass dieses Gespräch keine Diskussion auf Augenhöhe war.

Danny verkrampfte sich. Ein Finger hatte ihn am Rücken berührt. Schlägt er mich jetzt als Nächstes?

Aber eine Stimme flüsterte ihm zu: «Putzmann, sie ist kein Rockstar. Weißt du, was ich glaube? Wenn du vierzig Jahre alt bist, bist du kein Rockstar. Jetzt schau dir das mal an, Putzmann.»

Er zeigte Danny etwas, das er die ganze Zeit im Ärmel versteckt gehabt hatte. Von Fleischfett und Soße dunkel verfärbt, aber die Wellenschliffklinge glänzte dennoch im Mondlicht. «*Das* ist ein Rockstar, was?»

«Stecken Sie das weg», flüsterte Danny, doch ehe Prakash das tun konnte, kreischte die Frau: «Hast du dieses verdammte Messer mitgebracht? Ich hab dir gesagt, du sollst das nirgendwohin mitnehmen! Das ist ekelhaft. Danny. Nimm ihm das Messer ab. Wofür bezahlen wir dich eigentlich?»

Doch bevor er antworten konnte, merkten sie, dass sie am Fluss nicht allein waren. Etwas platschte im Wasser. Sie standen alle drei auf, um nachzusehen.

Es war ein schwarzer Hund, und er zitterte ängstlich, weil er nicht sicher war, wo Land und wo Wasser war. Und im Fluss: zwei weiße Jungen mit nackten Oberkörpern, die auf und ab hüpften, lachten und das Tier nachäfften, wenn es jaulte, ihre Köpfe zum Himmel reckten und lang gezogene Hundelaute ausstießen – was das schwarze Tier verwirrte oder wütend machte, während es unschlüssig über die Felsen setzte und gegen das Geheul der Jungen mit schwachem Winseln protestierte.

Das war also genau vor einem Jahr gewesen. Am vorigen Guru Purnima. Okay. Ihr wart an diesem Fluss in Toongabbie. Er hatte an dem Tag ein Messer dabei. Aber woher weißt du, dass es derselbe Fluss war, in dem sie gestern Radha Thomas' Leiche gefunden haben, eingewickelt in eine Jacke und mit Steinen beschwert?

Woher weißt du irgendetwas mit Sicherheit, obwohl du auf dem Weg zur Klinik bist, um dich mit Prakash zu treffen?

12.57 Uhr

Auf der sonnenbeschienenen Backsteinfassade eines alten Lagerhauses prangte eine mit weißer Schablonenschrift bemalte Werbetafel, die so alt wirkte wie das zivilisierte Leben in Sydney: REX SIMPSON – HERRENAUSSTATTER. Neben den Buchstaben war die geisterhafte Silhouette eines Gentlemans mit Hut zu sehen. Danny wünschte, er hätte so einen Hut. Der würde sein albernes, goldenes Haar verbergen. Wie stolz war er noch bis vor rund einer Stunde darauf gewesen.

Er blickte hinunter auf sein Handy.

Ich habe jetzt Hunger Putzmann

Die Textnachrichten kamen unaufhörlich, wie eine Kette, die ihn zu Dr. Prakashs Klinik zerrte: *Und jemand muss die Wohnung putzen, bevor ich nach Südafrika fliege!*

Stell ihn dir jetzt mal vor, wie er seine Lesebrille aus dem welligen, grau melierten Haar nach unten schiebt und seine grün-braunen Augen auf die Wettkolumnen der Zeitung richtet, Dr. Prakash, ehemaliger Bergmann, ehemaliger Soldat, König vom Nil. Kann der Besitzer eines solchen Augenpaares irgendetwas mit einem Mord zu tun haben? Ein zivilisierter Mann, ein Privatschulmann.

Andererseits trug er doch manchmal ein Messer mit sich herum, oder etwa nicht?

Danny schaute sich in der Stadt Sydney nach Hilfe um und entdeckte an einer Hausmauer verblassende Lettern, die ihn aufforderten: Steig auf Tee um.

12.58 Uhr

In einem Discountladen, der, seit du nach Australien gekommen bist, kurz vor der Schließung steht, wo eine Baritonstimme vom Band über Sonnenbrillen, T-Shirts für Touristen, Herren- und Knabenunterwäsche in Plastikkisten und Schokoriegel von Cadbury hinwegdröhnt, geht ein unendlicher Schlussverkauf weiter und weiter, mitten im Herzen von Sydney.

«Denn das ist der letzte, ich wiederhole, der letzte Ausverkauf. Alles muss raus, verehrte Kundschaft, alles muss raus. Kommen Sie und sehen Sie sich um. Es heißt jetzt oder nie.»

Kann ich Ihnen helfen?, fragte die libanesische Frau Danny. Nein, antwortete sie, sie führten keinerlei Mentholpastillen. Wusste nicht mal, was das war. Aber ja, Küchenmesser hatten sie.

KENNEMANN KÜCHENKÖNIG
MUSS NIE GESCHÄRFT WERDEN
LEBENSLANGE GARANTIE

Danny nahm ein Messer aus dem Kasten und stellte sich vor, wie er die Spitze durch die Plastikhülle hindurch berührte.

Wieder konnte er den König vom Nil sehen: das Gesicht dunkel und schimmernd wie Anthrazit, die schwarze Lesebrille, die er immer hoch in sein welliges, grau meliertes Haar geschoben hatte.

Dannys Fieber verschwand, und seine Nebenhöhlen glühten so, wie Onkel Shankars geglüht haben mussten, wenn er sein Mentholspray inhalierte – so leicht und in guter Gesundheit. Er warf das Messer zurück in den Kasten, wo es auf andere Sechs-Dollar-Messer fiel.

«Denn das ist der letzte, ich wiederhole, letzte Ausverkauf. Alles muss raus, verehrte Kundschaft, alles muss raus.»

Auf dem Bürgersteig vor dem Laden saßen einige frisch aus dem Heimatland eingetroffene junge Inder mit unterschiedlich bizarren Frisuren und starrten auf ein Handy, während sich, nur durch einen Abfalleimer von ihnen getrennt, vom Westen veredelte, Rohzucker zu Raffinadezucker, beleibtere Inder in Business-Anzügen und mit spießig gestylten Haaren um ihr eigenes Handy-Display drängten. Die Anzugträger waren einheimische Tiefkühl-Inder und sie straften die Immigranten mit Verachtung. Aber Danny bemerkte, dass *beide* Gruppen sich denselben Bollywood-Clip anschauten.

Er trottete die Park Street hinunter ins Stadtzentrum und gelangte zu der Kreuzung am Hyde Park.

Von seinem Standort aus konnte er die drei Kammern des Herzens von Sydney sehen: Ozean, Park und Hügel. Würde er nach rechts gehen, käme er zum Opernhaus und der Anlegestelle der Fähren nach Manly Beach. Vor sich erblickte er die Hochhäuser von Banken und Versicherungen, die um das grüne Rechteck des Hyde Parks herum hochragten. Aber er blickte über Ozean und Park hinweg auf den Hügel. Eine Straße namens William Street führt jäh aus der City nach oben zu einer altmodischen Coca-Cola-Neonreklame, die von früh bis spät pulsiert und den Beginn eines dicht besiedelten Teils eines überwiegend leeren Kontinents markiert: den Rotlichtbezirk von Kings Cross.

Danny kannte diese Reklame gut. Wie oft hatte er genau dort neben der großen Coca-Cola-Reklame gestanden, da oben, während der Doktor und Radha sich liebten und ihm nichts anderes übrig blieb, als herumzulaufen und schließlich da oben zu landen, an der Stirn der City, und auf eine Reihe Hochglanzpalmen hinabzublicken, die den Verkehr vor der Einfahrt in den Tunnel teilten, und zu denken: Ich weiß etwas, das keiner von euch weiß. Ein Geheimnis. Denn Haus Nummer fünf und Haus Nummer sechs hatten eine Affäre und in dieser unendlichen Stadt Sydney verfügte nur er, ein illegaler Immigrant, über dieses Wissen.

Danny-hier-unten verfluchte Danny-da-oben. *Balla. Auf der ganzen Welt ist kein Mensch so balla wie du.*

Hatte er nicht mal grob überschlagen, dass Radha und Prakash, während er für sie arbeitete, über fünfhundert Dollar für ihn ausgegeben haben mussten, weil sie ihm in Bars Essen und Softdrinks spendiert hatten? Und jetzt, dachte er, zwingen sie mich jeden einzelnen Dollar zurückzuzahlen.

Weiße Hieroglyphen – Zahlen, Zickzacke, Punkte und Striche – bedeckten massenweise die Straße, gemalte Infos für Autos, die nach Kings Cross hochfuhren. Und hinter der riesigen Coca-Cola-Reklame, irgendwo in Kings Cross, war die Klinik. Radha nannte sie so, weil Prakash so viel Zeit darin verbrachte, spielte und trank.

Danny konnte auf der Haut seines Handtellers sehen, was er selbst dort notiert hatte: *1–800–333–000*

Aal, Seebarsch, Avocado und Thunfisch lenkten ihn ab. Zu seiner Rechten registrierte er über Blumen, Zeitungen und zum Verkauf angebotene Wasserflaschen hinweg und durch die Dunkelheit einer offenen Tür das unregelmäßige Aufblitzen von Sushi auf einem rotierenden Fließband – alles bloß drei Dollar, bloß drei Dollar.

Aber keine Samosa weit und breit, keine einzige Samosa.

Er schaute wieder zu der gigantischen Coca-Cola-Reklame hinauf.

Vor ihm ließ ein Pfahl mit einem silbernen Knopf daran den rasanten Taktschlag ertönen, der besagte: *Jetzt Straße überqueren.*

13.12 Uhr

Im Kampf geschlagen, war das stierköpfige Ungeheuer empfindungslos geworden: Seine Augen waren geschlossen, seine Haut in heftigem Schmerz verkrampft, während der griechische Held, gelassen, nackt, mit kleinem Penis, sein Horn verdrehte. Ein Beo, der in dem Brunnen gebadet hatte, hockte sich auf den gefallenen Stier und schüttelte seine nassen Flügel, wie um ihn zu wecken, was Danny zwang, einen Schritt nach hinten zu machen und den Kreis der Touristen zu verlassen, die die bronzenen Giganten im Wasser bestaunten.

Er hatte es nicht geschafft, hatte es nicht geschafft, dieses neue Tabu zu brechen. Stattdessen war er den Weg zurückgegangen, den er gekommen war, und wieder im Hyde Park gelandet. Er war die von Feigenbäumen gesäumte Promenade entlanggegangen, bis er den Brunnen hörte. Jenseits der nassen Giganten, jenseits der Bäume und Touristen erblickte Danny die rostbraunen Türme von St. Mary's Cathedral, die wie ein Lesezeichen inmitten einer frivolen, vergnügungssüchtigen Stadt stand. Und wieder wandte er sich ab und kehrte in den Park zurück und dachte: Gandhi.

Irgendjemand klimperte auf einem Saiteninstrument, und Holzrauch hing in der Luft.

Gandhi, ja, das war die Person, über die der Doktor so gern sprach: Weißt du, in Südafrika haben sie eine Statue von dem jungen Gandhi in seiner Anwaltsrobe, im Herzen ihrer großen Stadt, die Johannesburg heißt. Dr. Prakash hatte davorgestanden und ein Foto geschossen. *Gandhi! Kleidung!* Das ist *Zivilisation*.

Und weißt du nicht mehr, wie er rote Tulpen in sein eigenes

Fenster in Potts Point gestellt hat, um zu zeigen, dass er Radha liebt? Kehr um, Danny. Kiran Rao sagt dir, du sollst umkehren.

Ein Jabiru beschrieb mit gesenktem Kopf und übertrieben staksigen Bewegungen auf schuppigen Reptilienfüßen einen unsichtbaren Kreis um den Brunnen, wie zum Spott über die Feierlichkeit, mit der die Menschen Fotos von sich selbst machten.

Auf beiden Seiten trug der Jabiru eine gelbe Markierung mit einer Kontrollnummer, und der Wind trieb brennende Wälder tief in Dannys Nasenlöcher.

Als der Rauch in der Luft seinen Darm in Bewegung brachte, hatte Danny das Gefühl, dass er sich jetzt wirklich, wirklich bald in die Hose machen würde.

Jemand beobachtete ihn: Hoch oben auf einem Steinsockel stand ein grünlicher Brite mit einem Teleskop, wahrscheinlich Captain Cook, und blickte auf ihn und seinen Kaktus herab. Doch als der Wind stärker wurde, flatterte der Jabiru mit den Flügeln, um sich aufzuschwingen, und der in Bronze gegossene Engländer verwandelte sich vor Dannys Augen in einen jungen, korrekt gekleideten Gandhi.

Fröhlich, fröhlich, fröhlich, sang die junge Mutter, als sie, ihr Baby vor die Brust geschnallt, die William Street hochging, *das Leben ist nur ein Traum. Fröhlich, fröhlich …*

Hinter ihr, einen in Zellophan verpackten Kaktus an sein T-Shirt gepresst, ging Danny. Er war jetzt auf halbem Weg den Hügel hinauf. Auf halbem Weg zur Klinik.

Im Schatten der Banken und Gebäude entlang der William Street wurde er langsamer und beschleunigte, wenn er die sonnenbeschienenen Kreuzungen überqueren musste. Der Bogen der Harbor Bridge war zu seiner Linken sichtbar und machte das Warten an den Ampeln erträglich. Die ganze Zeit ging vor ihm das Singen weiter.

Das Leben ist nur ein

Die junge Mutter tätschelte das Baby und sang: *Fröhlich, fröh-*

lich, fröhlich, das Leben ist nur ein. Das Leben ist ein. Wohlig in ihrem Schatten und Gesang sah das Baby zu Danny hinüber: und das Auge, das ihn betrachtete, war so hart, wolkig und blau wie eine sri-lankische Glasmurmel auf der Straße.

Danny wünschte, das Baby würde woanders hinsehen. Sie hatten so schon drei Ampeln überquert, aber an der vierten gingen Mutter und Kind voraus.

Danny war vor einem Pub stehen geblieben, wo man Tische auf den Bürgersteig gestellt hatte.

Auf einem Tisch flatterte eine Zeitung, beschwert von einem Untersetzer, lebhaft im leichten Wind. Alles war jetzt fiebrig. Irgendwo in diesen flatternden Seiten fand sich Radhas Gesicht, das Gesicht der Ermordeten.

Der Tisch vor dem Pub war feucht, aber Danny sah nirgendwo sauberes Wasser – die einzige Feuchtigkeit war ein Ring aus Bier. Er benetzte einen Finger, berührte die Zeitung und schrieb.

Jemand anders

Hieß: *Jemand anders wird es der Polizei sagen*

Mit seinem langen Fingernagel kratzte er Wörter in Tamil darüber –

வேறு யார்

Aber wer sonst …

Und kratzte die Wörter erneut

வேறு யார்

Wer sonst wusste von den beiden?

Sie besuchten viele verschiedene Bars und niemand wusste wirklich, wer sie waren. Deshalb wechselten sie ja ständig von einer Bar zu anderen. Ihre Affäre würde nie ans Licht kommen, oder?

Das Handy summte, als wollte es etwas sagen, und Dr. Prakash hatte etwas zu sagen.

H6

Ich muss noch heute einen Flug erwischen. Wäre gut, wenn du die Wohnung bald putzen würdest

Dr. Prakash, warum hören Sie nicht auf, mich zu drangsalieren?

Die Toiletten haben es bes. nötig. Soweit ich mich erinnere, hattest du ein Händchen für Toiletten

Danny setzte sich auf einen der Korbstühle vor dem Pub.

Von seinem Sitzplatz aus konnte er in den Pub sehen, wo das Fernsehen gerade Bilder der ermordeten Frau zeigte. Und selbst draußen, unterbrochen vom Verkehrslärm, konnte Danny die Stimme im Fernsehen hören.

Nach Angaben der Polizei wurde die Leiche letzte Nacht in einem Fluss in Toongabbie gefunden. Sie war in eine Lederjacke gewickelt, deren Taschen mit Steinen gefüllt waren. Die Polizei beschreibt die Jacke als italienisches Fabrikat von … Farbe. Sie bittet um sachdienliche Hinweise zu der Jacke oder zu ihrem Besitzer.

Haben sie «schwarz» gesagt? Danny trat näher an die Glastür. Aber das Dröhnen eines schweren Trucks, der den Hügel hinauffuhr, übertönte den Fernseher.

Die haben «schwarz» gesagt, oder?

Wie zur Antwort bot die Glasfront des Gebäudes auf der anderen Seite das verdrehte und verzerrte Bild eines endlosen beigen Turms, wie die Bohnenranke im Märchen, an der Jack hochkletterte, und Danny begriff, dass er da sein eigenes Herz sah.

Von seinem Standort auf der ansteigenden William Street aus war das Opernhaus so gerade eben zu erblicken, genauso wie ein kleiner Ausschnitt des Ozeans. *Gehst du mal so eben wieder zurück in dein Land?*, fragte das blaue Wasser den Mann. *Ob nun du oder die weißen Menschen hier, mir ist das völlig gleich*, erklärte das Wasser dem Mann. *Ich werde genauso weiterschimmern.*

Die junge australische Frau, die die Glastür aufstieß, hatte schon den Satz *Die Tische sind nur für unsere Gäste* auf den Lippen, aber es saß niemand mehr draußen an dem Tisch. Da war nur noch eine Zeitung, die von einem Untersetzer mit der Aufschrift VICTORIA BITTER beschwert wurde, und mit feuchten Fingerspuren: Keine Aussie-Barfrau würde Danny je schnappen.

Er stand an der nächsten Straßenkreuzung. Besaß die William Street nicht mehr Ampeln als jede andere, ähnlich lange Straße in Sydney? Er prägte sich diesen Gedanken ein – und lachte dann.

Was nützt dir so eine Information, wenn du morgen abgeschoben wirst, Danny?

Er hatte das Gefühl, dass er sich freudig sein goldenes Haar abrasieren und es Gott zur Strafe für seine Eitelkeit opfern würde, wenn das der Preis dafür wäre, nur noch einen Tag länger in dieser Stadt bleiben zu können.

Während die gigantische Coca-Cola-Reklame ihn immer näher zog, schienen die Nachrichten immer schneller zu kommen.

Ich muss um sechs zum Flughafen. Heute geht's ab nach Südafrika. Kannst du dich beeilen?

Worauf er sicherheitshalber zurückschrieb.

Bin auf dem Weg. Gerade in Kings X.

Mal angenommen, dachte Danny, dass er es tatsächlich gewesen ist. Dass er sie getötet hat. Und jetzt sitzt er in einem Pub und schreibt dir Textnachrichten? Das ergibt keinen Sinn.

Fröhlich, fröhlich, fröhlich. Die Aussie-Frau, die ihrem Kind vorsang, *fröhlich, fröhlich, fröhlich,* in ihrem eigenen mütterlichen Tempo ging, kam nun wieder an Danny vorbei.

Das Kind lächelte jetzt direkt nach oben in den australischen Himmel.

Danny sah das lächelnde Kind und dachte: Ich *könnte* zu Sonja gehen.

Sein Putzmann-Unterhemd klebte ihm an der Brust.

Oben auf dem Hügel stand die Coca-Cola-Reklame wie ein Schiedsrichter zwischen dem Rotlichtbezirk Kings Cross und der Straße, die zum St. Vincent's Hospital führte, wo Sonja heute arbeitete. Anstatt zur Klinik zu gehen, könnte er nach rechts abbiegen, an dem gelben Pub und den Thai-Restaurants vorbeigehen und käme zum St. Vincent's Hospital in Darlinghurst.

Er rief ihre Nummer auf, Nummer 16 in seiner Kontaktliste:

Sonja

Und fühlte sich gleich besser.

Ich *könnte* ihr eine SMS schicken.

Können wir uns nur für fünf Minuten treffen? Vor dem Krankenhaus war ein Brunnen, gleich neben dem Mahnmal für den ermordeten chinesischen Arzt. Frisches, kühles Wasser. Trink das Wasser. Erkläre ihr jede Lüge.

13.40 Uhr

Entscheide dich!

Mit weit geöffnetem Maul verlangte die Straße: *Und zwar jetzt.*

Er war nämlich an der Stelle, wo sich die William Street in gewundene Abzweigungen aufteilt, die auf der Hügelkuppe wieder zusammenlaufen, und einem klaffenden Betontunnel Platz macht, in dem ein oranges Rückgrat aus Lampen ins Dunkle führt und einem so gleichzeitig Tag und Nacht vor Augen führt, während oberhalb davon die Coca-Cola-Reklame über beide Reiche herrscht.

Danny fasste sich an den schmerzenden Hals.

Schon bei ihrem nächsten Date wusste Sonja alles über die Lage in Sri Lanka und das tamilische Flüchtlingsproblem, und sie hatte sogar einen Brief an ihren Parlamentsabgeordneten geschrieben, in dem sie eine neue Politik gegenüber Asylsuchenden von dieser wunderschönen und notleidenden Insel verlangte. Danny schwieg, während sie die besondere und komplexe Situation in

Sri Lanka erläuterte. Dabei begann sie jeden Satz mit «*Wie du ja weißt*, ist der Umgang mit Minderheiten ...»

Schließlich ließ sie ihn zu Wort kommen.

«Hör mal», sagte er, «ich finde, wir brauchen nicht noch mehr Menschen, die nach Australien kommen.»

Er grinste, obwohl er wusste, dass ihn das hässlich machte, und sagte ihr ein paar knallharte Fakten mitten in ihr verblüfftes Gesicht.

«*Wie du ja weißt*, gibt es in Australien wenig Trinkwasser. *Wie du ja weißt*, fordern gerade die Bauunternehmen mehr Immigration. Sie holen Braune und Schwarze ins Land und stecken sie in Slums, die immer in der Nähe vom Flughafen oder von Bahnhöfen liegen. Damit sie als Sklaven für Weiße arbeiten.»

«Mein Gott!» Sie starrte ihn an. «Danny ist ein Konservativer.»

Obwohl Sonja feststellte, Danny «bräuchte ein bisschen mehr Empathie in der Einwanderungsfrage», sagte sie sonst nichts mehr. Vermutlich nahm sie an, das liege einfach in seiner Natur: seine verkrümmte Nasenscheidewand, seine renitenten Nebenhöhlen, seine Sturheit. Vielleicht mochte sie ihn deshalb umso mehr.

Er hatte ihr nichts über die Delle in seinem linken Unterarm erzählt. Dann würde eines zum anderen führen, und am Ende würde sie herausfinden, dass ihr Freund bloß ein Illegaler war. Die Schande.

Dannys Blicke lösten sich von der übermächtigen Coca-Cola-Reklame und wanderten nach rechts.

Sofort konnte er Sonja spüren – ihre Finger in seinem Haar, wie sie mit den goldenen Strähnchen spielten, es ihm in den Nacken strichen. Diese Finger zogen jetzt aus der Richtung des St. Vincent's Hospital an seinem Haar. Das Krankenhaus lag bloß einen kurzen Fußweg nach rechts von der großen Reklame entfernt, und es sagte: *Komm. Komm. Lass uns einen Kaffee zusammen trinken.*

Sie war schließlich eine große Kaffeeliebhaberin. Drei fünfzig die Tasse, und sie trank drei am Tag. (Australier warfen mit Geld nur so um sich!)

Andererseits wurde Sonja nicht gern bei der Arbeit gestört. Das war eine Tatsache. Wenn sie sich stritten, fing das meistens mit einer Anspielung auf ihre Arbeit an, auch das war eine Tatsache. «Heute hat mich ein Patient in der Dusche angepinkelt», hatte sie letzte Woche gesagt. Danny hatte gefragt: «Gehört das nicht zu den Aufgaben einer Krankenschwester?» «Was soll das denn heißen, verdammt noch mal?», hatte sie zurückgefragt. «Und wenn du dich für so clever hältst, versuch dich doch mal als Krankenpfleger. Oder mach irgendwas anderes, statt bloß zu putzen.»

Aber falls Danny von der Coca-Cola-Reklame aus nach links ging, vorbei an den Betrunkenen, den Touristen und Zuhältern, dann käme er zur Klinik, und darin wartete –

Das Leben ist nur ein Traum.

Für einen Mann wie diesen ist nichts einfach. Nicht mal die Hilflosigkeit. Das Leben ist ein Kampf, und alle sind bewaffnet, wenn auch nicht in gleicher Weise.

Er hatte eine Geschichte; er hatte Macht. Während er den Kaktus in einer Hand hielt, drückte Danny mit dem Daumen gegen die Finger der anderen Hand, bis die Knöchel knackten.

Das Leben ist nur ein Traum.

Eine Frau mit durchtrainiertem Körper joggte vorbei. Die Muskeln in ihrem Rücken erzählten Danny von Sex und sagten: *Nein, nein, es ist kein Traum. Lebe heute, damit du den Tag morgen mit deiner Freundin verbringen kannst.*

Kehr um, Danny. Intelligenter Putzmann bedeutet, ein Putzmann, der intelligent ist, oder?

Doch just in dem Moment gaben ein halbes Dutzend Kakadus mit schwefelfarbenen Bäuchen, die vom Stadtzentrum herangeflogen waren und über der Coca-Cola-Reklame kreisten, ein jähes Krächzen von sich, bevor sie nach links davonflogen.

Danny folgte den weißen Vögeln und betrat Kings Cross – das Hauptvergnügungsviertel von Sydney.

DAS DRITTE JAHR ALS ILLEGALER

Es ist ein Indonesien inmitten von Australien: ein Archipel von Illegalen, jeder vom anderen getrennt, durch diese Isolation schwach und ängstlich gehalten. Doch nach einer Weile bemerkst du, dass einige Inselchen sich zu größeren zusammengeschlossen haben und dass die Angst dort kleiner ist. Dass es sogar Hoffnung gibt.

Auf dem Rückweg von einem einmaligen Putzjob in Parramatta, den Tommo ihm besorgt hatte, mit seinem silbernen Astronautenkanister auf dem Rücken, hatte Danny sie erblickt. Die Frau, die am Bahnhof stand. Schreiend. «Verschließt nicht die Augen vor Syrien! Tausende werden abgeschlachtet, vergewaltigt und ermordet. Unterschreibt jetzt eine Petition! Abgeschlachtet, vergewaltigt und …» Sie sah entschlossen aus, diese Frau, sie sah wirklich so aus, als könnte sie es mit Einwanderungsbehörde und Polizei aufnehmen.

«Warum hast du dann nicht mit ihr geredet? Warum hast du sie nicht um Hilfe gebeten?»

An dem Abend hatten sie sich getroffen, die Illegalen, auf den Bänken vor der abgeschlossenen Bibliothek in Glebe, und Danny hatte den anderen von dieser Frau erzählt. Als Antwort auf ihre Fragen sagte er:

«Ich mochte ihre Stiefel nicht.»

«Ihre Stiefel?», fragte Ibrahim, der Pakistani.

Irgendwie hatte Danny den Eindruck gehabt, dass es dieser Frau mit den hohen schwarzen Stiefeln eigentlich nicht um Syrien oder die Syrer ging: Beachtet mich, *rief sie ihren Aussie-Lands-*

leuten zu, habt Mitleid mit illegalen Einwanderern, aber beachtet mich.

Manchmal, so hieß es, waren bei Razzien in den Vororten Sozialarbeiter dabei, «um Illegale vor Ausbeutung zu schützen». Wenn sie dich schnappten, fragten sie: «Alles okay, Bruder?» und schenkten dir einen Schokoriegel, während dir Handschellen angelegt wurden. Am Ende wurdest du so oder so abgeschoben. Was spielte es also für eine Rolle, ob eine gutherzige Frau oder ein massiger, blauer Polizist mit Pistole hinter dir her war? In Sydney trieben Idealismus und Korruption nebeneinander her, wie parallele Abwasserflüsse. Weiße klärten dich über deine Rechte auf, während du zum Abschiebefahrzeug geführt wurdest.

«Mochte ihre Stiefel nicht», sagte Danny mit Nachdruck.

Lin, der illegale Chinese aus Malaysia, der in einem mexikanischen Restaurant Tacos verkaufte, rauchte seine selbst gedrehten Zigaretten und sagte das, was er immer sagte: «In Malaysia kriegst du eine Packung Zigaretten, die so dick ist» – er demonstrierte mit den Fingern, wie dick – «für acht Ringgit, bloß acht Ringgit.» Doch Lin sagte auch, dass er nie, niemals nach Malaysia zurückgehen würde.

Lin, der täglich zwei Schichten in dem mexikanischen Restaurant arbeitete, blinzelte viel, wenn er nicht arbeitete, als gäbe es Leerstellen in ihm, wo eigentlich Wut sein sollte.

Doch sobald er anfing zu rauchen, wurde er doch wütend. «Kuala Lumpur» – er blies den Rauch von Danny weg – «ist voll mit Illegalen. Zehnmal mehr als in Sydney. Alles Muslime. Bangladescher und Pakistani und Araber. Die Regierung holt sie ins Land. Die kriegen ihre falschen malaysischen Ausweise. Chinesen raus, Muslime rein.»

So erfuhr Danny zum ersten Mal, dass es Orte auf der Welt gab, wo die Chinesen trotz ihrer schieren Anzahl auch mal die Schwachen waren. Aber das ergab Sinn. Allmählich ahnte er, dass es einen Grund dafür gab, warum manche Immigranten aus Malaysia oder Sri Lanka oder Pakistan irgendwann in dicken Autos durch die schicken Wohngegenden von Sydney fuhren und andere an solchen Orten wie diesem landeten, vor der Bibliothek von Glebe, wo sie untereinander tuschelten. Zwei nepalesische Putzmänner, denen er eines Tages in Surry Hills begegnet war, hatten nicht so ausgesehen, wie er sich Nepalesen vorstellte. Dunkler und kleiner. Vielleicht waren sie die ärmsten Menschen in Nepal.

Funktioniert das so? Du bist von vornherein in deiner Heimat unerwünscht. Dann kommen illegale Immigranten in dein Land, nehmen dir das bisschen, was du hast, und zwingen dich, nach Australien zu gehen und dort ein Illegaler zu werden.

Er fragte Lin: «Diese Leute aus Bangladesch und Pakistan, die jetzt in Malaysia sind – sind die also an allem schuld?»

Lin schüttelte den Kopf. Danny verstand. Offenbar gab es in Bangladesch und Pakistan Illegale, die diese *Leute gezwungen hatten, das Land zu verlassen.*

Mein Gott. Wo hört das auf, und wer trägt die Verantwortung für das, was uns angetan worden ist?

Lin rauchte so wie die Männer zu Hause: die brennende Zigarette, zu gleichen Teilen Filter, Stängel und Asche, klebte an seiner feuchten Unterlippe, während seine Hände tief in den Taschen steckten. Auch ich bin auf dieses Niveau herabgesunken, dachte Danny.

Wenn du dir zu Hause die Asienspiele oder die Olympischen Spiele anschaust, bist du stolz auf deine Landsleute, die euch allen Ehre machen, nicht wahr? Sie dagegen taten das genaue Gegenteil, da sie ihrem Land Schande machten, weil sie gegen das australische Gesetz verstießen. Sie alle hier vor der Bibliothek.

«Was erzählt ihr denen zu Hause?»

Die Lügen waren schlicht und einander ähnlich. Die Pakistani behaupteten, sie leiteten den Laden, in dem sie arbeiteten. Lin ebenso. Niemand erzählte, er hätte es in Australien zum Millionär gebracht. Die Lüge half ihnen lediglich ihre Würde zu wahren.

«Und du?» Lin wandte sich an Danny. «Was erzählst du deinen Leuten zu Hause, was du hier machst?»

«Ich erzähl ihnen gar nichts. Ich schreibe nie nach Hause.»

Und jetzt konnte er sehen, dass sie von ihm abrücken wollten.

Weil es einen Unterschied zwischen uns gibt, dachte Danny und sah die anderen Illegalen an. Für sie war Scham eine atmosphärische Kraft, die von außen auf ihnen lastete; bei ihm kochte sie von innen hoch. Selbst wenn ich in diesem Land die Staatsbürgerschaft bekäme, würde ich mich noch immer meiner selbst schämen.

Die untergehende Sonne schickte einen letzten horizontalen Strahl durch Sydneys Hierarchien und versank. Dann hob sich die Wolke aus Trübsinn, aus Verzweiflung, die sich so groß und finster vor der Bibliothek aufgetürmt hatte.

Denn Lin hatte angefangen, von Essen zu reden. Von einem Festmahl. Während er die nächste selbst gedrehte Zigarette rauchte, erzählte er von einem Lebensmittelmarkt unter freiem Himmel, der von hellen, weißen Lampen beleuchtet wurde, einem nächtlichen Markt, wie es ihn nur in asiatischen Städten gab, einer, der immer und ewig weiterging. In Bambuskörben gegarte Dim-Sum, glasierte, gebratene Ente, Würstchen am Spieß, Rinderkoteletts, frische und frittierte Frösche, alles, was das Herz begehrte. Die beiden Pakistani waren von seiner Beschreibung begeistert und schmückten sie weiter aus. Lammbraten. Am Spieß. Und diese Eissorten, die es nur nachts und nur unter freiem Himmel gibt. Das alles, sagte Lin, würde auf einen großen, sauberen Holztisch gestellt werden.

Sie schmausten imaginäre Ente, Hähnchen, Makrele und dampfenden Jasminreis.

Danny hatte etwas zu dem Mahl beizusteuern: Hoffnung. Es gibt einen Weg aus unserer Scham heraus, erklärte er ihnen. Hähnchen und Ente verschwanden und die Illegalen drängten sich um ihn. Wie? Kommt näher. Das australische Gesetz kann gebrochen werden. Wie? Noch näher. Danny hatte nämlich in der Bibliothek etwas gelesen: In den 1970ern war ein Mann namens Malcolm Fraser Premierminister gewesen, und eines Tages hatte er im Parlament in Canberra verkündet: «Ihr Illegalen in Australien, morgen ist der Tag eurer Amnestie.»

Ihr wisst doch, dass an Weihnachten der Schaffner im Bus nicht kontrolliert, ob du einen gültigen Fahrschein hast? Genau dasselbe. Du gehst einfach zur Einwanderungsbehörde und sagst denen: Ich bin illegal und die sagen: Kein Problem. Herzlich willkommen.

Amnestie. Tore werden sich auftun, Kanaldeckel werden hochfliegen, und eine unterirdische Stadt wird ins Licht treten.

Blödsinn, sagte Ibrahim der Pakistani. Er lächelte nicht mehr. So nicht. Es wird auf andere Weise geschehen und nur auf diese Weise. Neulich war nämlich hinter einem Lattenzaun in Seven Hills die Windschutzscheibe eines Trucks aufgetaucht, auf der in arabischer und lateinischer Schrift – BISMILLAH – stand, wie eine neue Sonne, die darauf wartet, über einem neuen Sydney aufzugehen. Ein neues Gesetz. Und als Ibrahim diese große, laute, muslimeigene Maschine bestaunte, begriff er: Er begriff, wie Australiens Zukunft aussehen würde.

Warum nicht, dachte Danny, als es Abend wurde und er durch eine dunkle Menschenmenge zum Lebensmittelladen Sunburst ging, warum nicht. Bekehrt das ganze Scheißland zum Islam. Vielleicht macht das endlich Menschen aus ihnen.

WELTBERÜHMTE LOVE MACHINE – ZUTRITT NUR FÜR ERWACHSENE
NACKTE HAUT NOCH MEHR NACKTE HAUT
EROTIKA BUCHHANDLUNG KOMMEN SIE REIN UND SCHAUEN SIE SICH UM
PORKY'S NITE SPOT

13.52 Uhr

Die Namen pulsierten in leuchtendem Rot, Grün oder Gelb:
GENTLEMEN CLUB, BADA BING, PIKANTE EROTIKKLEIDUNG.
WILLKOMMEN IN KINGS CROSS.

Bereits so früh am Tag waren einige Frauen in Netzstrümpfen und mit korallenrotem Lippenstift unter den Lichtern in Position gegangen. Hohlwangig, mit starrem Blick, die blassesten Frauen in Sydney, aus deren Beinen schon vor langer Zeit das Sonnenlicht herausgesaugt worden war.

In Sri Lanka zeigen Prostituierte ihre Brüste. Hier zeigen sie ihre Oberschenkel. Ein stiernackiger Zuhälter mit geschorenem Kopf in dem üblichen schwarzen Outfit seines Berufsstandes versuchte, Danny etwas in die Hand zu drücken. «Michael Jackson!», rief er, während zwei weitere Zuhälter, beide glatzköpfig, beide ganz in Schwarz, hinter ihn traten. «Lust auf eine Frau? Michael Jackson!»

Danny vermutete, dass sie auf seine Strähnchen anspielten.

Nein, danke. Für mich nicht.

«Gaaandhi!», schrie einer der Zuhälter. «Wir haben hier auch indische Frauen!» Und die anderen beiden grinsten.

Danny wusste, dass es hier einen Kebab-Laden gab (Five-Star Syria), der von einem Mann namens Haroun betrieben wurde. Früher, als er oft hierhergekommen war, um Haus Nummer sechs zu putzen, legte Danny dort oft einen Zwischenstopp ein, um zuzuhören, wie Haroun hinter der Theke über Australien meckerte. Haroun wurde alt, während er zwölf Stunden täglich arbeitete; Haroun wurde in Australien arm, weil eine Packung Zigaretten hier fünfundzwanzig Dollar kostete – und wie sehr tat Danny das im Herzen weh, das Vorrecht des legalen Einwanderers, über das Land zu schimpfen, das ihn aufgenommen hatte.

Aber Haroun war fort, und ein jüngerer Araber mit einem Elektromesser schnitt helle Wunden in den Schawarma-Berg. Während Danny zusah, verdunkelte sich die Farbe des freigelegten Fleisches schon wieder.

Guru Purnima.

Wo bist du, Putzmann?, piepte sein Handy. Danny konnte den Ort sehen, von dem die SMS kamen.

... gleich da, Doktor, bin gleich da ...

Vorbei an der einsamen Prostituierten, die auf einen frühen Kunden wartete, vorbei an der Hundekacke bei den Bäumen, vorbei an den sich verästelnden Adern aus Urin und Spucke, die ein Muster auf den Straßen bildeten, bis er zu einer Terrasse kam, wo bleiche Männer saßen und rauchten und verzweifelt die Welt um sie herum beobachteten, während dunkle Glastüren auf einen zutiefst privaten Ort hinter ihnen verwiesen.

Danny stand da und starrte auf eine Ellipse aus weißem Licht, die um das Wort VEGAS herum glitzerte.

Das war das Vegas Hotel von Kings Cross, auch bekannt als die Klinik.

Von oben kamen warnende Laute.

Hoch in der Luft glitt eine Möwe im Aufwind zwischen den Gebäuden über die fleischlichen Vergnügungen im Cross, ohne auch nur eine Feder zu bewegen. Sie öffnete und schloss lediglich ihren Schnabel und stieß eine Reihe von lauten Krächzern aus. Erinnert dich das nicht förmlich an die Karikatur eines dörflichen Klatschmauls und Spötters – eines Mannes, der den ganzen Tag in einem Teehaus hockt, zu träge, um irgendeinen Muskel zu bewegen außer seinem unermüdlichen Mund?

Danny nahm an, dass der Spott der Möwe ihm galt, und verzog das Gesicht. Der Vogel ist frei, aber seine Freiheit kennt nur das: hoch in der Luft spotten.

Hier unten auf der Erde hatte er, Dhananjaya, bereits eine Hand an die Glastür des Vegas Hotels gelegt: Er spürte, wie sie an der Tür haftete, als könnte keine Macht sie wieder lösen. Hinter der Glasscheibe waren Menschen. Er sah ein Publikum von hundert Leuten, dunkel, vervielfacht, erwartungsvoll. Wie Kiran Rao in seinem feinen Anzug auf dem Sydney Festival richtete Danny das Wort an sein imaginäres Publikum: Ein Mann ohne Rechte in dieser Welt ist nicht von seinen Pflichten befreit. Das Publikum applaudierte. Plötzlich ergab alles einen Sinn, von seinen Haaren bis hinunter zu seinen Schuhen, und seine dunkle Silhouette wurde schlagartig erhellt: halb Gandhi, halb Schwein. Mal sehen, wie sich das anfühlt.

Er stieß die Tür auf und betrat die Klinik.

Die Wohltat von Schatten und Klimaanlage wurde durch den leichten Abwassergeruch in jedem dunklen Schwall kühler Luft abgeschwächt. Vielleicht war der Teppichboden feucht. Oder das Bier wurde schal. Danny schnupperte.

Zu seiner Linken erblickte er das rote Neonschild VIP-RAUM.

Und direkt darunter, im Widerspruch dazu, ZUGANG FÜR ALLE.

Er spazierte zwischen den Automaten herum, sah Azteken, Tierkreiszeichen, Tadsch Mahals, Bengalische Tiger, Blitze und Mexikanische Sombreros. Ein Dutzend Männer und Frauen spielten an diesen Automaten. Manche hatten Biergläser auf ihre Automaten gestellt. Eine Asiatin drehte beim Spiel den Kopf roboterartig hin und her, möglicherweise, um ihren Hals zu lockern. Ein konstantes Sirren mechanischen Glücks – *bing-bing-bing* – erfüllte den Raum, entlud sich dann und wann in Euphorie, ehe es wieder zu monotonem *Bing-bing-bing*-Frohsinn abflaute.

Es war wie ein Schlangenschrein in einem Shiva-Tempel. Der Spielsaal in diesem Pub in Sydney. Jede Bar hatte einen ruhigen Bereich, wo Männer leuchtende Zahlen auf einem Fernsehbildschirm beobachteten oder Zeitungsseiten mit einem Stift in der Hand absuchten. Es war eine eigentümliche Tätigkeit, dieses Glücksspiel, sehr technisch, geprägt von Zahlen, Stiften und Berechnungen, ausgeführt von bulligen Männern, denen man ansonsten wenig Hang zu Nachdenklichkeit und Rechenkunde unterstellt hätte. Männer verschuldeten sich wegen dieser Zahlen. Männer verloren ihre Häuser, ihre Autos, ihre Freunde an diese blinkenden Zahlen in dem stillen Raum. Die Weißen waren die Ersten, die durchdrehten, aber die Immigranten waren noch schlimmer. Drei Viertel aller Kunden in dem Kasino in Star City waren Chinesen. Jetzt wurden auch braune Menschen von derselben Krankheit befallen.

Und hatte Danny nicht sogar den König und die Königin gekannt, die Vorhut der neuen indischen Glücksspielelite in Australien?

Dragons Myth, Indian Dreaming, Royal Diamonds, Dragon Master, Mega Moolah, 100 Pandas.

Der mattrote Teppich war mit gelben Rauten gemustert. Der Kassierer auf seinem erhöhten Sitz sah aus, als hätte er eine Schrotflinte unter dem Stuhl. Auf einem Schild stand in Druckschrift: ACHTUNG – FALSCHE DOLLARSCHEINE IM UMLAUF. *Die besten Fälschungen kommen natürlich aus* CHINA. *Beachten Sie die drei unten abgebildeten Fotos.*

Danny ging an mittelamerikanischen Gesichtern, an Kakteen, Adlern, Schlangen und rosa Marslandschaften vorbei, bis er durch das mechanische Geräusch der Automaten hindurch eine menschliche Stimme hörte.

«... da war ich nämlich 1991. Als ich beim Militär war. Vier Jahre. Ausgebildet wirst du im Dschungel in Queensland. Du gehst im Gänsemarsch, und plötzlich, Kumpel, Achtung! Ein Baum kippt um, und die ganze Patrouille guckt hoch, und da sehen wir ein fettes Loch im Blätterdach des Regenwaldes, ja? Und dann gehen wir auf Patrouille und kommen nach einer Stunde wieder an die Stelle, wo der Baum umgekippt ist, und du traust deinen Augen nicht. Nur eine Stunde später, und du kannst förmlich sehen, wie das Loch da oben in dem dunklen grünen Blätterdach kleiner wird, du kannst sehen, wie die Blätter der anderen Bäume sich aufeinander zurecken, um das Loch im Dschungel zu flicken. Die Natur heilt sich selbst. Ich liebe Queensland, das kann ich euch sagen. Hab sogar mal überlegt, dahin zu ziehen. Ehrlich gesagt, abgesehen von all den reichen Chinesen, die den Hals nicht vollkriegen, ist Sydney ein Drecksloch. Findet ihr nicht?»

Die Stimme schien hinter dem Spielautomaten Super 100 Aztec zu ertönen, und Danny ging um den Automaten herum, um nachzusehen.

Ein Inder in einem weißen T-Shirt, das lange grau melierte Haar von einer dunklen Lesebrille flach gedrückt, saß an einem Tisch und redete auf ein weißes Pärchen und dessen kleine, blonde Tochter ein.

Sie lauschten, als könnten sie ihm auf ewig lauschen, doch das Lächeln und der Charme und das vornehme Verhalten des Inders lösten sich plötzlich in Luft auf.

Er hatte bemerkt, dass Danny ihn beobachtete.

Unter seinem von Silberfäden durchzogenen dunklen Haar hatte der Inder buschige, schwarze Augenbrauen. Danny hatte diese Brauen vergessen. Und Dr. Prakashs Augen waren selbst im dämmrigen Licht der Bar grün-braun.

Blickschock.

Es gibt ein Zucken, ein reflexartiges Zucken in der Netzhaut, wenn ein Mensch, der in Indien, Pakistan, Sri Lanka oder Bangladesch geboren worden ist, in Sydney einen anderen Menschen aus seinem Teil der Welt erblickt – ein atavistischer Stromstoß, ein stets wechselseitiger Instinkt, wie das augenblickliche, gegenseitige Erkennen von Homosexuellen in einer repressiven Gesellschaft. Denn selbst wenn ihr beide glaubt, dass ein brauner Mensch für einen anderen in Sydney keine besondere Bedeutung hat – in einer Stadt, einer Kultur also, die auf dem Prinzip des Ausschlusses von nicht-weißen Menschen aufgebaut worden ist und dieses Prinzip erst eine Generation zuvor wirklich hinter sich gelassen hat –, soll heißen, selbst wenn du bei der Begegnung mit einem anderen braunen Menschen tiefgekühlt oder gleichgültig bleiben willst, kannst du nichts dagegen machen. Du musst ihn ansehen, genau wie er dich ansehen muss. Blickschock. Danny kannte ihn gut, aber nie zuvor hatte er ihn bei Dr. Prakash gespürt, der zwar braun war, der zwar eindeutig in Indien geboren worden war, aber lange genug hier gelebt hatte, um ein Aussie zu werden.

Heute jedoch waren diese grün-braunen Augen wieder die eines Immigranten. Beide Männer spürten das.

Dann wurde Dr. Prakashs Blick weicher, weiteten sich seine Augen in freundlicher Aussie-Manier, und Grübchen bildeten sich rechts und links von seiner Nase.

«Tja, war schön, mit Ihnen zu plaudern, Mylady», sagte er, hob die Hand des kleinen Mädchens feierlich an seinen Mund, küsste sie und küsste sie dann noch ein zweites Mal. Dem kleinen Mädchen klappte der Unterkiefer herunter.

Die Eltern waren amüsiert. Der Kassierer hinter der Theke war amüsiert. Alle waren amüsiert, nur nicht das kleine Mädchen, das mit offenem Mund einen Gott bestaunte.

Prakash stand auf. Danny ging zu ihm. Prakash musterte ihn und lächelte dann. «Du bist heute einen halben Kopf größer, Putzmann. Das liegt an den goldenen Haaren.»

Mit einem Achselzucken, das vermitteln sollte: *Aber das Leben ist doch immer voller Überraschungen, nicht?*, lächelte Danny zurück.

Haus Nummer sechs hatte stark zugenommen, seit Danny zuletzt bei ihm geputzt hatte. Sein Haar war mit viel mehr Silber durchzogen, und er sah aus wie der Typ Mann, den man zu Hause einen Onkel nennen würde. Er war's nicht, Danny.

«Du putzt jetzt gleich meine Wohnung, ja?»

«Ja, Sir», antwortete Danny. «Ja, Sir.»

«Nelson Mandela, unser Putzmann», sagte Prakash, und plötzlich veränderte sich seine Stimme. Jetzt, da Danny ihm näher gekommen war, konnte er sein Gesicht besser sehen.

Prakash bot das schreckliche Erscheinungsbild eines verkaterten Mittvierzigers, der die Phase seines Lebens erreicht hatte, in der der Alkohol die eiserne innere Kraftreserve aufzehrt. Ist das der gefeierte, amüsante, intelligente, medizinisch interessierte Bewohner von Haus Nummer sechs? Danny betrachtete ihn.

Nein. Das ist bloß ein Tier in ihm. Da sitzt ein Instinkt, kein Mann, und Danny hatte denselben Instinkt in sich. Als die glühende Zigarette des sri-lankischen Offiziers, der ihn verhörte, in Dannys Unterarm drang und er selbst sich gelähmt fühlte, wie der einzige wache Gast in einem brennenden Hotel, hatte dieses animalische Etwas in ihm, dieser Instinkt reagiert und Danny gesagt, er solle aufhören zu schreien, sich vorbeugen und die Brandwunde an seinem Arm lecken, wieder und wieder lecken, damit das Feuer sich nicht ausbreitete, bis der vernehmende Offizier mit der Zigarette sich seiner erbarmte und ein Glas Wasser darüber schüttete. Das ist Prakash heute, purer Überlebensinstinkt, ein schwarzer Stein mitten in einem ausgetrockneten Tümpel und mit den Worten beschriftet: ICH BIN DEINE SELBSTVERACHTUNG.

Die Arme seines ehemaligen Arbeitgebers waren hingegen noch dieselben und Dannys Blick glitt an ihnen entlang bis dorthin, wo die halblangen Ärmel des Shirts endeten und die braune Haut auf den entblößten Oberarmmuskeln, die angespannt und von Adern durchzogen waren, eine Spur heller wurde.

«Spielen wir erst noch was.» Prakash stand vom Tisch auf, winkte Danny, ihm zu folgen, und ging an einer Reihe leuchtender Automaten vorbei.

Indian Dreaming. 5 Dragons. Sands of Time. Scattered Pyramids.

«Ich war zu Hause gerade dabei, meinen Koffer zu packen. Hab alles stehen und liegen lassen, um dich hier zu treffen. In der Klinik», sagte er.

«In der Klinik», wiederholte Danny.

«Willst du jetzt sofort zur Wohnung in Potts Point? Die Toiletten putzen? Mein Flug geht heute Abend um Viertel vor sieben.»

Weiß er es noch nicht?, fragte sich Danny. Vielleicht hat er noch keine Zeitung gelesen.

Aber genau unter dem Adamsapfel des Doktors war eine frische rote Wunde.

«Nein», murmelte Prakash. «Nein, ich sehe, du bist noch nicht so weit. Du willst diskutieren. Du willst die Bedingungen diskutieren. Verstehe. Also gut, Nelson Mandela. Spielen wir ein Weilchen. Such dir einen Automaten aus. Egal welchen. Ich zahle.»

In der Nähe dieses Mannes hast du immer einen Temperaturabfall gespürt. Daran erinnerte sich Danny jetzt, während der Inder ihn mit seinem ruhigen Gesicht, den Wärme absorbierenden Augen anschaute, die jeden australischen Strand abkühlen könnten. Was ist Zivilisation?

«Heute ist Guru Purnima. Weißt du, was das heißt?»

«Vollmond.»

Prakash lächelte beifällig. «Das bringt Glück. Alle Inder in Sydney spielen heute, mein Lieber. Lass uns auch ein bisschen spielen.» Er deutete in den Spielsaal. «Ich hab den Raum hier immer gemocht, Nelson. Erinnert mich an die Minen. Ich hab ja in den Minen gearbeitet. Es gibt nur einen Unterschied.»

«Umgebungslicht.»

Prakash zog die Unterlippe nach innen, schloss die Augen und nickte. «Ja. Du vergisst aber auch gar nichts, was? Setz dich und spiel an dem Automaten da. Der ist gut. Zumindest für einen Automaten hier in dieser Stadt.»

«Ich mache keine Glücksspiele. Nein.»

«Setz dich.»

Danny erblickte das Gesicht einer orientalischen Göttin zwischen einer Reihe von Pyramiden, Falken, goldenen Anch-Zeichen und anderen ägyptischen Symbolen. Es war die Königin vom Nil, und Danny war vom König befohlen worden, daran zu spielen.

Prakash hielt einen Dollar hoch, damit Danny ihn sah, und warf ihn in den Automaten ein. «Na los», sagte er. «Ich schau zu. Warte, warte, warte, ich komm gleich zu dir …»

Okay, dachte Danny, vielleicht weiß er nichts von Radhas Tod. Vielleicht haben sie sich getrennt. So was kommt vor.

Danny drückte immer wieder auf einen blinkenden, grünen

Knopf, während der Automat ein Geräusch machte, als würden echte Karten geschnippt (*dabb, dabb, dabb*), und der Bildschirm unter den wachsamen Augen einer sinnlichen Königin Nofretete leuchtende, ägyptische Symbole zeigte und in Zwei-Cent-Schrittchen die Dollarmünze verdaute, mit der er gefüttert worden war.

SPIELSÜCHTIG? RUFEN SIE DIE HOTLINE AN. 1–800–858–858.

Prakash saß vollkommen still, den Kopf so tief gebeugt, dass Danny seinen silbrigen Haarschopf sah, und beobachtete den Bildschirm – als würde er bei einer Prüfung Aufsicht führen, dachte Danny. Er hatte nichts Unbesonnenes oder Irres an sich. Der König vom Nil.

Die Tür des Pubs ging auf und ein Inder in olivgrüner Uniform kam mit einem in Blisterfolie verpackten Päckchen herein, blickte sich um, taxierte Danny und den Doktor und schielte dann auf die Adresse des Päckchens.

Jeden Tag schwärmt ein Trupp brauner, mit kurzen Hosen bekleideter Männer in Sydneys Straßen aus, um Briefe, Päckchen, frische Blumen und Möbel auszuliefern, doch bevor sie das tun können, werden sie von einem anderen Trupp brauner Männer in gestärkten Hemden und schwarzen Hosen abgefangen, die mit Funkgeräten in den Händen und Kabeln, die sich in ihr Ohr kringeln, jede Tür und jedes Tor in der Stadt bewachen.

Auslieferndes oder bewachendes Braun, Danny – freundliches oder kontrollierendes Braun – welches von beiden?

Wahrscheinlich ist Radha von irgendeinem Weißen da draußen an dem Fluss in Toongabbie erstochen worden und du pflanzt deinen Hintern auf den Sitz vor dem einzigen Inder, den du kennst, und willst ihn beschuldigen.

«Viel zu tun heute», sagte Danny. «Hab heute sehr viel zu tun. Ich sollte jetzt wieder an die Arbeit.»

«Legende», sagte Dr. Prakash mit einem Lächeln. «Du bist gerade erst gekommen. Wir essen eine Kleinigkeit, und dann kannst du meine Wohnung putzen. Deswegen bist du doch hergekommen, oder?» Er hielt eine weitere goldene Dollarmünze hoch. «Spiel noch einmal.»

Also musste Danny wieder von vorne anfangen, an der Königin vom Nil, vor den funkelnden Reihen von Pyramiden und heiligen Falken, und auch diesen Dollar verspielen, bis Prakash, endlich befriedigt, sagte: «Du hast heute wirklich kein großes Glück. Komm. Wir probieren was anderes.»

Sie gingen von den Automaten weg und setzten sich an einen Holztisch, den der Doktor ausgesucht hatte. Ketchup-Flaschen, Salzstreuer, Pfefferstreuer, Johnnie-Walker-Untersetzer. Und zwischen all diesen Dingen rot bedruckte Rennprogramme und darüber ein schwarzes Schild mit folgendem Hinweis:

$ 2 KÖNNEN JETZT $ 5 MILLIONEN GEWINN BRINGEN
ALLE 3 MINUTEN EIN RENNEN

Ein blauer Stift lag zwischen den aufdringlichen roten Programmen.

In zwei Fernsehern in der Nähe dieses Tisches lief ein Rugbyspiel, und es gab noch mehr Bildschirme in einem dunkleren Nebenraum hinter ihnen, der für den harten Kern der Spieler reserviert war. Da zelebrierten Männer mit Stift und Zetteln in den Händen die Berechnungen, das Kritzeln auf weißem Papier, die professionell wirkenden Rituale des sich selbst ruinierenden Glücksspielers. Weiter hinten befand sich eine schwarze Tür, die auf die Straße führte.

Wenn ich jetzt abhaue.

Das ist nicht der Mann, sagte Danny sich zum dritten oder vierten Mal. Er ist bloß ein Onkel in einem Pub.

Danny spähte zur Tür des Pubs.

Prakash kratzte sich mit dem Daumen links am Kinn.

«Ein Glas Rotwein?»

«Ich trinke nicht.»

«Stimmt. Du hast ja nie getrunken. Nur den anderen beim Trinken zugesehen. Stimmt's? Ja, ich …», Prakash lächelte, «… erinnere mich an dich, Nelson. Und du warst lustig. Deshalb haben wir dich behalten. Du hast so was Lustiges über den Pfau gesagt, nicht? Was hast du noch mal über den Pfau gesagt?»

Er erinnert sich. Was für ein tolles Gedächtnis er doch hat, für einen Australier. Vielleicht hat er die Nachrichten nur noch nicht gesehen. Und wird sie später sehen. Weg hier, Danny. Los, los.

Aber als er sich zur Tür des Pubs wandte, brauste gerade ein Bus vorbei und das blendende Sonnenlicht wurde von dessen weißen Seiten reflektiert, genau in Dannys Augen. Er blinzelte, und dann fuhr ein anderes Auto vorbei, das seine Augen erneut bestrahlte.

«Alles gut bei dir, Intelligenter Putzmann?»

Danny drehte sich von der Tür weg und schirmte mit der linken Hand sein Gesicht ab.

«Zu viel Licht», sagte er.

Direkt vor der Tür rauschten die grell blitzenden Autos weiter vorbei. Danny schützte seine Augen mit dem Niqab seiner Hände und suchte in Prakashs Gesicht nach der Wahrheit.

«Putzmann.» Prakash senkte die Stimme, wie aus Mitleid mit Dannys schmerzenden Augen.

Sehr gut. Anzeichen einer menschlichen Regung. Der Doktor war kein normaler Mann. Um das festzustellen, bist du doch hergekommen, oder? Jetzt hau ab.

«Wir wollten uns von Ihnen verabschieden.» Ein Australier kam mit seiner Tochter an den Tisch, die Kleine, deren Hand Prakash geküsst hatte. «Die junge Lady hier ist schwer beeindruckt.»

«Soll ich dir noch mal die Hand küssen?», fragte Prakash, und das Mädchen streckte sie ihm hin. Er führte sie an die Lippen, und wieder klappte ihr der Mund auf.

«Ich wette, das hat sie noch nie erlebt», sagte der Vater des Mädchens gehässig.

Prakash schob lächelnd seine Brille nach unten und vor die Augen. «Ich komm Sie demnächst mal in Queensland besuchen. Ganz bestimmt. Vielleicht zieh ich sogar dahin.»

Danny sah dem Vater und seiner Tochter nach, als sie den Pub verließen.

«Putzmann.» Prakash winkte ihn näher, schaute sich um und flüsterte: «Nach dir hatten wir keinen anderen Putzmann mehr.» Er grinste mit einem Nicken. «Ich hab alles selbst gemacht. Hab die verdammte Wohnung geputzt. Sogar die Toiletten.» Er lachte. «Gewisse Leute haben mich dazu gebracht, dass ich putze, und mir dabei zugesehen. Du hättest uns nicht im Stich lassen sollen, du hättest wirklich ... Aber ich mach dir keinen Vorwurf, Nelson. Ich weiß, was du bist. Ich kenne dein Geheimnis.» Er zwinkerte.

Prakash hielt Danny die Wettkolumne aus der Zeitung hin und bedeutete ihm: *Lies*, doch Danny schüttelte den Kopf.

«... ich hab keine Ahnung vom Wetten.»

«Tja, ich aber.» Der Doktor lächelte. «Schau dir die Hunde an.»

Obwohl er dafür meistens einen silbernen Kuli in der Tasche hatte, malte der Doktor heute mit dem Finger einen Kreis um die Liste der Rennhunde.

«Setz auf einen.» Er schob die Zeitung zu Danny rüber.

Danny zeigte auf den ersten Namen der Liste.

Prakash schnalzte tadelnd mit der Zunge. «Neunzehn zu eins, das ist nicht gut, gar nicht gut. Weißt du, wie ich vorgehe? Indem ich eine Fehlbewertung im System unterstelle, aber nur» – er hielt Daumen und Zeigefinger ein kleines Stück auseinander – «eine vertretbare Fehlbewertung. Bei neunzehn zu eins sind mir die Chancen zu schlecht. Such einen anderen aus. Danach gehen wir zur Wohnung, und du kannst putzen. Vor allem die Toiletten haben es nötig.»

Das war rational, vernünftig und beruhigend. Geh sofort, bitte. Bloß ein Onkel in einem Pub.

(Danny dachte an das Internetcafé unter dem Kino auf der George Street, wo asiatische Kids weiße Kopfhörer trugen und sieben Stunden am Stück Computerspiele spielten. Wenn er doch nur in dieser Computerhöhle wäre, wo er für zehn oder elf Dollar den ganzen sengenden Tag lang sitzen könnte. Koreaner waren stark und hielten zusammen. Sie würden ihn heute beschützen.)

«Nein?» Dr. Prakash grinste. «Heute keine Wetten? Ganz wie du willst. Ich leg die Zeitung weg.»

(Aber er dachte auch an den Hafen von Sydney, den er vorhin erspäht hatte, als er die William Street hinaufging, glitzernd und silbern. Wie sehr er ihn an die Lagune von Batticaloa erinnerte, die er vom Dach seiner katholischen Schule aus gesehen hatte. Es war derselbe große Ozean, der den weiten Weg von Batticaloa nach Australien gekommen war, allerdings ohne Lebensraum für Danny an einem seiner Ufer.)

Prakash pulte mit einem Finger an irgendetwas zwischen seinen Zähnen, strich sich dann damit über seinen Adamsapfel. Seine dicken Augenbrauen zogen sich zusammen. «Wo ist dein Staubsauger? Du hattest doch immer deinen eigenen dabei, oder? Professioneller Putzmann.»

«Ich mag Australien», sagte Danny unvermittelt. «Ich mag Australien sehr.» Jetzt würde das Gespräch mäandern und abschweifen und dann könnte Danny sich einfach aus dem Pub stehlen. Was meinst du?

Direkt über der Bar hing ein Bildschirm mit der Ankündigung:

NÄCHSTES SPIEL IN 0:43

Aber nur ein Mann hatte hier die Macht, das Gesprächsthema zu wechseln. Plötzlich fragte Prakash mit einem Lächeln: «Hör mal, was machst du mit Medicare? Ich meine, statt Medicare.» Jetzt blickte der Doktor hoch. «Was machen Illegale, wenn sie krank werden?»

Danny stand auf.

«Hinsetzen.

Hinsetzen, hab ich gesagt, verdammt noch mal.»

Eine große Anspannung war vorüber: Dr. Prakash spielte kein Theater mehr.

Danny sah zur Tür des Pubs, dann setzte er sich.

NÄCHSTES SPIEL IN 0:58

«Schau nicht zur Tür», sagte Prakash. «Schau dir den Mann da an, Putzmann.» Er zeigte auf jemanden.

Ein glatzköpfiger, untersetzter Mann in einem schwarzen T-Shirt hatte den Kopf zurückgelehnt und blickte zu dem Fernsehschirm mit den Pferden und den blinkenden Zahlen hoch.

«Schau dir seinen Nacken an, Putzmann. Siehst du, wie seine Hirnbasis leuchtet: das in den Hinterhauptlappen gepackte, cremige Fett, den durchtriebenen Hirnstamm? Das nennt man das Reptilienhirn. Das Sumpfhirn. Ich sage dir, das da ist ein echtes Spielerhirn.»

Der glatzköpfige Spieler schob sich näher an den Fernsehschirm … Die Fettschicht in seinem Nacken pulsierte wieder.

«Das hast du nie kapiert, du dämlicher Nelson Mandela. Wie man auf etwas wettet.»

Prakash knirschte mit den Zähnen. Er starrte den glatzköpfigen Spieler an, als wollte er auf ihn losgehen. Doch Danny spürte die Last eines Fingers auf seinem Handgelenk und die Last dieses Fingers verriet ihm: *Du lagst mit deiner Ahnung richtig. Ich war's.* Die Last dieses Fingers presste ihn fester auf seinen Stuhl. Prakash hörte auf, mit den Zähnen zu knirschen.

Alles schien normal. Nur die angespannte Kiefermuskulatur des Doktors, das leichte Beben seines grau melierten Haars und der wachsende Druck seines Fingers auf Dannys Handgelenk ließen erkennen, dass dieser Mann nicht mehr in dem sicheren Abstand zur Wirklichkeit lebte, den wir Wirklichkeit nennen.

Prakash wandte sich Danny zu und lächelte.

«Erzähl mir, wie du das machst. Dein Geheimnis.»

«Wie ich *was* mache?»

«Du läufst auf offener Straße herum», sagte der Doktor, «und wirst nie erwischt? Ich weiß, was du bist, du illegaler Nelson Mandela. Verrate mir mal, wieso die Polizei dich nicht schnappt.»

Und er packte Danny am Unterarm.

Jetzt begreifst du, nicht wahr, Danny? Passiert dir doch auch. Manchmal wachst du morgens auf und hast alles vergessen, was du getan hast. Ihm geht's genauso. Heute Morgen zum Beispiel wacht er auf, und es ist wie ein Erwachen am Bondi Beach: fünf paradiesische Sekunden, dann kommt die Erinnerung. *Dann* denkt er: Keiner wird mich mit dem Mord in Verbindung bringen. Vielleicht glaubt er, die Leiche wäre auf den Grund gesunken. Weil er die Taschen dieser italienischen Jacke mit Steinen gefüllt hat. Und selbst wenn sie gefunden wird, na und, wer kann mich schon mit dieser Leiche in Verbindung bringen? Die ganze Zeit denkt er: Vielleicht, nur vielleicht, komm ich ungestraft davon. Dann rufst du an, Intelligenter Putzmann. Ausgerechnet heute. Stell dir vor, wie er sich fühlt. Du rufst an, und der Albtraum beginnt von Neuem. Sein Herz trommelt wie die Hufe der Pferde in Randwick. Er ist nicht davongekommen. Jetzt *muss* er dich erledigen. Und das wird er auch. Der Mann, der letzte Nacht getötet hat, wird heute wieder töten.

Warum bist du nicht in dem Lagerraum geblieben, die Pandabären fest an dich gedrückt?

Prakash hielt Dannys Handgelenk weiter umklammert, beugte sich vor und nahm ihm das eingepackte Objekt aus der anderen Hand.

«Kaktus?» Langsam wickelte er die Zellophanverpackung ab und schnupperte am Topf. «Kaktus?»

Prakash schob die Brille, die in seinem Haar steckte, auf die Nase und beäugte Danny.

Ehe Danny es aussprechen konnte, hatte Prakash bereits geantwortet.

«Nein.» Er schlug klatschend auf den Tisch. «*Du* hast *mich* angerufen.»

Der Tisch verrutschte und die Gläser und das Besteck darauf klirrten.

Der Barmann, der Bierkrüge abgetrocknet hatte, drehte sich zu ihnen um.

Sofort lehnte Prakash sich zurück, als hätte er bei einer Auseinandersetzung einen Punkt verloren. Du hast recht, Nelson. *Ich darf nicht zu viel Aufmerksamkeit auf mich lenken.*

Er nahm seine Brille ab, warf sie beinahe lässig auf den Tisch und griff dann in sein Portemonnaie. Danny spürte, wie seine Fersen sich vom Boden hoben.

Mit einer Hand im Portemonnaie hielt Prakash inne und fragte: «Du warst noch nicht in Südafrika, oder, Putzmann?»

«Nein, Doktor.»

«Dann hast du noch keine zivilisierte Gesellschaft kennengelernt. Die haben da ehrliche Kasinos. Ehrliche Automaten. Da gewinne ich wieder eine Kombi-Dreierwette.»

«Ja, Doktor. Tut mir leid. Tut mir sehr leid.»

«Nenn mich verdammt noch mal nicht so», sagte Prakash. «Nenn mich verdammt noch mal nicht so. Ich bin kein Doktor. Beleidige mich nicht.»

«Tut mir leid», sagte Danny. «Tut mir leid.»

Prakash atmete aus und lächelte wieder. «Du kannst betteln, was, Nelson?» Mit einem Finger schob er ein Stück Papier über den Tisch zu Danny hinüber. «Heute geht's nach Südafrika. Heute Abend. Siehst du? Das ist das Flugticket. Siehst du die Uhrzeit auf dem Ticket, Putzmann? Siehst du die Uhrzeit?»

Von SYD Nach JNB
18.45 Uhr

Gates schließen 30 Minuten vor Abflug
Premium Economy
34F
Nichtraucher

Danny sah, dass Prakash seine schwarze Lesebrille wieder aufgesetzt hatte, während er abwartete, wie Danny auf das Ticket reagierte.

«Sieh dir die Uhrzeit auf dem Ticket an.»

«Viertel vor sieben, heute Abend», las Danny ab. «Ist das ein bestätigtes Ticket?», fragte er den Doktor.

«Bestätigtes Ticket?» Prakash lächelte. «Du bist schon lange nicht mehr geflogen, was?»

«Vier Jahre», entgegnete Danny.

Draußen auf der Darlinghurst Road rollte ein weißer Bus durch weißes Sonnenlicht. Die Biergläser auf dem Tisch reflektierten die Strahlen und warfen einen wässrigen Schimmer auf die Hände aller. Danny schloss die Augen.

Doktor hat sie ihn immer genannt. Er muss es genauso sehr gehasst haben, wie du es gehasst hast, Nelson genannt zu werden.

Er hörte jemanden sagen: «Hier drin ist es zu hell. Gehen wir woandershin.»

Danny wusste, dass eine starke Hand ihn am Unterarm festhielt und wegführte. Er merkte, dass er zu dem dunkleren Nebenraum für die richtig harten Spieler gezogen wurde. Mörder, Putzmann und Kaktus setzten sich an einen neuen Tisch.

Vielleicht *weiß* Prakash ja nur, wer es war, dachte Danny, als er sich auf seinem Stuhl niederließ. Er hat es nicht selbst getan. Vielleicht zittert jetzt auch sein rechtes Bein.

«Mach dir keine Sorgen, Putzmann», sagte Prakash und klang wieder normal. «Wir essen einen Happen, dann gehen wir zur Wohnung in Potts Point. Und du machst sie sauber. Die Toiletten. Okay?»

Aber dabei umklammerte er Dannys rechte Hand noch fester, und diese Umklammerung besagte: *Du und ich, wir sind aneinandergekettet, Putzmann. Du kennst mein Geheimnis und ich kenne deins.*

«Okay, Sir. Okay.»

Jetzt musst du das tun, was du immer tust, sagte Danny sich.

NÄCHSTES SPIEL IN 0:18

Jetzt musst du eine Geschichte erzählen.

In dem Nebenraum brodelten vier verbundene Fernsehschirme und kochten über: Rotbraune Pferde auf einem Bildschirm, Greyhounds auf einem anderen, weiße Frauen mit breiten, grünen Hüten auf dem dritten und auf einem vierten pulsten Zahlen, und alle vier Monitore waren rings um einen fünften riesigen Fernsehschirm arrangiert, der wiederum in vier kleinere Bildflächen unterteilt war, jede mit fiebrigen, bunten Daten, wie die unterschiedlichen Felder eines heraldischen Wappens. Danny dachte an das jesuitische Wappen über dem Eingang seiner Schule. *Lucet et Ardet.*

«Wussten Sie, dass die Fische in meiner Heimatstadt singen? In einer Lagune?», sagte er.

«Was redest du für einen Scheiß?», fragte Prakash. «Bestellen wir uns was zu essen. Die haben hier Steaks. Willst du eins?»

In der Nähe saßen drei weiße Australier mit Stift und Papier. Danny fragte sich, wie sie reagieren würden, wenn Prakash anfinge, lauthals was von einem illegalen Immigranten zu erzählen.

Auf den Bildschirmen liefen jetzt Livebilder von einem Greyhound-Rennen. Die Hunde waren bereit für die Jagd und warteten auf ein Signal.

Der Doktor hielt den Kaktus jetzt in einer Hand; mit der anderen hatte er immer noch Dannys Handgelenk umfasst.

Prakash lächelte. Es war, als wollte er signalisieren, dass für sie beide gerade erst etwas sehr Langes und Schmerzhaftes begonnen hatte und dass sie es sich besser bequem machen sollten. Und etwas essen.

Nun beobachteten alle Fernsehschirme Danny gleichzeitig, wie ein elektronisches Facettenauge. Die Zahlen flackerten und änderten sich und der große Fernseher in der Mitte zeigte die Nahaufnahme eines Mannes, der die Hufe eines rotbraunen Pferdes inspizierte.

Was, wenn er das Messer noch immer bei sich hat? Vielleicht unter dem Tisch oder in seiner Hose?

«Kein Steak», sagte Danny. «Ich möchte vegetarisches Essen.»

Prakash merkte auf und er sah Danny direkt an, der sogleich sagte:

«Doktor. Was ist ein Illegaler?»

«Was?»

«Illegal ist ein Ill, der egal ist, oder? Das ist ein Witz, Sir. Ich dachte, der würde Ihnen gefallen.»

Ehe Prakash auf diese unerwarteten Klänge reagieren konnte – vegetarisch, illegal, ein Witz –, zeigte Danny auf die Delle in seinem linken Unterarm.

«Sehen Sie das? Das hier?»

Prakash nickte. Zuerst stellte er den Kaktus auf den Tisch, dann nahm er die Brille mit dem dicken, schwarzen Gestell ab und legte sie neben die Topfpflanze. «Was ist das?», fragte er.

«Hat Radha Ihnen erzählt, was das ist?», fragte Danny.

Das ließ den Mörder aufhorchen. Danny spürte, wie der Klammergriff an seinem Handgelenk fester wurde.

Prakash zog die Brauen zusammen, um genauer hinzusehen. Er betrachtete die Stelle auf Dannys Unterarm.

«Was ist das da?»

«Ich werde es Ihnen erzählen, Sir. Wir haben einen Flughafen, Doktor, in Sri Lanka. Bandaranaike International Airport. Ich war ein Jahr in Dubai, habe in einem Business-Hotel in Deira gearbeitet. Wussten Sie das?»

«Du hast die Welt gesehen, Danny, was?», fragte Prakash.

Danny lachte sarkastisch. Klar.

Dubai! Ja, er wird Ihnen von Dubai erzählen, Doktor. Danny aus der Kleinstadt an der Lagune zog in die Welt hinaus und lernte diese große, muslimische Stadt in der Wüste kennen. Er trug einen grünen Anzug mit einer grünen Krawatte und stand hinter der Rezeption eines Business-Hotels in Deira, Dubai, das war sein Job. Millionen Menschen würden sich die Finger nach so einem Job lecken. Braune Menschen.

Wenn er nicht Computerdaten aktualisierte oder die Morgenzeitungen vor jede Zimmertür des Hotels legte, plauderte Danny mit den Gästen, eine Hand an der grünen Krawatte, beantwortete ihre Fragen nach Freizeitangeboten in Dubai und weitete seine Antworten manchmal aus, um Shakespeares tatsächliche Identität zu erörtern oder die wahren US-amerikanischen Ziele im Nahen Osten, falls sie geneigt waren, ihm zuzuhören. Es gab im Hotel eine kleine, weiße Bar, und an jedem Abend saß dort ein Araber aus einem der repressiveren Emirate in seinem Kaftan, der noch nach Wüstenwind roch, und stieß immer wieder nur ein einziges Wort aus: «Whiskey». Wenn er Feierabend hatte, zog Danny sich um und stempelte sich aus. Direkt vor dem Hotel klatschten philippinische Prostituierte in die Hände. Vor einem der irren Glastürme in Dubai stehend, dachte Danny: Wenn ich wieder zu Hause bin, werden sie schon irgendeine kleine Aufgabe für mich haben. Dubai-Danny. Eine Ehrung. *Jetzt Straße überqueren*. Graue Eidechsen aus der Wüste, doppelt so dick wie sri-lankische Geckos, saßen auf jeder Ampel, und wenn das elektronische Piepen begann, war es, als würden Reptilienzwerchfelle pulsieren. *Straße überqueren, sofort überqueren*. Danny kehrte ins Hotel zurück, um die kleine, weiße Bar zu putzen, und dann schlief er in einem Raum hinter der Rezeption zusammen mit vier anderen Angestellten. Sein Vater schickte ihm jeden Monat einen Brief, in dem er eine Liste von hochwertigen, meistens elektronischen Waren regelmäßig erweiterte, die Danny am Jahresende mit nach Hause bringen sollte.

Um Weihnachten herum wurden die Angestellten nervös. In ihrem Vertrag war ihnen zum Ende des Jahres ein Bonus von 20 Prozent zugesichert worden. Anfang Dezember wurde dieser Bonus gestrichen. Die Angestellten konnten nichts dagegen machen. Sie waren von ihrem Arbeitgeber gezwungen worden, ihre Pässe abzugeben – das ist in Dubai Vorschrift –, und jetzt wurden die Pässe als Druckmittel zurückgehalten.

All das war in Dubai normal, wie sich herausstellte. Als der Arbeitgeber Danny schließlich seinen Pass zurückgab, mit seinem Gehalt, aber ohne den Bonus, hatte er sogar die Stirn zu fragen: «Willst du noch ein Jahr für mich arbeiten, mein Junge? Die Kunden mögen die Art, wie du mit ihnen redest. Besonders die Frauen.»

«Ich sagte: ‹Nein, ich möchte nicht noch ein Jahr hier in eurem Dubai arbeiten.› Wissen Sie, ich dachte, dass ich vielleicht wieder versuchen könne, nach Amerika zu kommen. Nachdem ich ein Jahr lang außer sonntagvormittags jeden Tag gearbeitet hatte, blieben mir zwei volle, freie Tage in Dubai. Um für meinen Vater einzukaufen.»

Danny spürte, wie sich Prakashs Griff um seinen Arm lockerte.

«Nicht für dich selbst?»

«Nein. Nicht für mich selbst.»

«Was für ein Mistkerl. Nicht du.»

«Ich kaufte, was mein Vater haben wollte, und dann flog ich nach Hause. Aber als ich in Sri Lanka ankam, hielt mich jemand an unserem Flughafen in Katunayake fest. Ein Zollbeamter. Ich sagte ihm, dass ich nichts im Duty-free-Shop eingekauft hatte, weil ich dachte, das sei das Problem. Aber das war es nicht. Sie verstehen?»

Mit Blick auf das Gesicht des Mörders hob und senkte Danny die Stimme und stellte rhetorische Fragen, da er aus Erfahrung wusste, dass seine Erzählweise wahre Geschichten in falsche verwandelte. Er wusste, dass er immer zu sehr bemüht war, Eindruck zu machen.

«Warum, also, hielt er mich fest, wenn es nicht um Waren aus dem Duty-free-Shop ging?»

Auf dem Fernsehschirm waren die Pferde startklar. Zwei andere Männer kamen in den Nebenraum und blickten auf den Bildschirm.

«Der Zollbeamte führte mich in einen Raum. Er stellte mir einige Fragen. Dann kam ein anderer Mann herein, keiner vom Zoll, und stellte mir dieselben Fragen, während er in meinem Pass blätterte. Noch mehr Männer wie er kamen hinzu. Ja? Nach zwei oder drei Stunden fuhren sie mich aus dem Flughafen, sagten, sie müssten was abklären. Die ganze Zeit hatte ich keine Ahnung, was los war, ja?»

Danny erklärte: Die nächsten paar Stunden vergingen wie im Nebel. Er war in einem Raum, in dem er noch immer Flugzeuge in der Ferne hören konnte. Männer kamen und gingen, stellten ihm immer seltsamere Fragen.

«Allmählich begriff ich, dass sie nach einem LTTE-Mann suchten, der angeblich mit meinem Flug aus Dubai gekommen war. War ich dieser Mann? Sie wissen, was die LTTE sind? Die *Tamil Tigers*? Rebellen. Die Männer fragten: ‹Bist du ein Terrorist? Hast du in Dubai Geld für Bomben beschafft?› Nein, sagte ich immer wieder, nein, ich war bloß stellvertretender Manager in einem Business-Hotel in Dubai. Irgendwann schlief ich ein. Mitten in der Nacht ging das Licht in meinem Raum an, und drei neue Männer in anderen Uniformen kamen herein und fingen an, mir dieselben Fragen zu stellen. Terrorist? Geld? Ich war sehr hungrig, aber ich antwortete ihnen.»

«Entschuldigung, darf ich –?» Ein Australier fragte nach der Zeitung mit den Rennergebnissen.

«Oder vielleicht lieber einen Kaktus?», sagte Prakash lächelnd, als er ihm die Zeitung gab.

«Hör mal, Genialer Putzmann.» Prakash beugte sich vor, sobald der Weiße sich abgewandt hatte. «Ist das eine Geschichte oder die Wahrheit?»

«Das ist die Wahrheit. Das ist mir passiert. Hören Sie weiter zu. Und seien Sie vorsichtig mit dem Kaktus», sagte Danny. «Machen Sie keine Scherze, dass Sie ihn verschenken wollen.»

Der Mörder von Radha Thomas legte eine Hand um den Kaktus, schob ihn vor und zurück und lächelte.

Mit Blick auf den Kaktus erzählte Danny weiter. Die Männer, die ihn verhörten, wechselten zwar alle paar Stunden, aber die feste Überzeugung, mit der jeder von ihnen Danny erklärte, er sei ein *Tamil Tiger* – und nicht bloß irgendeiner, sondern ein ganz spezieller und realer *Tiger*, der häufig den Decknamen Danny benutzte, sich ebenfalls in Dubai als Hotelmanager ausgab und freitags zurück nach Colombo flog, der angeblich ebenfalls einen Vater in Batticaloa hatte, dem er elektronische Geschenke mitbrachte, aus denen dann Zeitzünder gebaut werden konnten –, und ihre völlige Unempfänglichkeit für sein Abstreiten dieser Vorwürfe führten dazu, dass Danny in den Verhörpausen kaum etwas anderes tat, als über diesen Terroristen (den anderen Danny) nachzudenken, mit dem er bei seiner Rückkehr in die Heimat irgendwie verwechselt worden war: Wie kleidete sich dieser andere Danny, auf welcher Straße in Batticaloa wohnte er oder behauptete er zu wohnen, wen und was vögelte er; und als ein neuer Offizier hereinkam und das Verhör weiterging und die Fragen immer detaillierter wurden («Wie viel Zeit hast du am dreiundzwanzigsten des letzten Monats im Tune Hotel in Kuala Lumpur verbracht?»), hatte Danny das Gefühl, er wäre in einem dieser tamilischen Thriller, in denen der Filmheld eines Nachts in seiner Wohnung einschläft, am nächsten Morgen in einem blauen Jackett in einem superbreiten Doppelbett in Bangkok aufwacht und feststellt, dass er der Kopf der kriminellen Mafia in Thailand ist. Er berührt sein neues Gesicht, zupft an dem Jackett, zählt seine Killer und Gefolgsleute und hat keine Ahnung, wie sein Leben sich schlagartig so verändern konnte, wie er nach Thailand gekommen ist oder warum die Leute ihn für einen Mafiaboss halten. Nachdem er jedoch Fotos gesehen hat, begreift er allmählich, dass er ein Bangkoker Pate ist und immer schon gewesen ist und dass sein früheres Leben in Tuticorin oder Salem als einfacher, lebensfroher Bursche die eigentliche Illusion war.

Dann kam sein nächster Vernehmer in den Raum.

«Der Kerl war von Anfang an unvergesslich», sagte Danny. Denn dieser Offizier hatte einen Tick – sein rechter Mundwinkel zuckte beim Sprechen nach oben, während sich sein rechtes Auge zusammenzog –, als müsste er Wörter aus seinem Mund herausquetschen.

Danny machte es vor; Prakash nickte. Er kannte solche Typen.

Dieser Offizier mit dem zuckenden Mundwinkel saß also da, eine Zigarette zwischen Zeige- und Mittelfinger, und sah Danny an.

«Wie heißt du?», fragte er. Und wieder die immer gleichen Fragen. «Kennst du den Terroristen namens Danny? Kennst du irgendwelche Terroristen? Wie heißt dein Vater?» Und dann sagte er, ohne dass sich sein Gesichtsausdruck irgendwie veränderte: «Schreib deinen Namen auf das Blatt hier.»

«Ich schrieb ihn. Er sagte: ‹Nicht auf Tamil.› Ich schrieb ihn auf Englisch. ‹Nicht auf Englisch›, sagte er. ‹Schreib ihn in unserer Landessprache.› Singhalesisch. Ich nahm den Stift, und meine Hand zitterte beim Schreiben. Er sagte: ‹So schreibt man ihn nicht in unserer Landessprache. Ich werde dir zeigen, wie man Danny in unserer Landessprache schreibt›, und er drückte seine Zigarette in meinen Unterarm. Während ich schrie und er seine Zigarette weiter in meinen Arm drückte, hörte ich ihn wieder dieselben Fragen stellen. Wie heißt du? Wie heißt dein Vater? Wie –»

«– Irrer Scheiß», flüsterte Prakash.

Auf dem Fernsehschirm galoppierten die Pferde inzwischen über die Rennbahn. Durch die Hand, mit der der Mann seinen

Arm umklammerte, spürte Danny, wie ihre Hufe seinen eigenen Puls trommelten. Dann fühlte er, dass Prakashs Griff sich lockerte.

In der Dunkelheit dachte Danny: Die Geschichte ist gut.

Prakash legte den Kopf in den Nacken und sagte kategorisch: «Ich glaub's nicht. Das mit der Zigarette glaub ich nicht. Ich hab dich rauchen sehen. Du hast keine Angst vor Zigaretten.»

«Ja, früher mal, Doktor. Sie haben recht, früher hab ich geraucht.» Danny zeigte ihm seine Zähne. «Ich hab nämlich mit dem Rauchen angefangen, nachdem sie mir das mit der Zigarette angetan hatten.»

Und *das* traf das Tier ins Herz. Sind Menschen nicht genau so? Prakash ließ ihn ganz los.

«Wissen Sie, als ich in Batti mit der Wunde am Arm zum Arzt ging, sagte der: ‹Sie haben außerdem zu hohen Blutdruck. Hundertneunundvierzig zu hundertdrei.›»

«Ist das … ist das …?»

Prakash bewegte einen Finger langsam auf die Delle in Dannys Unterarm zu.

Er kam nie an. Mit seiner freien Hand rammte Danny den kleinen, eingetopften Kaktus in das Gesicht des Mörders, der prompt von seinem Stuhl auf den Boden des Pubs kippte.

Als der Mann sich wieder aufgerappelt hatte, war es zu spät – die Pubtür stand leicht pendelnd offen und Danny war weg.

Denk an den Jungen in dem blauen Sarong.

Diesen Muslim-Jungen, der eine Gebetskappe und einen blauen Sarong trug und auf flirrend heißem Sand vor einem Militäroffizier kniete. Einen Monat zuvor hatte der Tsunami Sri Lanka getroffen. Das war 2004. Tausende starben an einem Tag. Der nächste Fluch über ein Land, das bereits einen Bürgerkrieg hinter sich hatte, und wie die Menschen da reagierten: wie Helden. Männer und Frauen, die ihre Söhne losgeschickt hatten, um Tamilen zu töten, schickten jetzt Geld, um Tamilen zu retten.

Auch Danny hatte sich das Tu-Gutes-Fieber eingefangen und unterstützte entlang der Küste die Hilfsmaßnahmen, um Menschen, die ihre Häuser verloren hatten, mit Nahrung, Medikamenten und Wasser zu versorgen. Ein tamilisches Fischerdorf zum Beispiel war völlig zerstört worden und die Menschen hausten in einer Kirche, mit ein paar Decken, abgekochtem Wasser und in Plastik verpackten Lebensmitteln. Ein schiefzahniger Muslim in einem blauen Sarong war es, der ihnen Essen und Wasser brachte. Danny tat sich mit dem Muslim zusammen. Denk dran, wie das alles damals zwischen Tamilen und Muslimen im Osten war. Übergriffe und Vergeltungsmaßnahmen. Ein nicht enden wollender Kreislauf. Aber dieser junge Muslim mit den vorstehenden Zähnen, auf einem Fahrrad, das unter der Last der Lebensmittel ächzte, war aus irgendeinem Grund zum Retter dieser Tamilen geworden. Bananen, gekochter Reis, eingelegte Zitronen für die Flüchtlinge und frische Milch für die Kinder. Alle liebten diesen Muslim. Sie erfuhren, dass er ein gewitzter Teufel war und ihnen Proviant vom Militär *und* den Rebellen besorgte, obwohl beide Seiten Nahrungsmittel und Wasser unter der strikten Bedingung verteilten, dass nichts an Flüchtlinge gelangte, die von der jeweils anderen Seite unterstützt wurden. Nach einem Tag Unterbrechung wegen des Tsunamis war der Bürgerkrieg weitergegangen. Der zuständige Militärkommandeur fand heraus, dass die Flüchtlinge, die seine Lebensmittel erhielten, irgendwie auch von den Rebellen versorgt wurden, und eines Tages wurde die Kirche vor den Augen der Flüchtlinge niedergebrannt. Der Kommandeur rief den muslimischen Jungen zu sich: «Ich verbiete dir, den Tamilen in den nächsten vierundzwanzig Stunden zu helfen. Die haben unseren Reis gegessen und gleichzeitig auch den Reis von den Rebellen. Das ist die Strafe. Verstanden?»

«Verstanden, verstanden», antwortete der muslimische Junge auf seine seltsame Art.

«Du weißt, was passiert», sagte der Kommandeur, «wenn du gegen meine Anweisung verstößt?»

Als die Soldaten am nächsten Tag in ihrem Jeep zu der niedergebrannten Kirche kamen, sahen sie, dass der muslimische Junge noch immer Essenspakete verteilte. Sie hielten vor ihm an, und einer befahl: «Einsteigen.»

Danny war auch gerade da, um zu helfen, aber er versteckte sich und beobachtete, wie sie mit dem muslimischen Jungen das kurze Stück zum Militärlager fuhren, direkt am Wasser. Hier zwangen sie den Jungen, vor einem Offizier niederzuknien, der auf einem Plastikstuhl saß. Aus sicherer Entfernung sah Danny zu. Der elende Anblick des muslimischen Jungen, der in seinem Sarong vor dem sri-lankischen Offizier auf dem flirrend heißen Sand kniete, den blauen Ozean hinter sich und unendliche Demütigungen vor sich, bleibt Danny im Kopf – und das soll er auch: als ein Symbol für das Schicksal aller Gutmenschen dieser Welt.

Der Versuch, anderen zu helfen, macht nur noch größere Ungeheuer aus uns, als die Gier es je vermocht hat.

Rechte? Du hast das Recht abzuhauen, Danny.

Du hast die verdammte *Pflicht* abzuhauen.

Basta.

13.50 Uhr

ZURÜCKTRETEN GEFAHR

Er war die William Street hinuntergerannt, einmal nach rechts und einmal nach links abgebogen, um seinen Verfolger abzuschütteln, bis ein Mann in einer orangen Warnweste mit einem roten, runden Schild mitten auf der Straße stand.

Gefahr.

Danny starrte den Mann mit dem STOP-Schild an, der aussah, als würde er losbrüllen, falls er noch einen Schritt näher käme.

Hinter dem Mann mit dem Schild war ein anderer Mann mit einem grünen Gurt an einem Stahlseil befestigt und wurde in einen Kanalschacht hinuntergelassen, während drei Kollegen in Orange hinter einem Schild mit der Aufschrift ZURÜCKTRETEN GEFAHR ES IST VERBOTEN SICH DIESEM SCHILD AUF UNTER 3 METERN ZU NÄHERN standen und das Ganze beobachteten.

«Sorry», sagte Danny, entfernte sich von dem Schild, noch während der Arbeiter hinabgelassen wurde, und bog in eine andere, schmale Straße ein.

Er hob die Augen zum Himmel. Hoch oben auf den glänzenden Metalldächern starrten zwei kahlköpfige Kreaturen mit hängenden Schnäbeln zu ihm herunter – der Jabiru, der ihm im Hyde Park nachgestellt hatte, war ihm mit einem Freund gefolgt. Sie waren die Aasfresser der Stadt und hatten das Vorrecht auf jedes tote oder weggeworfene Ding in Sydney.

Mich kriegt ihr heute nicht – und Danny rannte weiter.

Hop, Step und Jump. Irgendwo tief in einer kleinen Nebenstraße hörte Danny endlich auf zu rennen.

Niemand verfolgte ihn, außer ihm war niemand auf dem Sträßchen zu sehen. Er war in Sicherheit. Dieser verkaterte vierzigjährige Mann, Prakash. Stell dir seine zitternde Brust vor. Die trockene Kehle. Die Eidechse, die tief in seinem Hals pulsiert. Die Verwirrung im Sonnenlicht.

Er war gar nicht fähig, einen fitten Dreispringer zu verfolgen. Du bist in Sicherheit, sagte Danny sich, in Sicherheit.

Obwohl sein Handy summte und leuchtete.

Fass es nicht an, Danny. Du weißt, wer das ist.

Aber Prakash wird die Grenzschutz-Hotline anrufen. Prakash wird denen die Wahrheit über mich erzählen.

H6

«Putzmann», sagte Prakash atemlos, als Danny beim nächsten Anruf ranging.

«Putzmann. Du hast mich geschlagen. Ins Gesicht.»

«Sorry», sagte Danny und hätte fast über seine eigene Antwort gelacht.

«Wo bist du?»

Danny schwieg.

«Illegaler Putzmann», sagte der Doktor. «Illegal bedeutet ein Ill, der egal ist, nicht wahr?» Er lachte.

Die Stimme klang konzentriert und schrill, als wäre sie auf ein Drittel ihres normalen Umfangs zusammengedrückt worden. Garantiert schäumt er vor Wut. Ich hab ihn voll auf die Nase getroffen, glaube ich.

«Tut mir leid, Sir», sagte Danny. «Sehr leid. Ein Versehen.»

«Na, dann komm wieder her. Komm und entschuldige dich. Dann gehen wir zur Wohnung, und du putzt sie. Ich geb dir sechzig Dollar. Willst du mehr? Willst du mehr?»

«Nein», sagte Danny.

«Danny, ich geh jetzt raus nach Kings Cross. Ich bin jetzt vor dem Pub. Falls du in der Nähe bist, heb die Hand, damit ich dich sehe. Nein. Du bist nicht in der Nähe. Du hast dich vom Acker gemacht. Tatsächlich vom Acker gemacht.»

Der Doktor keuchte. Er ist in Bewegung. Schnell. Sucht nach mir.

«Tut mir leid, Doktor. Tut mir leid, dass ich weggelaufen bin.»

Und dass du zu blöd warst, meinen Schlag kommen zu sehen. Ha.

«Du denkst, ich bin ein Mörder?»

«Ja», sagte Danny. Die Direktheit der Frage hatte ihn überrumpelt. «Nein, nein», korrigierte er sofort. «Nein, nein, nein, nein. Sie sind kein – ich denke nicht, dass Sie der –»

Die Verbindung brach ab.

Als das Handy wieder klingelte, hörte Danny nichts am anderen Ende.

«Es tut mir leid», sagte er. «Es tut mir leid. Es tut mir sehr leid.»

Mit pochendem Herzen dachte er: Nach Angaben des australischen Amtes für Statistik beträgt der wöchentliche Durchschnittsverdienst eintausendeinhundert Dollar, und ich bin noch nicht mal auf 60 Prozent davon. Falls er sich noch tausendmal mehr bei dem Doktor entschuldigen müsste, würde er das tun. Bestimmt hat Kiran Rao es so geschafft – obwohl er das in seinem Buch nicht erwähnt.

«Weißt du, wo ich bin, Nelson?»

«In der Klinik?»

Prakashs Stimme wurde leise. «Soll ich vielleicht die Polizei anrufen?»

«Nein.»

«Mr Polizist, Mr Australischer Polizist, der Mann, der mich im Pub geschlagen hat, der heißt Danny. Und so sieht er aus. Das hier ist seine Telefonnummer. Und bloß, weil ich ihn melden wollte, hat er angefangen, schlimme Dinge über mich zu erzählen. Dass ich jemandem was getan hätte. Ha, er ist ein böser Mann, dieser Danny. Soll ich ihnen das so sagen?»

Danny schwieg.

Der Mann, der im Vorteil war, redete.

«Die Einwanderungsbehörde hat eine Hotline, bei der man Leute wie dich melden kann, Freundchen. Das weißt du doch, oder? Moment. Ich hab eine Frage. Ich hab eine Frage, Putzmann. Diese schöne Geschichte ... die mit der Zigarette, ist die wirklich passiert, oder war die bloß erfunden? Nein, ich glaube, sie ist wirklich passiert. Sie hörte sich echt an. Komm wieder her, Putzmann, und ich schlag dir den Kaktus ins Gesicht. Einverstanden?»

Selbst wenn du die Aussie-Polizei anrufen und denen sagen würdest, dass der Mörder in Kings Cross ist, im Vegas Pub, jetzt, in diesem Moment, würden sie dir nicht glauben. Niemals. Ein Mann hat gestern Nacht eine Frau umgebracht und ihre Leiche in einen Fluss geworfen, und heute sitzt er in dem Pub, lächelt und spielt an Automaten? Fällt mir schwer, das zu glauben, mein

Junge. Danny berührte die Delle in seinem Unterarm. Natürlich hatte kein Polizist in Australien, mit all ihren Schusswaffen und kräftigen Körpern, mit all der schweren Ausrüstung, die sie auf ihren blauen Hemden trugen, so eine Delle im Unterarm. Ihr Verständnis der Welt war nicht durch ein paar Stunden Folter erweitert worden.

«Jetzt kommt *meine* Geschichte, Putzmann. Als Revanche für deine nette Kaktusgeschichte. Sie heißt *Putzmann wird abgeschoben*. Und sie geht so: Du wirst für eine Minute ein Held auf Twitter sein, und dann gucken alle Football, während du auf Nimmerwiedersehen abgeschoben wirst. Denkst du, ich erzähle da ein Ammenmärchen? Klar, keiner will derjenige sein, der sagt: ‹Schickt den mutigen, kleinen Putzmann zurück nach Sri Lanka›, und manche beim Grenzschutz und der Einwanderungsbehörde sagen vielleicht sogar: ‹Sollte er nicht eine faire Chance bekommen?›, und Hunderte werden auf der Straße Spruchbänder für dich hochhalten, und manche treten vielleicht sogar einen Tag lang in Hungerstreik oder tragen eine kleine Bombe in eine Quantas-Maschine oder veranstalten eine Gemäldeausstellung für dich in Melbourne, aber am Ende gehen sie alle nach Hause und du wirst abgeschoben. Lüge ich? Erzähl ich dir irgendeinen Scheiß, Sir Putzmann?»

«Nein», erwiderte Danny.

Er hatte recht. Prakash hatte recht. Keine Ehrungen, keine Girlanden, keine Schals und keine goldenen Orden: Das Richtige zu tun, war, wie das Licht auszuschalten.

Fühlst du dich wieder als ganzer Mensch, Putzmann?

Sein linkes Bein zitterte. Er roch Brokkoli, der in einer australischen Küche irgendwo in der Nähe gekocht wurde.

«Villawood. Ja. Das wird spaßig, was? Und weißt du, wo du von da aus hinkommst? Christmas Island. Schon mal gehört?»

Danny nickte. Christmas Island. Er hatte davon gehört.

«Da essen die Leute Nägel und trinken irgendwelches Zeug

und schlitzen sich die Pulsadern auf, um aus dem Lager rauszukommen. Da drin wird's dir bestimmt ziemlich gut ergehen, *was*?»

Der Doktor hatte die volle Kraft, die brutale Macht seines Australischseins in dieses *was* gelegt. Danny antwortete mit:

«Bitte.» Er senkte die Stimme. «Mein Vater hat seine ganzen Ersparnisse geopfert, um mich nach Australien zu schicken, und ich muss ihm das Geld zurückzahlen. Ich muss in die Wohnung von Rodney Steuerberater und sie putzen, bitte. Er hat einen ‹Kein Uranbergbau›-Aufkleber an seinem Kühlschrank und er ist ein guter Mann. Bitte.»

«Danny, weißt du, dass deine Stimme zittert, wenn du lügst? Wo bist du? Komm sofort zurück. In die Klinik.»

«Nein», sagte Danny und legte auf.

Jetzt erreichte ihn ein widerhallendes *Nein*, als käme es von der Coca-Cola-Reklame, doch in Wahrheit drang es aus den dahinter verborgenen Gassen von Kings Cross, wo Männer schrien wie nirgendwo sonst auf der Welt – Ausbrüche aus von Alkohol und Heroin entfesselten Körpern, die sich wie wirbellose Tiere auf dem Asphalt ausbreiteten –, bis sie unversehens die Kraft fanden, sich aufzurichten und zu brüllen: *Er wird niemals enden, Danny. Dein Bürgerkrieg wird niemals enden!*

Danny rannte wieder.

Er rannte, bis er sich zwischen einem Tunnel, der von Eisenbahngleisen durchzogen wurde, und einem schroffen Sandsteinhang befand, über dem sich zahllose Reihen gläserner Balkone erhoben. Hier war er verborgen vor der Coca-Cola-Reklame und vor Kings Cross.

Das Handy hatte die ganze Zeit geklingelt. Jetzt presste er den Kopf gegen den Sandsteinhang und ging ran.

Die Verbindung wurde unterbrochen.

Warum hast du diesem Mann alles erzählt, Radha? Ich wette, du hast ihm auch von der Hotline-Nummer erzählt. Ich wette, das hast du. Warum?

Um sich zu beruhigen, ging er an dem Hang entlang, rupfte Farnblätter ab.

Wie hat Prakash mit dem Messer zugestochen? Danny schlug wieder und wieder auf den Sandstein ein, spielte die mörderischen Stiche nach. Ich weiß nicht, wie ein Messer hineingleitet, aber ich weiß, wie sich eine Zigarette ins Fleisch brennt.

Fröhlich, fröhlich, fröhlich, erklang die Stimme hinter ihm, und er wirbelte herum.

Es war bloß der Wind, der dürres Laub vor sich hertrieb.

Das Leben ist ein Traum.

Als das Handy wieder klingelte, ließ Danny von den Farnwedeln ab, blickte in den blauen Himmel und schrie so laut, dass es bis hinauf zu der Coca-Cola-Reklame zu hören war: «Ich glaube nicht, dass Sie sie ermordet haben, Doktor. Ich habe mich falsch ausgedrückt.»

«Okay.»

Er schloss die Augen und versuchte, das Schweigen am anderen Ende zu deuten.

«Intelligenter Putzmann.» Nach einer Pause lachte der Mörder. «Du warst schon immer ein Intelligenter Putzmann.»

Die Verbindung wurde unterbrochen.

Danny lachte ebenfalls. Der Irre sucht noch immer nach einem Ausweg. Der König vom Nil will noch immer fliehen.

Hier und da wuchsen Farne und Gras an dem Hang. Danny zupfte Halme aus und atmete den Duft des Kontinents darunter ein. Für einen kurzen Moment fühlte der Duft sich so gut an wie Menthol. Dannys Nase wurde frei.

Aber es ging schon wieder weiter: Das Handy summte erneut.

H6

Danny sah das Handy an und schüttelte es. Geh weg. Lass mich in Ruhe.

Als Antwort begann der Hang zu vibrieren.

Der Zug zum Bahnhof Kings Cross ratterte unten über die

Gleise, und Danny trat von dem Hang weg. Gleichzeitig summte sein Handy, als hämmerte jemand mit kräftigen Muskeln wieder und wieder darauf. Als würde es zusammen mit dem Sandstein und dem Zug, der unten vorbeidonnerte, fragen: *Warum hast du Radha erzählt, dass du illegal bist? Warum hast du einer Aussie-Frau vertraut?*

Weil sie versprochen hat, mir zu helfen.

«Putzmann», hatte Radha über das Dröhnen von Dannys Staubsauger hinweg gerufen, «wir gehen heute Abend nicht aus. Tut mir leid. Prakash und ich gehen auf ein Benefizkonzert für Asylsuchende im Centennial Park. Ich würde dich ja einladen, aber wir haben die Tickets schon gekauft.»

«Okay», rief Danny. «Kein Problem.»

Asyl.

Vielleicht lag es an dem Wort, jedenfalls spürte Danny, wie seine Stirn zuckte und seine Kiefermuskeln sich anspannten. An dem Tag wienerte und putzte er alles doppelt gründlich.

Als er fertig war, ging er zu Radha, die gerade telefonierte, ein Bier in der Hand. «Ja, ich möchte wissen, ob ich auch telefonisch wetten kann? Ich gehe heute Abend auf ein Konzert. Kann ich da anrufen oder muss ich persönlich erscheinen? Prima.»

Als sie das Handy weglegte, nahm Danny seinen ganzen Mut zusammen und sagte zu ihr: «Ich brauche Asyl.»

Sie lachte. «Was?»

«Ich brauche Asyl, weil ich keine Krankenversicherung habe», präzisierte Danny.

Die Haut zwischen den Augen der Aussie-Frau runzelte sich. «Wieso nicht? Wir haben doch Medicare in Australien. Auf die hat jeder Anspruch.»

Danny schüttelte den Kopf. «Ich habe keine Rentenversicherung. Ich habe keine Steuernummer. Ich habe keinen Pass und ich habe keinen Führerschein.»

Radhas Stirn legte sich in Falten. Man konnte sehen, wie sie

Danny im Geiste aus einem anderen Blickwinkel betrachtete, wie ein Papagei, der verwundert eine fremdartige Frucht begutachtet.

Sie fragte: «Warum nicht?»

Sie sagte: «Ach du Scheiße. Bist du mit dem Boot hergekommen?»

Er war *nicht* mit dem Boot hergekommen: Er war mit Malaysia Airlines in der Economyclass geflogen und das war das Problem.

Nach Dannys Rückkehr aus Dubai sah ihn sein Vater drei Tage lang mit einem neuen Mitgefühl an, einer ungewohnten Milde, als hätte ihn die Horrorgeschichte seines Sohnes gerührt. Doch noch ehe die Woche um war, schwatzte er mit der dreisten Nachbarin oben auf ihrer Terrasse im ersten Stock: *Männer aus Sri Lanka, Tamilen, haben in Kanada, Norwegen und Deutschland Vermögen aufgebaut, besitzen ganze Flotten von Motorrädern und Autos. Aber dieser Junge, der geht nach Dubai, und womit kommt er zurück? Mit einem schwarzen Mal auf dem Arm. Er hat nichts von den Sachen auf der Liste dabei, die er mir mitbringen sollte. Nicht mal den DVD-Player mit Videorekorder. Er behauptet, es war Polizeifolter, aber ich frage Sie, warum soll die Polizei jemandem so was antun, wenn er nichts zu verbergen hat? Warum?* Der Blick, mit dem Danny ihn ansah, ließ seinen Vater verstummen. «Komm mal kurz rein», sagte Danny und zog seinen Vater zurück ins Haus. Schloss die Tür. Er hob einen Holzstuhl vom Esstisch über den Kopf und schmetterte ihn gegen einen Schrank, schlug ein großes, dunkles Loch in das billige Sperrholz. Dann ließ er den Stuhl fallen und zertrümmerte ihn ebenfalls.

Er lag den ganzen Tag im Bett, und wenn es abends kühl wurde, spazierte er durch Batticaloa, stand auf der Kallady Bridge und blickte hinunter auf die Lagune. Manchmal gesellte sich sein Cousin Kannan zu ihm, während die Autos und Fahrräder geräuschvoll an ihnen vorbeifuhren, und sprach leise mit ihm.

«Alle versuchen, hier wegzukommen. Ich hab auf deine Rückkehr gewartet, damit wir zusammen abhauen können.»

Es gab zwei Optionen, erklärte Kannan ihm – Kanada oder Australien. Das waren die beiden einzigen Länder, die noch immer Tamilen aus Sri Lanka aufnahmen. Europa und Amerika wiesen die Menschen mittlerweile ab.

Von Rameswaram in Indien ging jede Woche ein Boot nach Kanada. Sie würden die Schleuser bezahlen müssen und es war riskant.

Australien? Auch dahin ging ein Boot, aber es gab noch eine andere Möglichkeit, dorthin zu kommen, sagte Kannan.

Legal.

Also fuhren sie gemeinsam am Sonntagmorgen mit dem Bus nach Colombo, um dort die Ausbildungsmesse *Study in Australia* zu besuchen, die jedes Jahr in einem Hotel direkt am Meer stattfand.

Abgesehen von den Werbebildern, die im Kopf jedes menschlichen Wesens auf diesem Planeten zu finden sind (roter Sand, weißer Strand, unglaublicher Sex-Appeal), wusste Danny über Australien nur, dass ein tamilischer Arzt vor Jahrzehnten dorthin ausgewandert war und jetzt eine Villa in Melbourne besaß. Er lud Besucher aus Sri Lanka zum Tennisspielen mit ihm und seiner Aussie-Frau auf dem privaten Ascheplatz und später zum Schwimmen in seinem privaten Pool ein. Aber wimmelte es in Australien nicht von Rassisten?, fragten die Gäste, wenn seine Frau nicht dabei war. Haben die hier nicht ein Gesetz, um das sogenannte Weiße Australien zu schützen? Statt einer Antwort öffnete der Doktor einen Tresor und forderte sie auf, seine Sammlung von vierundzwanzigkarätigen Goldmünzen zu betrachten, zu der auch Half-Sovereigns mit den Gesichtern britischer Könige und echte südafrikanische Krügerrands gehörten.

An einem gnadenlos heißen Sommertag war der Konferenzsaal des Hotels, in dem ein riesiges Plakat hing, das junge Sri Lanker aufforderte, in Australien zu studieren, von hellen Lampen erleuchtet und perfekt klimatisiert. Danny und Cousin Kannan rieben sich die Gänsehaut auf den nackten Armen. Weiße Männer in Wollanzügen hatten Fotografien von ihren Colleges mitgebracht, und in einer Ecke des Saals hatte einer die rechte Hand auf einen Fernsehschirm gelegt, in dem *Mission: Impossible 2* lief, mit dem einzigartigen, dem unvergleichlichen, dem legendären Tom Cruise. Der Film spielte in Sydney. «Wir können das zwar nicht *garantieren*», sagte der Mann mit dem kantigen Kinn und den roten Haaren, der das Mackenzie Technical College vorstellte, fügte dann jedoch leise hinzu, «aber sagen wir einfach, ich wäre *ein bisschen* überrascht, wenn Sie am Ende keinen Job und kein Visum bekämen.» Er sah Danny und Kannan an und schob nach: «Das war übrigens Ironie.»

Sagt er die Wahrheit? Danny dachte kurz darüber nach. Aber spielte das eine Rolle? Wenn er Sri Lanka das nächste Mal verließ, wäre es das letzte Mal, dass er es verließ.

Die Studiengebühren, erklärte der rothaarige Mann, beliefen sich auf 17 400 Dollar, was weniger war, als jede andere Uni in Sydney verlangte (aber Wollongong mit seinem pulsierenden Nachtleben ist bloß zwei Stunden entfernt). Sie müssten ein Semester im Voraus bezahlen sowie 320 Dollar für die obligatorische Krankenversicherung ausländischer Studenten. «Ich bin kerngesund», wandte Danny ein, und da hörte er zum ersten Mal von dieser Sache. Dem australischen Gesetz. Die Krankenversicherung musste bezahlt werden, sonst würde er kein Visum bekommen: Das war gesetzlich vorgeschrieben.

«So viel Geld hab ich nicht», sagte Cousin Kannan auf der Rückfahrt im Bus. «Die Schleuser verlangen längst nicht so viel.»

Sie hatten vier Tage Zeit, um sich zu entscheiden, sagte Kannan. Das Boot ging Donnerstagabend. Danny dachte darüber nach, dachte darüber nach und dachte darüber nach.

Kannan dachte nicht nach. Er fuhr allein nach Rameswaram und kaufte sich einen Platz in dem Boot nach Kanada.

Haie – Schleuser –, es war alles zu unverfroren illegal. Der Ehrliche Danny konnte das nicht machen. Außerdem hatte er das Geld, um nach Sydney zu gehen – fast.

Zu seinen Ersparnissen aus Dubai steuerte sein Vater knapp achttausend in australischen Dollar bei. Jetzt, wo der Bürgerkrieg vorüber war, stiegen die Immobilienpreise, und sein Vater hatte kürzlich eine Wohnung verkauft, die er all die Jahre für genau diesen Moment behalten hatte. Wenn Danny und er endgültig ins Ausland gehen würden. Es war viel Geld für ein dubioses College, aber Danny glaubte nicht, dass er alles aufbrauchen würde, denn er ging mit einem Plan nach Australien – einem schlauen Plan –, den er seinem Vater erläuterte. Sobald er ankam, würde er nämlich Flüchtlingsstatus beantragen. Sein Vater, der ihm aus dem Weg gegangen war, seit er mit dem Stuhl ein Loch in den Schrank gehauen hatte, äußerte vorsichtige Skepsis. Da, schau, wie er meinem Blick ausweicht, dachte Danny. Dieser kleine Mann hat schon sein ganzes Leben lang Angst vor der Polizei und dem Staat und jetzt hat er Angst vor mir. Ich weiß, was ich tue, beteuerte Danny. «Ich wollte sagen, dass es ein guter Plan ist», sagte sein Vater. «Du gehst als Erster, Danny. Dann komme ich nach. Dann kommt die Verwandtschaft. Du wirst uns alle da rüberholen, einen nach dem anderen.»

In Dubai rief ein sechsundfünfzigjähriger pakistanischer Kellner, als er gebeten wurde, Geschichten aus seiner wilden Jugend in Karachi zu erzählen, laut: «Wann war ich denn jemals jung? Sagt schon, wann war ich jemals –?»

Ich, so schwor Danny sich, werde in Australien jung werden.

Sydney also. Nach einem unruhigen Schlaf kamen eine rote Morgendämmerung und tiefblaues Wasser, durchzogen von grünen Landzungen, die wie die gespreizten Zehen eines Frosches aussahen, ehe das Flugzeug scharf abdrehte und Gebäude in Sicht kamen, die von Minute zu Minute größer und weißer wurden, sodass Danny das Gefühl hatte, er würde wie ein umgekehrter Jack aus dem Märchen in eine Stadt der neuen Riesen hinabsinken.

Das Flugzeug landete hart.

Nachdem ich um 16.30 Uhr in Sydney gelandet war, nahm ich den Zug und traf an einem Donnerstagabend am Mackenzie College ein. Die Stadt Wollongong liegt rund 95 bis 100 Minuten von der Central Station in Sydney entfernt.

Drei Tage später verfasste Danny per E-Mail einen Zwischenbericht an seinen Vater, in dem er darlegte, was er bislang für die 11 300 Dollar des Familiengeldes vorzuweisen hatte, die er für sich selbst ausgegeben hatte.

Um 20.00 Uhr bezog ich mein Zimmer [das Mackenzie College lag weitere vierzig Minuten von Wollongong entfernt im ersten Stock eines Backsteingebäudes – einer Lagerhalle; ein Teil des Erdgeschosses stand leer und der andere war voller Kühlschränke und Waschmaschinen; zu den Seminarräumen gelangte man über eine seitliche Außentreppe]*, und um 22.00 Uhr am selben Abend, kurz bevor die College-Bibliothek schloss, stellte ich über die Website der Einwanderungsbehörde meinen Antrag auf Flüchtlingsstatus.*

Innerhalb von vierundzwanzig Stunden hatte der Commonwealth of Australia Danny geantwortet:

Betreff: Änderung Ihres Aufenthaltstitels von Unterklasse 500 zu Unterklasse 866

Sehr geehrter Mr Rajaratnam,

hiermit bestätigen wir den Eingang Ihres Antrages auf Änderung Ihres Aufenthaltstitels von Student (Unterklasse 500) zu Asyl (Unterklasse 866). Bitte beachten Sie, dass gegenüber missbräuchlichen und/oder betrügerischen Ansprüchen bei uns eine Politik der Null-

toleranz gilt. Bei Durchsicht Ihres Antrags wurde festgestellt, dass Sie zwar behaupten, das Opfer von Folter geworden zu sein, und auch ein Foto Ihres linken Unterarms beigefügt haben, Ihre Geschichte jedoch wenig glaubhaft erscheint. Sri Lanka ist eine vielfältige, multikulturelle Nation, und wir glauben nicht, dass Tamilen Angst davor haben müssen, dort zu leben. Wären Sie ein Opfer von Folter, erscheint es logischer, dass Sie per Boot gekommen wären, wie das recht viele Ihrer Landsleute getan haben. Offensichtlich verfügten Sie über die finanziellen Mittel, als Gebühren zahlender Student per Flugzeug nach Australien zu kommen, und allem Anschein nach haben Sie auch die obligatorische Krankenversicherung für ausländische Studenten abgeschlossen, und erst sobald Sie im Land waren, befanden Sie, so scheint es, dass Sie in Ihrer Heimat ein Opfer staatlicher Verfolgung waren. Falls Sie jetzt, innerhalb von Australien, Asyl beantragen (Unterklasse 866), beachten Sie bitte, dass Sie aufgrund der Nulltoleranzpolitik wahrscheinlich einige Zeit in Haft verbringen werden und Ihr Antrag danach durchaus abgelehnt werden könnte.

Am ersten Tag der Lehrveranstaltungen kam es direkt vor den Seminarräumen zu großem Krach und Geschrei, weil die Studenten aus dem Nahen Osten herausfanden, dass die Gebühren, die sie bezahlt hatten, doppelt so hoch waren wie die der asiatischen Studenten.

Das College vermittelte jedem ausländischen Studenten einen Job, um ihn auf das neue Leben in Australien vorzubereiten. Danny wurde einem Curry-Restaurant im ersten Stock eines Pubs zugeteilt. Der Betreiber war ein Tamile namens Venkat – die andere Sorte Tamile, aus Indien.

Indische Tamilen sind *laut*, sie reden ununterbrochen, und *das* ist der Unterschied.

Danny, mein sri-lankischer Bruder, wie schön, mal wieder mit jemandem Tamil zu sprechen, sagte Venky. Er fügte hinzu: Ich habe jede Menge DVDs aus Malaysia, brandneue Filme, Topzustand, während er über schwarz verfärbte Pappestücke lief, Plastikeimer voll schmutzigem Geschirr umkurvte und die Küche betrat. Danny folgte ihm und hörte zu. Zuerst vier Wochen Einarbeitungszeit, *thambi* aus Sri Lanka, sagte Venky. Natürlich unbezahlt. Aus den rutschigen Pappestücken quoll Bilgewasser, wenn Danny drauftrat. Ich hab geglaubt, nach Dubai würde mir das nie mehr passieren, dachte er, während er Venky anlächelte. *Betrogen werden.*

Noch was, sagte Venky. Eigentlich darf ein ausländischer Student bloß zwanzig Stunden die Woche (oder vierzig Stunden in zwei Wochen) arbeiten, aber das können wir umgehen, zu zehn Dollar die Stunde, «ein bisschen» weniger als der gesetzliche Mindestlohn, okay?

Es gab kleine Möglichkeiten, sich an Venky zu rächen, während Danny in der Küche den Abwasch machte, und er kannte sie alle noch von Dubai. Er klaute Plastikbesteck, Papierservietten und Gewürze. Warum auch nicht? Jeder ausländische Student am College machte dasselbe. Sich rächen. Manche luden Essays von Google runter und reichten sie ein. Manche besuchten überhaupt keine Seminare und jobbten einfach als Obstpflücker auf Plantagen.

So lief die Masche: Das Mackenzie College lockte Ausländer nach Wollongong und knöpfte ihnen die Gebühren für zwei Jahre ab, nach deren Ablauf es ihnen gerahmte Diplome über ein abgeschlossenes Studium in Betriebswirtschaft oder Ingenieurwesen in die Hand drückte, womit sie nicht mehr anfangen konnten, als irgendwo in Australien Straßen zu teeren, Fenster einzubauen und Nudeln im Wok zu braten. Weiße betrogen Ausländer und Ausländer betrogen Weiße und keiner am College wirkte glücklich, bis auf eine junge Chinesin, die sich einen Rucksack an die Brust drückte und stets ein sanftes Lächeln auf dem Gesicht hatte, wie Jesus Christus mit einem Lamm auf den Armen.

Zu Beginn seines dritten Monats am Mackenzie sah Danny einen asiatischen Studenten mit einem Wörterbuch in der Hand aus dem College-Gebäude kommen: eine Hardcover-Ausgabe von *Merriam-Webster's Collegiate Dictionary*. Er ging dem Wörterbuch-Typ nach. «Hey!», rief Danny, und der junge Asiate blieb stehen und verwandelte sich in einen japanisch-brasilianischen Mann mit langem, schwarzem Haar und Ziegenbart. Er hieß Abelardo Nishida, ließ sich aber Abe nennen. Reimt sich auf Sake, Mann! Er war aus Rio, erklärte Abelardo, daher sprach er nicht viel Japanisch. Nur ein bisschen. Im Gehen bot er Danny immer wieder Zigaretten an. Gratis. Vielen Dank, sagte Danny und zündete sich eine an.

«Wieso hast du Geld für Zigaretten in Australien?», fragte Danny. Abe, der Abseiler, tippte sich bloß mit dem Zeigefinger an die Stirn.

Danny ging hinter Abe her, der die Führung übernahm und dabei auf dem dicken Wörterbuch trommelte. Dieser japanische Bursche sieht aus wie einer, der überhaupt keinen Blutdruck hat, dachte Danny.

Drei Tage nach dieser Begegnung hörte der japanisch-brasilianische Mann auf, weiterhin Seminare am College zu besuchen.

Am Samstag fuhr Danny mit dem Bus nach Sydney und ging mithilfe seines Stadtplans zur Castlereagh Street im Herzen des Central Business District, wo er hoch oben an einem gläsernen Wolkenkratzer den lächelnden Abe (reimt sich auf Sake!) erblickte, der sich nun in den Legendären Abseiler verwandelt hatte. Irgendwer musste die Stadt sauber halten, und so glitt Abe mit seinem blauen Helm auf dem Kopf und all seinen Haken, Schlaufen und Ketten um die Taille am helllichten Tag auf der Castlereagh und Pitt Street die Fenster rauf und runter und zeigte den ganzen Aussies da unten seinen hundertprozentig illegalen Hintern. Genau wie *Mission: Impossible 2*, dachte Danny.

Sie bezahlten ihn in bar.

In einen grünen Automaten schob Abe eine blaue Buskarte, dann drehte er sich um und signalisierte Danny, *ich zahl für dich*, und ein Schnellbus brachte sie beide vom Taylor Square zu einer Einzimmerwohnung in Bondi voller Aschenbecher und Seewind und mit einem freien Blick auf den Ozean, in dem Abe jeden Morgen schwamm, weit, weit entfernt von den, wie er sagte, bescheuerten, asiatischen Touristen.

Abe zündete sich eine Zigarette an. Abe hatte eine lange Liste von Beobachtungen über Australien angelegt, die er vortrug, wobei er sich an die Stirn tippte. Zum Beispiel: «Ist dir aufgefallen, dass die Zweidollarmünze kleiner ist als die Eindollarmünze, und die Fünfzigcentmünze größer ist als beide zusammen?»

Nein, Danny hatte nie darüber nachgedacht, was das bedeutete.

«Weißt du, wie groß dieses Land ist?», fragte Abe. «Guck mal.» Er schlug das Wörterbuch auf und zeigte Danny eine Karte des Kontinents, auf dem sie sich befanden.

Aus dem Fenster konnte Danny die schaumigen Wellen am Bondi Beach sehen. Fältchen zogen sich um seine Augen zusammen, wodurch er sich weiser und zugleich jugendlicher fühlte. Dann bot Abe ihm eine Zigarette an und fragte ihn nach *seinem* Leben.

«Ich geh nie wieder zurück», fasste Danny sein Leben zusammen.

Abe sah ihn aus dem Augenwinkel an und nickte. *Okay.*

«Gehen wir», verkündete er und brachte Danny mit einem Bus, einem Zug und einem weiteren Bus zum Lebensmittelladen Sunburst in Glebe.

Vor dem aufgesprühten Wandbild eines seltsam anmutenden Krishnas stand ein alter, weißer Mann, der entweder per Telefon oder bloß durch die Witterung des Illegalen alarmiert worden war, und wartete auf sie: Mit glänzendem Gesicht und wirrem

Haar sah Tommo Tsavdaridis aus, als wäre das Leben gut zu ihm und er gut zum Leben gewesen. Grinsend führte Tommo sie in seinen Lebensmittelladen Sunburst. Drinnen jedoch hatten seine froschweißen Hände Mühe, das große Glasgefäß zu öffnen, in dem er in Plastik verpackte Bonbons aufbewahrte, jedes so hart wie Glas, von denen er Abe und Danny je eins zuwarf, eine offensichtliche Geste seines guten Willens.

«Glebe ist ein sehr gutes Viertel», sagte er zu den kauenden Männern, als wollte er Mietern Immobilien anpreisen, «mit dem Bus kommt man von hier überallhin, wenn man es bezahlen kann. Also, von wo bist du? Ah ... bist bestimmt Kricketfan, was? Nein? Nein?»

Ein bisschen Arthritis, also wirklich bloß ein bisschen, bedeutete, dass Tommo Tsavdaridis nicht mehr die ganze Arbeit in seinem Laden bewältigen konnte, erklärte er, während er Danny den Lagerraum zeigte, die Metalltreppe hoch, wo jeder, der im Lebensmittelladen Sunburst arbeitete, wohnen konnte, für läppische 120 Dollar die Woche.

«Nur eine Sache», fügte der alte Ladenbesitzer hinzu. «Der letzte Mann aus Indien, den ich hier hatte, der hat für mich gearbeitet – Monate.» Er hielt drei Finger hoch. «Eines Tages riecht es im Laden, und als ich reinkomm, frag ich ihn: ‹Vikram, Vikram.› Er sagt: ‹Ich mache Kaffee.› ‹Okay. Du machst Kaffee, aber was stinkt hier so?› Dann sehe ich: Er kocht Milch im Wasserkocher, und wer hat das je gemacht in der Geschichte der Menschheit? Das darfst du niemals machen, Danny», sagte der alte Mann lächelnd, «Milch kochen und mir den Laden verpesten. Sonst bring ich dich um.»

Ehrliche Männer sind alle auf die gleiche Weise ehrlich: Alles Verdorbene auf Erden verströmt seinen eigenen besonderen Gestank. Dieser weißhaarige, griechische Lebensmittelhändler war nicht wie Venky. Seine ausbeuterischen Ziele waren wesentlich ehrgeiziger gesteckt.

Deine Entscheidung, erwiderte Abe der Abseiler, als Danny seine Bedenken äußerte. Sie waren wieder in Bondi und gingen am Strand entlang. Danny dachte an die Karte von Australien im *Merriam-Webster's*. So groß wie das Römische Reich. So groß wie Amerika minus Alaska. Und das meiste davon rot und *leer*, was seine Größe irgendwie verdreifachte.

In Dubai hatte Danny gesehen, was mit Illegalen passierte. Er hatte es am Flughafen gesehen. Zwei Filipinos, mit Handschellen aneinandergefesselt, fertig zur Abschiebung, saßen vor einem Abfluggate. Bei ihnen stand ein südasiatischer Wachmann, und die Männer mussten ihn um Erlaubnis fragen, wenn sie aus einem Wasserhahn trinken wollten. Als einer der Filipinos sich bückte, um einen Schluck zu trinken, musste der andere, der an ihn gefesselt war, seinen Körper im Gegensinn drehen. Wie zwei angekettete Affen.

Geh zurück aufs College, Danny. Gib dem College eine Chance.

Sie blickten über den Strand von Bondi, und Abe lieferte einen laufenden Kommentar über die sonnenbadenden Frauen – die eine im Bikini, die andere mit Badetuch umwickelt, und rate mal, was die da trägt – nichts! –, während Danny einem anderen Kommentar lauschte. Am Rande des Strandes hockte ein Kakadu mit schwefelgelber Federhaube auf der Spitze einer Weihnachtskiefer wie ein Wetterhahn und rief den sonnenbadenden Körpern pausenlos: *Fick dich, fick dich, fick dich* zu, wobei er den Hals mal reckte, mal einzog, während er weiterhin *Fick dich, fick dich* krächzte: zum Strand, zum Ozean und zu dem schlanken Flugzeug am gewaltigen Himmel, und Danny spürte zum ersten Mal die Macht eines neuen Kontinents, roh, rot und heidnisch, der ihm mit der Stimme des Kakadus zubrüllte: *Und du, fick dich auch, weil du ein Feigling bist*.

«Wenn du Schiss hast, geh wieder aufs College», riet ihm ein japanischer Brasilianer, den er kaum kannte. Abe erklärte, wie auch diese Masche funktionierte. «Du wechselst jedes Semester das Studienfach, okay? Aus zwei Jahren am College werden vier Jahre. Sogar fünf. Nebenbei kannst du als Obstpflücker Geld verdienen. Nach fünf Jahren, wer weiß?»

Danny betrachtete weiter den Kakadu auf der Spitze der Weihnachtskiefer.

Er fuhr an dem Abend nicht zurück zum College. Er schmiss das Studium auch nicht. Drei Tage und Nächte blieb er probeweise bei Tommo Tsavdaridis, arbeitete im Lebensmittelladen Sunburst, räumte Toilettenpapier und Dosenmilch in die entsprechenden Regale und schlief in dem Lagerraum, dachte: Ich bin's satt, mich übers Ohr hauen zu lassen. Ich kann dem Abzocker-College nicht das ganze Geld in den Rachen werfen. Am zweiten Abend hob er die zwei weggeworfenen Pandabären auf, die draußen auf dem Bürgersteig lagen, holte sie herein, klemmte sie sich unter die Arme und schlief mit ihnen ein. Doch am nächsten Morgen sah er australische Polizisten direkt vor dem Laden und sein linkes Bein zitterte und *nein*, flüsterte er und das Nein blieb ihm im Halse stecken, *nein*.

Nein, du kannst nicht auf das Gesetz pfeifen und damit durchkommen, dachte er, während er den ganzen Weg die Glebe und den Broadway hinunter zur George Street ging, der phantasmagorischen George Street, ein Strom von gesunden, jungen Menschen verschiedenster Herkunft, Malaien, Indonesier, Araber und Pakistani, bis er sich durch sie hindurchgedrängt hatte und den weiten Martin Place entdeckte, das Finanzzentrum von Australien, eine Sandsteinprahlerei über den Reichtum eines jungen Kontinents, voll mit übergroßen, gemeißelten Löwen und Einhörnern und Emus, die oben auf Bankportalen saßen, doch was Danny den Atem verschlug, war ein Mann, ein weißer Mann, der scheinbar nicht das Geringste mit den Banken zu tun hatte, sondern an irgendetwas aus einer offenen Papiertüte knabberte und ziellos über den Platz schlenderte. Von diesem Mann ging eine Aura purer Freiheit aus wie Schweißgeruch von den Beinen eines Sportlers: Und ehe Danny sich's versah, war er wieder an der Mugathwaram, der magischen Lücke in der Lagune, die sein ganzes Leben umringt hatte, und der weite silberne Ozean war nur einen Sprung von ihm entfernt. In der Ferne schaute ein Uhrenturm zu. Seine Hände zitterten. *Aber was kann man dir noch hier antun, Danny, nach dem, was man dir bereits zu Hause angetan hat?* In dem Wissen, dass es im Leben nicht möglich ist, etwas weniger ängstlich zu sein, oder?, diesmal keine drei kleinen Sprünge, oder? – faltete Danny die Hände und sprang. In den Ozean. Er schrieb an das Mackenzie College, dass er seine Gebühren nicht bezahlen werde, und folglich brach er das Studium ab, aber er wusste, dass er das Land nicht verlassen würde. Achtundzwanzig Tage nachdem er den Brief abgeschickt hatte, wurde er in Sydney für immer frei. Achtundzwanzig Tage nachdem er den Brief abgeschickt hatte, saß er in Sydney für immer in der Falle.

«Und jetzt gibst du diesem Mann die Hälfte von allem? Die Hälfte von allem, was ich dir gebe? O-kay», sagte Radha kopfschüttelnd. «O-kay. Wie viel bleibt dir dann noch pro Woche?»

Er sagte es ihr. Ja, er wusste, es war nicht viel. «Aber ich bin frei», sagte er. «Ich bin frei in Sydney.»

«Aber du wohnst in einem Lebensmittelladen.»

Danny zuckte die Achseln. «Ich wohne oben drüber.»

«O-kay … Wo ist der Laden?»

Danny lächelte. Es war jetzt ohnehin zu spät: Wieso aufhören? Wieso aufhören. «Glebe. Der Lebensmittelladen Sunburst.»

«Ich kenne den Laden. Da war ich schon mal. Daneben ist doch das berühmte, komische Krishna-Wandbild, stimmt's?»

Ach ja. Das Wandbild. Punkt eins, Danny gefiel nicht, wie Hindu-Götter auf diesen Wandbildern in Sydney dargestellt wurden. Aber was will man machen? Alle machen sich überall über

Hindus lustig. Aber Punkt zwei, dieses Wandbild *war* eine künstlerische, wirklich verdienstvolle Neuinterpretation von Krishna als Surfer mit Dreadlocks und Rastafari-Dharma.

«Ja, das ist der Laden. Sunburst. Den gibt's schon seit dreißig Jahren in Glebe.»

«Ich war da schon öfter. Ich hab dich noch nie gesehen.»

Er lächelte. Weil ich bloß der braune Mann bin, der hinten im Laden arbeitet.

Aber Radha machte wichtige Entdeckungen über die Stadt, in der sie geboren worden war und ihr ganzes Leben verbracht hatte. «Ich schätze, du bist hier nicht allein. Neulich war ich in Carlingford, und da gucken sechs chinesische Typen in Unterhemden aus einem Fenster über dem Restaurant, nur ganz kurz. Dann verschwinden sie wieder. Die sahen aus wie Affen.»

Wenn du illegal bist, bist du genau das.

«Mach das weg», sagte der alte Tommo Tsavdaridis und zeigte auf den frischen Hundehaufen auf dem Bürgersteig vor dem Laden, etwa zwei Stunden, nachdem Danny ihm gesagt hatte, dass er bleiben würde. «Ja: Mach das weg. Kunden sollen nicht da reintreten, wenn sie in meinen Laden kommen.» Danny ging mit weißem Küchenpapier auf die Knie und wischte den klebrigen Schmodder auf, dann hielt er den Atem an, während er das Papier samt Inhalt zu einem öffentlichen Mülleimer trug. Anschließend räumte er weiter Tomatensuppendosen in die Regale. Eine halbe Stunde später rief Tommo wieder nach ihm. Hunde kackten plötzlich viermal am Tag vor den Sunburst-Laden. Wahrscheinlich war ihnen zu Ohren gekommen, dass da ein Illegaler arbeitete.

Am Abend stellte der alte Ladenbesitzer eine eiserne Regel auf: Es war Danny nicht erlaubt, mit Kunden zu sprechen. Die Perserin mit dem Friseursalon gegenüber? Hat dieselbe Regel für ihre chinesischen Mädchen aufgestellt. Die Illegalen.

Abends um neun schaltete Mr Tsavdaridis mit einem Klicken –

einem patriarchalischen Klicken – das Licht im Lagerraum aus. «Keinen Lärm, Danny», flüsterte er. «Sonst ruf ich die Einwanderungsbehörde.» Brüllendes Gelächter.

Zwanzig Minuten später, als Danny, Zahnbürste und Colgate in der Hand, die Metallstufen hinunterstieg, kam der alte Mann und rief: «Ich hab Nein gesagt!»

«Toilette», protestierte Danny.

«Einwanderungsbehörde!»

Zurück im Lagerraum nahm Danny seine beiden Pandas in die Arme und schloss die Augen. Wenn er seine eigene Geschichte schreiben würde, dachte er, dann würde er diesen Augenblick «Erste Stunde des Begreifens, was es heißt, illegal zu sein» nennen. Er schloss die Augen und drückte die Pandas rechts und links an sich.

Er spürte, dass sein Blutdruck stieg.

Die Metalltreppe draußen klirrte. Vielleicht war der Lebensmittelhändler gekommen, um nachzusehen, dass er auch wirklich in seinem Käfig war. Ja, Danny meinte, den Mann riechen zu können.

Er schätzte, dass sein Blutdruck bereits bei 150 zu 10 war. Noch höher. Aber Danny kannte ein paar alte Tricks, um mit einer zum Bersten vollen Blase fertig zu werden. Denn als er ein Junge gewesen war, hatte sein Vater ihn nicht mehr zur Toilette gehen lassen, sobald das Licht aus war.

Was zu tun ist, wenn du im Dunkeln liegst und deine Blase voll ist und jeden Moment platzen wird. Erstens. Atme. Schließ die Augen. Du schiebst dir einen langen Strohhalm in den Hals. Wenn der Strohhalm die Wand deiner Blase durchstößt, fest saugen. Dein Mund ist voll mit übel riechendem Urin. Aber deine Blase ist leicht, ah, so leicht. Zweitens. Rutsch an den Rand der Matratze. Leck den Boden ab, bis du ein großes Sandkorn findest. Lass das Sandkorn auf der Zungenspitze kreisen und singe: «Ein Körnchen Kandiszucker löst sich in meinem Mund auf. Ein Körnchen …» Der Gedanke an Zucker besänftigt die Gliedmaßen, entspannt den Geist. Drittens. Leg dich auf den Bauch, spann die Oberschenkel an …

… die ganze Zeit konnte er spüren, wie seine Finger aus eigenem Antrieb an seinem Unterarm hinunterspazierten, bis sie die Delle berührten, und dann fragten seine selbstständig denkenden Finger: Was können sie denn noch tun, Danny, nach allem, was sie dir bereits angetan haben?

Das war die zweite Stunde als Illegaler.

Danny stand auf, öffnete wieder seine Zimmertür, verließ den Lagerraum, stieg die Treppe hinab, betrat den Laden, ging bis ganz nach hinten und benutzte die Toilette hinter dem Regal mit Shampoos, Haarspülungen und Kokosnusscremeseifen. Tommo glotzte ihn mit seinen legalen, australischen Augen an und sagte nichts. Er rief nicht die Einwanderungsbehörde. Am nächsten Morgen erwähnte er es nicht mal.

So vergingen Wochen. Danny befolgte einige Regeln des Sunburst und brach einige andere. Nach drei Wochen rief Abelardo Nishida an. Es gebe einen Job als Freiberufler.

Am Abend, nachdem er die Tomatendosen gestapelt hatte, sprach Danny Mr Tsavdaridis an: «Ich muss Dienstag zu einer Putzstelle. Ein Anwalt in Erskineville hat einen Staubsauger im Haus, aber alles andere muss ich mitbringen. Wenn er mit meiner Arbeit zufrieden ist, zahlt er mir fünfzig Dollar.»

Der alte Tommo bedachte ihn bloß mit einem Blick. *Bist du verrückt geworden, Affe?*

Nein, aber er war in der Bibliothek gewesen.

«Ich hab mich in der Bibliothek von Glebe über die Gesetzeslage schlau gemacht, Tommo. Und weißt du, was ich gelesen hab? Jeder, der einen Illegalen für sich arbeiten lässt und weiß, dass es ein Illegaler ist, kommt ins Gefängnis. Die stecken *dich* ins Gefängnis, wenn du *mich* ins Gefängnis bringst.»

Ich verpfeif dich nicht, wenn du mich nicht verpfeifst.

Er erklärte sich bereit, Tommo von allem, was er verdiente, 50 Prozent abzugeben. Und bis spät in die Nacht zu arbeiten, wenn er am Dienstag wieder da war.

Seine Karriere als Legendärer Putzmann im Zentrum von Sydney hatte begonnen. «Durch mich verlangt jetzt jeder Illegale in Glebe mehr vom Boss. Jeder Einzelne.»

Damit war die Geschichte zu Ende, die Australierin klatschte und Danny sah sich zum ersten Mal in Australien in der Rolle des Beglückwünschten.

«Du bist ein echter Revolutionär. Wie Gandhi.»

«Nein.»

«Doch. Doch. Wie Nelson Mandela. Das Land braucht Leute wie dich.»

Ihre Glieder pulsierten mit einem Gefühl von Freiheit. Sie betrachtete einen Athleten des Untergrunds.

Danny spürte das, spürte ihr Entzücken über seine Geschichte und er teilte es. Er war ein Tiger in ihren Augen. Aber nein, wollte er ihr erklären, nein, das ist völlig falsch. Denn selbst wenn er das Spiel spielte, mit dem Abe ihn vertraut gemacht hatte, selbst wenn er die blau uniformierten Polizisten übertrumpfte, selbst wenn er gewann, so hatte Danny dennoch verloren. Denn er hatte das Spiel nicht mal richtig gespielt. Er *war* nämlich mittendrin in einem Spiel – mitten in großen internationalen Weltmeisterschaften oder Olympischen Spielen. In diesem Spiel rannten Menschen aus Ländern, die brannten, in Länder, die noch nicht brannten; fuhren mit Booten, schnitten Stacheldraht durch, versteckten sich in Containern im Bauch von Schiffen, während eine andere Gruppe von Menschen versuchte, sie aufzuhalten, hinzuhalten, zu fangen oder zurückzuschicken. Und obwohl vordergründig das totale Chaos herrschte, stellte sich in Wirklichkeit heraus, dass es in diesem Spiel ganz klare Regeln gab: Entweder du gingst es mutig an, schafftest es auf ein Boot, wurdest von der Küstenwache geschnappt, kamst in ein Sondergefängnis – in dem Fall gab es Rechtsanwältinnen, Sozialarbeiter und Leute wie die Bibliothekarinnen in Glebe und politisch linke Frauen an Bahnhöfen, die dir helfen würden (dich förmlich mit ihrer Hilfe überschütten würden, um dann schnellstens Fotos von ihrer Großzügigkeit auf Facebook zu posten) – oder du kamst mit dem Flugzeug, legal, mit einem Visumstempel im Pass, gingst auf ihre windigen Colleges, sagtest *sorry sorry sorry*, wenn sie dich anbrüllten, und putztest fünf oder sechs Jahre lang ihre Klos, bevor du im siebten Jahr eingebürgert wurdest und den Weißen endlich sagen konntest, sie sollten sich gefälligst verpissen. Auf keinen Fall solltest du genau zwischen diese beiden Kategorien geraten, indem du erst legal nach Australien kamst und dann untertauchtest, scheinbar das eine warst und dann etwas anderes wurdest, weil dich das zum Illegalen eines Illegalen machte und niemand mehr für dich die Stimme erheben und niemand dich vor Gericht vertreten würde. Und diese maßgefertigte Zelle innerhalb des globalen Gefängnisses war Dannys ganz eigene: heiße Kohle, die er selbst geschürt hatte, um sich darauf niederzulassen.

Aber *das* war nicht die Geschichte, die sie hören wollte, oder?

«Sag doch mal, Nelson Mandela», seine australische Arbeitgeberin wurde lauter, «sag doch mal, wer hinter dir her ist. Was die machen. Erzähl mir alles.»

«Wer hinter mir her ist? Alle.»

«Wer ist *alle?*»

«Zollbehörde, die Bullen, das Ministerium für Einwanderung und multikulturelle Angelegenheiten, das sie erst in Ministerium für Einwanderung und Einbürgerung umgetauft haben und dann in Ministerium für Zoll und Grenzschutz, dann in Ministerium für Einwanderung und Grenzschutz, plus der ABF.»

«Wer?»

«Der australische Grenzschutz, plus die Immigration Taskforce Pegasus und Taskforce Cloudburst, speziell für Illegale.»

«Wovon redest du?», fragte Radha. «Davon hab ich noch nie gehört.»

«Regel Nummer eins», sagte Danny, «sie haben deine Steuernummer, also musst du dein Bankkonto auflösen. Regel Nummer zwei, du kannst absolut nicht in einem Laden arbeiten, der durchgehend geöffnet ist, wie City Convenience oder 7-Eleven. Da macht die Einwanderungsbehörde andauernd Razzien.»

«Ohne Scheiß?»

«Ja. Ebenso gefährlich sind Hindu-Tempel in der Stadt. Die Einwanderungsbehörde hat letztes Jahr in einem eine Razzia durchgeführt und alle festgenommen, einschließlich des Priesters und des heiligen Pfaus.»

«Zum Schreien. Du bist echt eine *Legende*. Wenn wir das nächste Mal ausgehen, musst du Prakash alles erzählen, was du mir gerade erzählt hast. Das ist unglaublich.»

Doch jetzt wurde Danny ganz klein und flehte: «Bitte verraten Sie Dr. Sir nicht mein Geheimnis! Dass ich *illegal* bin …?» – und diese Bitte hatte zur Folge, dass ein Bild zerstört wurde, das sie sich von ihm gemacht hatte, denn sie sagte in einem gelangweilten Tonfall: «Klar. Ich behalte es für mich. Und wir helfen dir, Nelson. Setz dich.» Sie zeigte auf die Stelle.

«Alle wollen, dass Radha ihnen hilft, nicht wahr? Und keiner tut mal irgendwas für mich, Nelson. Okay. Ich werde keine Namen nennen, aber ich werde eine Freundin von mir bei der Rechtsberatung fragen. Hypothetisch. Keine Namen. Keine Adresse. Versprochen. Aber, weißt du» – sie verschränkte die Arme, drückte den Rücken durch, ehe sie ihn anlächelte – «in dem Moment, als du angefangen hast, für mich zu arbeiten, hast du mich in eine illegale Aktivität verstrickt, verstehst du?»

Danny nickte.

Mit noch immer verschränkten Armen beugte sie sich vor. «Und was sagt man, wenn man andere Leute in Schwierigkeiten bringt, Nelson?»

«Es tut mir sehr, sehr leid», erwiderte Danny und dann: «Vielen Dank», und er wartete, doch in der folgenden Woche erwähnte sie es nicht. Und er begriff, dass sie nie die Absicht gehabt hatte, irgendwem von seiner Situation zu erzählen – das heißt, außer Prakash. Sie musste dem verrückten Doktor wieder und wieder von Danny erzählt, seinen Fall in allen schmutzigen Details erörtert haben. Wir sollten ihm helfen, oder? Wir sollten ihn retten, oder? Lass uns das morgen machen. Heute Abend amüsieren wir uns.

Und deshalb erinnerte sich Prakash an alles.

14.31 Uhr

Schreib deinen Namen in unserer Landessprache, mein Sohn.

Danny blieb das Herz stehen.

Ein brauner Mann, der normalerweise Verdächtige in Sri Lanka verhörte, trug heute eine lindgrüne Weste, während er zwischen den geparkten Autos herumsuchte, eine Zigarette zwischen den gespreizten Fingern.

Doch der Mann drehte sich um, und er war wieder ein Fremder, der in seiner neongrünen Weste mit dem Aufdruck CITY RANGER die Nummernschilder der auf der linken Straßenseite parkenden Autos mit dem Handy fotografierte.

«Hey», rief Danny ihm zu, bloß, um mit einem anderen braunen Mann zu sprechen. «Wie viel Uhr ist es?»

Der City Ranger, die Zigarette zwischen den schwarzen Lippen, konsultierte sein Handy und hielt eine gewisse Anzahl von Fingern hoch.

«Danke!»

Plötzlich prasselten Dinge, kleine, grüne Dinge auf Danny ein. Auf dem Weg über den mit Farn bewachsenen Hang hatte er das verbrannte Gras aufgewühlt: jedes vertrocknete Büschel explodierte zu grünen Atomen, vier oder fünf auf einmal, aus ihrem

Sommerschlaf gerissene Heuschrecken, die Danny ansprangen, bevor jede von ihnen in vier oder fünf weitere, grüne Atome zerfiel. Er schlug auf sich selbst ein, um sie loszuwerden.

Die erste Nummer in seinem Telefon klingelte.

Sunburst

«Danny», sagte Tommos müde, alte Stimme, «ich hab doch gesagt, du sollst keine Freunde hierherbringen.»

«Ich habe keine Freunde», erwiderte Danny. «Wovon redest du?»

«Danny. Dein Freund ist hier. Er sagt, er heißt Prakash. Ich reich dich mal weiter.»

Es folgten ein Rascheln, ein Husten und eine Entschuldigung, während eine andere Stimme das Telefon übernahm.

«Nelson. Du bist weggelaufen. Deshalb bin ich hergekommen, um dich zu besuchen.»

Danny merkte, dass sein linkes Bein zitterte.

Wie war Prakash so schnell nach Glebe gekommen? Aber er ist ein normaler Australier, Danny. Er hat ein Auto. Er ist einfach in die Stadt runter und weiter nach Glebe gefahren.

«Aber wie haben Sie …?», fragte Danny, obwohl er es wusste.

«Neben dem Gemälde in Glebe. Jeder kennt das berühmte Gemälde in Glebe. Das ist nicht Ganesha. *Krishna.* Genau. Ein jamaikanischer Krishna. Ich hab das Bild jedes Mal gesehen, wenn ich zum Samstagsmarkt gefahren bin. Nelson. Ich hab deinen Kaktus hier. Du weißt, welchen. Den, mit dem du mich geschlagen hast. Deshalb weiß dein Arbeitgeber hier … *Tsavdaridis*, richtig? Spricht man das so aus? Tommo. Okay, deshalb weiß Tommo, dass ich keinen Quatsch erzählt habe. Ich bin wirklich dein Freund.»

Er hat vor dem Sunburst-Laden geparkt. Während du dich hier in East Sydney versteckt hast, ist der Mann mit dem ramponierten, verkaterten Gesicht zu *deiner* Klinik gefahren.

Blut macht sie schlau, was? Nachdem du ihn geschlagen hattest, ist Prakash nicht in Panik geraten. Nein.

Nach dem Überraschungsmoment, nachdem er vom Fußboden aufgestanden ist, sich im Pub aufgerichtet und zu den Leuten um ihn herum gesagt hat: «Alles in Ordnung, mir geht's gut, keine Sorge», ist der halb irre Doktor nicht hinter dir hergerannt. Nein. Er hat mit dem Finger Kringel auf der Seite mit den Rennwetten gemalt. Hat Dhananjaya Rajaratnam wie ein Profiwetter eingeschätzt, fand den Hund ganz gut bewertet und hat sein Geld gesetzt. Der Vollmond leuchtete Prakash ins Gesicht. Als er gewettet hat, dass er dich kontrollieren könnte.

Danny fuhr sich mit den Fingern durchs Haar.

Nein. Es geschah nicht erst, nachdem ich ihn geschlagen habe. Das war nicht der Moment, als er anfing zu planen. Prakashs kühle, braune Augen hatten mich schon lange vorher gefunden. Nelson Mandela. Unser alter Putzmann. Er wird die Nachrichten im Fernsehen sehen. Was mach ich mit ihm?

Haus Nummer sechs hätte mich heute angerufen, auch wenn ich ihn nicht als Erster angerufen hätte.

Danny sah ein dunkles Netz vor sich, hoch oben über Kings Cross, das sich weiter und weiter ausbreitete, wie die Netze, die von den Fischern an der Batticaloa-Lagune ausgeworfen wurden. Es dehnte sich weit aus und fiel immer schneller, drohte, ihn zu fangen und in den Tunnel unter der Coca-Cola-Reklame zu ziehen, durch das orange Rückgrat aus Lampen hindurch ins Dunkle.

«Nelson», sagte die Stimme am Telefon. «Alles in Ordnung mit dir?»

Danny hielt sich den Apparat jetzt ans linke Ohr. «Sorry, Dr. Sir», sagte Danny, überrascht, seine Stimme zittern zu hören.

«Was soll ich mit dem Kaktus machen?»

«Ich will ihn nicht, Dr. Sir. Ich will gar nichts. Ich verpfeif Sie nicht, ich verpfeif Sie nicht.»

«Genau.» Prakash lachte. «Genau. Das sagst du ständig. Ich warte hier. Ich möchte dich gern noch einmal sehen, Nelson. Bevor ich nach Südafrika fliege. Ja? Hör mal.» Er senkte die Stimme.

«Ich werde hier nicht leben wie der Stachelrochen unter dem Glasbodenboot. Das hab ich dir doch mal erzählt, nicht? Du fährst mit einem Glasbodenboot übers Riff, und du siehst den fiesen Stachelrochen, der sich versteckt. Das bin ich nicht. War ich nie. Ich habe immer gut gelebt.» Seine Stimme versagte fast. «Ich hab *richtig* gut gelebt. Verstehst du, Nelson?»

«Ja.»

«Ich mach dir keinen Vorwurf wegen der Sache in der Klinik, Nelson. Dass du mich geschlagen hast. Ich mach dir nicht den geringsten Vorwurf. Weißt du, wem ich einen Vorwurf mache?»

«Wem?», fragte Danny.

«Deinem Boss.»

«Meinem Boss?», wiederholte Danny. «Tommo?»

«Nein. Nicht dem. Deinem richtigen Boss. Du bist bloß ein Putzmann.»

«Sir, Sie haben recht. Ich bin bloß der Putzmann, und es ist eine Ehre, dass Sie mir vertrauen.» Tu so, als wärst du in dem Hotel in Dubai, sagte sich Danny, als stündest du wieder hinter der Rezeption. «Sir, ich werde nie vergessen, was wir vereinbart haben.»

Prakash legte auf.

Prompt dachte Danny: Ich muss es Sonja erzählen. Das ist das Einzige, was mir jetzt noch bleibt. Ich muss es ihr sofort erzählen.

Er fuhr sich mit den Fingern durch das goldene Haar.

Aber was genau wollte er ihr erzählen? Erstens, gestatte mir, dass ich dir in zwei Minuten erzähle, dass ich ein Illegaler bin und wie ich einer geworden bin; und dann gestatte mir, dass ich dir in weiteren zwei oder drei Minuten von dem Mord erzähle, in den ich heute verstrickt worden bin.

All meine Lügen in fünf Minuten. Sie wird mir nie verzeihen.

Wo ist der Kaktus, wenn man ihn braucht? Hätte sich jetzt gut an seiner Brust angefühlt. Genau.

Aber er war doch schon so oft kurz davor gewesen, ihr alles zu sagen.

Einmal im Kino, natürlich: Das war an einem Dienstag, weil da die Karten ermäßigt waren, im Kino in Parramatta Westfield, wo er ihren Vorschlag, in den tamilischen Film zu gehen, glatt ablehnte. Sie sahen sich stattdessen einen Film mit Tom Cruise an, und er blickte ständig zu Sonja hinüber und überlegte, ob er ihr einfach zuflüstern könnte: «Seinetwegen bin ich in Australien.»

Er hätte Sonja auch vor gerade mal zwei Wochen alles erzählen können, als sie zusammen am Bondi Beach waren. Während sie auf der Nordseite schwamm, entfernt von asiatischen Touristen, saß Danny auf dem Badetuch und schaute zu. «Ich schwimm nicht gern», erklärte er. Was? Bist du nicht in einer Lagune groß geworden? «Ich schwimm nicht gern», sagte er, und sie wusste inzwischen, dass es besser war, ihn nicht zu bedrängen. Er schaute ihr beim Schwimmen zu. Weil die Küstenlinie jetzt nämlich die Tabugrenze war: Er könnte niemals in diesem Teil des Ozeans schwimmen. Abe war hier am Bondi schwimmen gewesen. Er wollte sich nicht an Abe erinnern.

Sydney war zu einer Stadt voll schlechter Magie und Verboten geworden, Orte, die er nie wieder aufsuchen durfte: In Rose Bay gab es zum Beispiel eine Straßenkreuzung, an der einmal das Pferd eines Polizisten, als es Danny zwischen Scheuklappen hindurch erblickt hatte, laut geschnaubt und sich dabei eine Ader über seinen Nüstern erweitert hatte. Die Shoppingmall in Burwood, wo ihn die Frau mit dem grünen Schirm entdeckt hatte, war nach drei Jahren noch immer tabu. Erst vor einem Monat war Danny, während er auf Sonja wartete, allein an einem neuen Abschnitt des Parramatta River entlangspaziert, bis er beim Anblick einer Metallkonstruktion an die Kallady Bridge in Batticaloa denken musste. Ein Pfeifton war erklungen, als hätten die Fische im Parramatta River gelernt, so gut zu singen wie die Fische daheim: *Du hast deinen Vater im Stich gelassen. Im hohen Alter.* Von da an waren auch Teile von Parramatta verboten. Labyrinth der unvergessenen Fehler oder die schönste Stadt der Welt: Sydney.

«Was bist du doch für ein seltsamer Mann, mein Danny», sagte Sonja, als sie vom Schwimmen zurückgekommen war, sich unter einer Dusche im Freien abgebraust und sich vor ihn gesetzt hatte, damit er ihre Haare trocknete. Danny wickelte ihr ein weißes Handtuch um den Kopf und sagte: «Kann's losgehen?» Während er kräftig rubbelte, blickte Danny zu all den Häusern hoch, zu all den Fenstern, die im Abendlicht über Bondi Beach glitzerten wie Katzengold.

Getrocknet und wieder angezogen, fuhr Sonja sie beide den Hügel hinauf zu einem Aussichtspunkt, wo sie darauf bestand, dass er aus dem Wagen stieg. Wenn er nicht schwimmen wollte, schön. Aber er musste schauen.

Jenseits vom Bondi Beach ragte ein Felsvorsprung ins Wasser, eine Löwentatze des Kontinents, die auf dem Ozean ruhte. Dahinter lag ein weiterer Felsvorsprung, ein weiterer Strand. Danny sah Australien in all seiner Macht.

Dunkelgrüne Wellen donnerten unter ihnen gegen die Felsen.

Sonja, eine Frau, die gern Auto fuhr, hatte für den Tag einen Ford gemietet, und anschließend besuchten sie ihre Mutter. Es war Dannys erste lange Autofahrt in Australien. Verschiedene Schatten fielen unterwegs auf sie, ein Vogelschwarm, die gewaltigen dunklen Querträger der Harbor Bridge, bevor sie in eine neue Gegend kamen: North Sydney. In einem Wohnzimmer im sechzehnten Stock versorgte Sonjas Mutter sie mit ein bisschen englischer Konversation und sehr viel veganer, vietnamesischer Suppe. Während des Essens starrte sie die ganze Zeit auf Dannys Haare. Anschließend zeigten Mutter und Tochter Danny unter grellen Lampen eine Auswahl von Sachen, die sie gestrickt hatten: Pullover, Wollsocken und Schals. Als Nächstes holte Sonjas Mutter ihre Medicare-Karte, ihren Seniorenausweis und ihren Bibliotheksausweis und legte sie in eine Reihe, damit Sonja und Danny sie in Augenschein nehmen konnten: Es war ihre Vorstellung von Anstand und Dannys Vorstellung von Glück. So also, dachte Danny, sieht es aus *deren* Warte aus.

Er widmete sich der Delle an seinem Unterarm und erkundete sie mit seinem schärfsten Fingernagel. Er dachte an die schraffierten Schatten der gewaltigen Harbor Bridge, die auf ihn fielen, als Sonja den Wagen fuhr, und spürte, dass diese Schatten ein Netz bildeten, ihn aber nicht so trugen, wie sie Sonja trugen.

«Sind Sie Muslim?», fragte die alte Frau.

«Mum. Nicht schon wieder.» Sonja wandte sich Danny zu. «Sieh dir sein Lächeln an. Wieso hast du Angst vor ihm?»

Danny ließ seinen Unterarm los. «Ich bin kein Terrorist», erwiderte er, «also erklär das bitte deiner Mutter.»

Jetzt begriff die alte Frau, dass sie ihn beleidigt hatte, denn sie erzählte ihrer Tochter eine lange Geschichte, die für Danny übersetzt werden musste. «Mum möchte, dass du Folgendes weißt.» Sonja blickte von der alten Frau zu ihrem Freund. «Damals in Vietnam, als mein Vater ihre Aufmerksamkeit gewinnen wollte und sich aus Schüchternheit nicht traute, sie anzusprechen, kam er auf den Markt im Dorf, konnte aber kein Wort zu ihr sagen. Weißt du, was er getan hat? Mein Vater rasierte sich alle Haare ab. Um ihr seine Liebe zu beweisen. Und sie verstand, was er meinte.»

«Will sie, dass ich das auch mache?», fragte Danny, und die Frauen lachten, als wäre er sehr dumm.

«Nächstes Jahr», sagte Sonja, in der Hand einen Butterkeks von dem Teller, den ihre Mutter nach dem Essen auf den Tisch gestellt hatte, «machen wir Urlaub in Cairns. Nicht wahr, Danny?»

Er aß Kekse. Sein Reisepass war vor drei Monaten abgelaufen, und auch für einen Inlandsflug würde er ganz sicher irgendeinen Ausweis brauchen. Er wich dem Thema jedes Mal aus, wenn sie von Cairns und vom Schnorcheln am Great Barrier Reef anfing, einem Ort, von dem er vermutete, dass er sich als überteuerte Version der Batticaloa-Lagune entpuppen würde.

«Cairns ist wie Sri Lanka, so tropisch, du wirst begeistert sein.»

«Woher weißt du, wie Sri Lanka ist?», entgegnete er.

«YouTube.»

«Ach so. Klar.» Eines Tages, sagte er zu Sonja, würde er ihr von Sri Lanka erzählen, dem schönsten Land der Welt. Dann würde sie nie wieder von diesem Barrier Reef und so weiter reden.

Sie sah ihre Mutter an und sagte: «Wenn er nicht nach Cairns will, auch gut. Ich sage: ‹Fahren wir nach Sri Lanka, und du zeigst mir dein Zuhause.› Aber er will nicht mal darüber reden. Wechselt immer das Thema. Er glaubt, ich merke das nicht.» Und das erinnerte Sonja daran, dass sie für Danny unbedingt ein Kräuterspray in dem Ayurveda-Laden in Harris Park kaufen sollte, der von einer furchtbar netten sri-lankischen Familie betrieben wurde. Für seine berühmte verkrümmte Nasenscheidewand? Übrigens, was haben diese Sri Lanker doch für einen schönen Akzent. Warum ist deiner anders, Danny?

Prompt tat Danny es wieder, wechselte das Thema, aber sehr geschickt: Statt von Sri Lanka, Batticaloa oder dem Rätsel seines fast perfekten Aussie-Akzents erzählte er Sonjas Mum von Tamilen und Aborigines.

Ja, seit dem Tag, als Danny auf einer verlassenen Straße in Campsie an einem Sommermorgen einen braunen Mann und eine Frau nicht zu Musik, sondern zum Sonnenlicht hatte tanzen sehen – er mit nacktem Oberkörper, sie in Bikini-Oberteil und blauen Shorts, also im Grunde mit nichts am Leib als ihrer glänzenden hitzebeständigen Haut – und er näher und näher an die beiden herangegangen war, um dann zu erkennen, dass sie keine Inder, keine Sri Lanker, sondern Aborigines waren. Wie sie getanzt hatten. Seitdem hatte er in den Bibliotheken von Glebe und Newtown recherchiert. Und er hatte diesen ganzen *Kram* online herausgefunden.

Sonja übersetzte ins Vietnamesische, während Danny redete.

«Hör dir das an, Mummy. Das ist eine tolle Geschichte. Also, er sagt, dass braune Menschen, also insbesondere Tamilen, schon vor allen anderen hier in Australien waren, weil die Aborigines ursprünglich eine Art von Tamil sprachen. Mummy, er sagt, das stimmt. Die Wissenschaftler haben das alles bewiesen. Diese Art von Wissenschaftlern, will Danny dir sagen, nennen sich Linguisten. Verstehst du, warum ich diesen Mann liebe? Jetzt sagt er, wenn er und ich das nächste Mal über die Brücke nach North Sydney kommen, bringt er einen Linguisten mit, der wissenschaftlich beweisen wird, dass alles in Australien ursprünglich tamilisch war.»

Sonja schüttelte sich vor Lachen. Sogar ihre alte Mutter glaubte nicht mehr, dass Danny Muslim war. Er war eine Legende. *Mehr* als eine Legende. Er liebte ihre Butterkekse, und sie liebten seine Geschichten.

Selbst da hättest du es ihr sagen können. Ich muss dir unbedingt was erzählen: meine eigene Geschichte.

Aber ihr *heute* alles erzählen? Ausgerechnet heute?

Wir sind seit zwei Jahren zusammen, und du hast mir nie gesagt, dass du illegal bist? Und jetzt bist du in einen Mord verstrickt?, könnte sie ihm ins Gesicht schreien. Noch schlimmer, er konnte sich vorstellen, wie er zusammenbrach und sie anflehte: *Sag niemandem, dass ich illegal bin – bitte.* Und sie: *Ich soll es niemandem erzählen? Verdammt, Danny, ich hab dich meiner Mutter vorgestellt. Und sie hatte recht mit dir.*

Murugan.

Danny blickte nach rechts und sah einen großen Feigenbaum, der an vielen Stellen in seinem dunklen Blattwerk glänzte, wie etwas, das sein eigenes Herz kannte.

14.36 Uhr

Als das Telefon wieder klingelte, merkte er, dass er sich nicht von der Stelle gerührt hatte.

«Nelson. Ich bin jetzt hier vor der Bibliothek. Ich wette, die besuchst du oft, oder?»

«Sir. Es tut mir sehr, sehr leid. Bitte sagen Sie der Polizei nicht, wo ich wohne, Sir.»

Ein Mann lachte.

«Du weißt wirklich, wie man bettelt, was, Putzmann? Ich hab dir noch gar nicht erzählt, was passiert ist, nachdem du abgehauen bist. Als ich selber die Wohnung putzen musste. Ich hab einiges dabei gelernt. Echt. Ich hab was über schwarze Tropfen gelernt. Eines Tages klapp ich die Klobrille hoch, um sie sauber zu machen, so wie du es bestimmt immer gemacht hast, und ich sehe schwarze Urintropfen an der Unterseite. Also, ich bin sauber, wenn ich pinkele. Ich bin ein Exsoldat. Hinterlasse nie Tropfen. Aber hier entdecke ich schwarze, getrocknete Tropfen. Urin von jemand anders an der Klobrille. *Meiner* Klobrille. Irgendwer hat meinen Blick aufs Opernhaus genossen, während er in meine Kloschüssel gepinkelt hat. Und dann hat er vielleicht auch noch mein Bett benutzt. Du warst das nicht. Nein, ich hatte dich nie in Verdacht. Es war dein Boss.»

Meint er Tsavdaridis?, fragte Danny sich. Wird er ihn jetzt umbringen?

Die Stimme des Doktors bebte. «Es ist echt heiß hier draußen vor der Bibliothek», sagte er. «Ich geh lieber rein, wo es klimatisiert ist.»

Danny hörte das Knarren einer Tür, die geöffnet wurde.

«Öffentliche Bibliotheken sind eine totale Verschwendung. Der IQ der meisten Menschen steht im Alter von zehn Jahren fest und kann nicht mehr steigen.» Prakash stockte. «Hab ich dir von dem Vorfall in den Minen erzählt, Nelson?»

«Nein.»

«Na, dann werde ich dir davon auch nicht gerade jetzt erzählen, was?» Wieder ein Lachen. «Mann. Ist das angenehm hier drin. Klimatisiert.»

Ein Seufzen war zu hören und dann ein Geräusch, und Danny vermutete, dass Prakash sich hingesetzt hatte. Vielleicht auf einen Stuhl vor einem Computer in der Bibliothek von Glebe.

«Stell dir vor, du fährst auf dem blöden Mitchell Highway ins lange Wochenende, und du erblickst einen völlig zertrümmerten Toyota und fragst dich, was mit den Insassen passiert ist? Der Insasse war ich. Hörst du zu?»

«Ja. Ist das der Vorfall in den Minen?»

«Nein. Das ist ein anderer. Ich bin auf dem Highway gefahren. Wie gesagt. Es war Winter. Ich hatte eine Jacke an. Leder. Gefüttert mit kanadischen Gänsefedern. Teuer. Die haben meine Lederjacke aufgeschlitzt und mich auf ein Bett in der Notaufnahme gelegt. Als ich wach wurde, schwebten schneeweiße Federn um mich herum, und über mir war eine große Lichtscheibe, und ich dachte: Ich bin ein Engel geworden. Das sind Federn von meinen Flügeln, und die große leuchtende Scheibe da oben ist mein neues Engelsgehirn. Als ich erfuhr, dass ich noch am Leben war, ehrlich, da sind mir die Tränen gekommen. Ihr Vater – es war auch eine Frau mit im Wagen – ihr Vater hat mich natürlich nicht als Engel gesehen. Als er mich im Krankenhaus beschuldigt hat, Kumpel, ehrlich … Erst die Mine und der Unfall und dann das – aber ich hab nie klein beigegeben, das sag ich dir. Ich hab mich nie entschuldigt. Vor Gericht musste ich hier was ankreuzen – da was ankreuzen –, und dann war ich frei. Danach fing das mit dem Glücksspiel an, und als ich das nächste Mal in Schwierigkeiten geraten bin, haben sie mich in diese Reha geschickt. Das haben sie von mir verlangt. Tu ich dir leid, Nelson?»

«Ja», sagte Danny.

Geraschel ertönte, und er hörte Prakash sagen: «Okay, ich geh nach draußen. Okay. Ich geh ja. Ich entschuldige mich nicht. Ich geh», dann sagte er: «Scheißbibliothekar. Will, dass ich geh. Okay. Ich bin raus aus dem Drecksloch. Die haben mich mies behandelt in *deiner* Bibliothek, weißt du das, Nelson?»

«Sorry, Sir.»

«Ich mach dir nicht den geringsten Vorwurf. Bist bloß der Scheißputzmann. Um Viertel vor sieben geht ein Flug. Ich kann nicht ewig in Glebe bleiben. Muss zurück nach Hause und packen. Und putzen. Findest du nicht, das bist du mir schuldig, Nelson? Die haben mich das machen lassen. Komm jetzt her und putz ein letztes Mal für mich.»

«Nein», sagte Danny und legte auf.

Das war ein Fehler. Prakash war wütend und er schrieb eine SMS:

wie ist noch mal die Nummer von der Einwanderungsbehörde ach ja 1–800–009–623

soll schrecklich sein in Villawood all die Gangs

Die Leute bringen sich lieber um als da zu bleiben

Aus den Büschen ringsum flogen Heuschrecken gegen Dannys Beine.

Das Telefon klingelte wieder.

Unbekannte Nummer

Sonja, hoffte Danny, die von einem Festnetztelefon im Krankenhaus anrief? Sein Finger näherte sich der Taste … Nein, sie würde nicht übers Festnetz anrufen.

Es klingelte weiter.

Unbekannte Nummer

Was können sie dir schon tun, Danny – er kniff sich in den Unterarm –, was sie dir nicht schon getan haben?

«Ja?», schrie er fast, als er den Anruf annahm.

14.46 Uhr

«Hallo», sagte die Stimme am Telefon nach kurzem Zögern, «hier ist Detective Sergeant Michaelos vom Morddezernat. Mit wem spreche ich?»

Durch Blätter stieß eine Elster herunter auf einen Ast, nicht weit von Danny entfernt; ihre Schnabelspitze, die in der Sonne glitzerte, verwandelte sich in ein Messer.

«Ja.» Danny setzte sich augenblicklich in Bewegung. «Ja. Ja.»

«Mit wem spreche ich? Ich rufe Sie im Zusammenhang mit einer Mordermittlung an. Würden Sie mir bitte Ihren Namen nennen?»

Er tat es.

Die Stimme am Telefon teilte ihm mit, dass seine Nummer in einem Handy gefunden worden war, das einer Radha Thomas gehörte, die letzte Nacht in Toongabbie ermordet worden war, und fragte, ob er bereit sei, ein paar Fragen zu beantworten. Fürs Erste nur am Telefon?

«Ja.»

«Name, Beruf, Adresse. Ja, der Stadtteil genügt im Moment. Festnetznummer?»

Danny packte Farnwedel und riss sie büschelweise aus, während er den Hang entlangging und jede Frage beantwortete.

Dann: «Waren Sie mit ihr befreundet? Wir rufen jeden auf ihrer Kontaktliste an.»

«Ich hab früher bei ihr geputzt», sagte er. «Mehr nicht. Aber das ist lange her.»

«Wie lange?»

«Acht, neun Monate.» Er fügte bewusst einen Monat zu der Schätzung hinzu. «Mindestens.»

«Verstehe.» Der Sergeant fragte: «Können Sie uns irgendwas sagen, das uns bei der Ermittlung helfen würde? Haben Sie vielleicht irgendwas Verdächtiges bemerkt?»

Danny überlegte angestrengt. «Nein», sagte er.

Denk nach, Danny. Er hob seine nach Farn riechenden Hände ans Gesicht und sog den kühlen Duft ein. Wenn die Polizei die Kontakte in Radhas Handy überprüfte, würde sie Prakashs Nummer finden. Und dann würden sie ihn garantiert schnappen, oder? Irgendwer würde sich an einen Inder erinnern, der in einem Pub eine gestreifte Krawatte getragen hatte. Irgendein weißer Australier hätte ihm bestimmt gern die Nase gebrochen. Er würde sich erinnern. Er würde wissen, dass es *seine* Pflicht war, es der Polizei zu erzählen.

Ich verpfeif dich nicht, wenn du mich nicht verpfeifst.

Als Danny aufblickte, registrierte er ein chinesisches Augenpaar, das auf ihn gerichtet war. Ein Mann in einem blau gestreiften Matrosen-T-Shirt beugte sich über die Brüstung eines Glasbalkons an einem Gebäude oberhalb von Danny. Der chinesische Beobachter da oben gähnte, kratzte sich die Arme und grinste.

Hey Kumpel, kannst du keinen Kalender lesen?

Der Asiate lächelte weiter von da oben herab.

Durch die offene Balkontür hatte Danny Sicht auf schicke Polstermöbel, elektronische Geräte, eine Tonurne und die unverkennbaren Spuren einer Frau, die schöner war als der Mann.

Bleib in Australien, Danny.

Danny wünschte, er könnte eine Erklärung nach oben rufen. Er spürte, wie der Puls in seinem wunden Hals hämmerte, und das weckte in ihm den Wunsch, zum Sunburst zurückzukehren und sich auf das Sofa zu legen. Aber andererseits ließ ihn das auch an Radhas Kehle und an Gerechtigkeit denken.

Oben auf seinem sicheren Ausguck begann der chinesische Beobachter, irgendwas zu kauen, und musterte Danny mit mahlenden Kiefern.

Hat der Cop dich auch angerufen

Prakash hatte wieder eine Nachricht geschrieben.

Ja, antwortete Danny.

Was hast du gesagt

Nichts

Sogleich klingelte das Telefon, und der Mörder fragte: «Was hast du gesagt?»

«Hab ich doch schon gesagt. Nichts.»

«Wirklich?»

«Ja.»

«Wirklich?»

Es war eine flehentliche Bitte. Endlich konnte Danny in Prakashs Stimme den Mann hören, der er war: Spieler, König vom Nil, Herr über Sydneys Nachtleben – und jemand, der jetzt keine Hoffnung mehr auf Straferlass oder Amnestie hatte.

«Ja, Doktor. Wirklich wirklich.»

«Hör auf, mich so zu nennen. Ich bin kein Doktor. Beleidige mich nicht.»

Prakash wartete. Dann fragte er: «Du hast ihm wirklich nichts gesagt? Gut. Ich hab dir auch nie einen Vorwurf gemacht, Putzmann.»

Der Mörder klang beinahe dankbar. Mit etwas Glück, dachte Danny, bleibt er für den Rest des Tages in umgänglicher Laune.

Doch eine Sekunde später hatte sich seine Stimme verändert. «Nelson. Du hast mir ins Gesicht geschlagen.»

«Sorry. Es tut mir leid. Zehnmal sorry, Doktor. Zwanzigmal sorry.»

Kurze Pause und dann: «Ich mach dir keinen Vorwurf. Ich weiß, du bist bloß ein Putzmann. Das wird alles von der Top-top-Ebene gesteuert. Wir wissen, wer es gesteuert hat, oder?»

«Wer?»

Statt zu antworten, sagte er: «Ich fliege heute Abend, Nelson. Ich muss bis dahin wieder in Form sein. Du weißt, wohin ich fliege? Wie spät?»

Als Danny die beiden Fragen beantwortet hatte, kam der Mörder auf die vorherige Frage zurück.

«Wir wissen, wer das gesteuert hat, oder?»

«Wer?», fragte Danny.

«Der Top-top-Mann.»

Danny wartete.

«Die Leute, die dieses Land verraten. Das ist der Top-top-Mann.»

«Wer?»

Prakash zischte: «*Top-top*», und legte auf.

Von wem redet er?, fragte Danny sich.

Hoch oben in seiner Festung nickte der chinesische Beobachter, als würde er sich das Gleiche fragen, streckte dann die Arme über den Kopf und gähnte, bevor er zurück in seine dunkle Wohnung ging.

Ein Hinterhalt. Zwei Dutzend schwarze Motorhauben strahlten Danny aus einer offenen Halle an. Mitten auf einer menschenleeren Straße, auf halbem Weg den Hügel hinab, der von Kings Cross nach Woolloomooloo führte, starrte Danny auf elegante, böse europäische Dinge – italienische Autos in einer Ausstellungshalle.

Direkt vor der Halle erblickte er etwas Zerquetschtes – eine Ratte (oder eine beutelartige Version davon) –, und jetzt manifestierten sich der Schock über dieses Land, die Abscheu vor den Weißen, ihrer Verwendung von Toilettenpapier, dem Gestank von Brokkoli, ihrer Rugby-Besessenheit (sag *niemals* Rugby) in diesem zermalmten Tier, ob nun Ratte oder bloß rattenähnlich.

Hop, Step und Jump. Spring über die Ratte und geh weiter, Danny.

Zehn Schritte von der Ausstellungshalle entfernt, hoch über einer Betonbrücke, betrachtete er die hohen, steinernen Spitzen der gotischen Kathedrale vor den netzartigen Stahlkabeln des Centrepoint Tower. Wie beängstigend das aussieht, dachte Danny, der das fast jeden Tag sah.

Prakash musste jetzt alles so vorkommen. In den Augen eines Mörders musste die Welt so strahlend und entsetzlich wie in den

Augen eines Immigranten sein. Kein australischer Polizist würde das verstehen.

Um sich herum hörte Danny ein nagendes Geräusch: Das Nagen des nächtlichen Kängurus … das auf Knochen kaut, um an das Salz darin zu kommen.

Er wandte sich wieder der Halle mit den italienischen Autos zu. Drei Kakadus mit weit gesträubten schwefelgelben Federhauben hielten sich mit ihren grauen Krallen an dem Kühler eines schwarzen Wagens fest, wie die Logos einer schreckhaften neuen Luxusmarke – und Dannys Handy klingelte erneut.

Unbekannte Nummer

Schon wieder?

«Ja?», sagte Danny, während er weiter die Kakadus auf dem Wagen betrachtete.

Es war die Polizei, ja – aber nicht derselbe Polizist wie letztes Mal.

«Die Sache ist die: Ich bin Detective Chief Inspector Jeffries, der leitende Ermittler in diesem Fall, und eigentlich hätte ich Sie anrufen sollen, nicht Detective Sergeant Michaelos. Es tut mir leid, das war nicht die korrekte Vorgehensweise. Ich hasse es, wenn so was passiert, und Sie doch bestimmt auch. Ich danke Ihnen, dass Sie mit Sergeant Michaelos gesprochen haben, aber ich habe trotzdem noch ein paar Fragen. Also: Hätten Sie einen Moment Zeit, Sir?»

«Ja, Sir», erwiderte Danny und beantwortete wieder die Fragen, während er unter der Brücke hindurchging.

Wie lange kannten Sie die Frau?

Haben Sie oft bei ihr geputzt?

Ist Ihnen je irgendetwas Ungewöhnliches aufgefallen?

«Nein, Sir», antwortete Danny.

Kennen Sie jemanden, der ihr vielleicht hätte schaden wollen?

«Nein», sagte Danny und diesmal selbstsicherer, obwohl sein Bein noch immer zitterte.

«Sie wissen also gar nichts, was uns weiterhelfen könnte?»

«Nichts, Sir. Kann ich jetzt auflegen? Ich muss arbeiten.»

«Ja», sagte der Polizist nach kurzem Zögern, «natürlich.»

Danny wusste, dass Augen unter der Betonbrücke ihn musterten, vielleicht sein klammes Unbehagen, sein von Lügen verschwitztes Gesicht beobachteten, aber es bestand kein Grund zur Besorgnis: Das waren die Augen von obdachlosen Australiern.

«Wenn die Einwanderungsbehörde dich irgendwann erwischt, Nelson, musst du den Burschen in die Augen sehen und sagen, wenn Sie mich freilassen, repariere ich Ihr Klo.» Eines Tages kam Radha Thomas, während sie sich das Gesicht mit Coldcream einrieb, ins Bad, wo Danny auf den Knien lag und den Schmutzring in der Wanne wegschrubbte. «Nelson, hast du gehört, was ich gesagt habe? Es scheint nämlich nur so, dass wir Regeln und Vorschriften mögen. Aber in Wahrheit mögen wir ein funktionierendes Klo.»

Danny schrubbte weiter. Die Hälfte der Zeit wusste er nicht, ob sie das, was sie sagte, ernst meinte oder nur Spaß machte. Oder ob es irgendetwas dazwischen war, was die Australier anscheinend Ironie nannten.

Doch nach einer Weile war es vorbei mit dem Spaß oder der Ironie oder mit dem, was immer es war in Radha Thomas.

«Der Steuerberater fragt andauernd», setzte sie an, «wohin das Geld von der Wohnung geht, und irgendwann wird er Mark drauf ansprechen.» In der Stadt Sydney ist nichts vor Miete sicher – nicht mal eine leidenschaftliche Liebesaffäre. Prakash wusste wohl, dass der mondbeschienene Bhangra zu Ende ging. Auch für mich ein guter Zeitpunkt zu gehen, dachte Danny.

Doch Danny blieb.

Und blieb.

Sie bezahlte wie eine ehrbare Frau, pünktlich und mit Trinkgeld, oder etwa nicht? Und sie verlangte auch nie von ihm, dass er die Hundehaufen draußen auf dem Bürgersteig wegmachte.

Woche für Woche hatte er die Entscheidung hinausgeschoben, es Radha zu sagen, hatte sie nur angelächelt, wenn er mit dem Putzen fertig war; bis an einem Dienstag vor sechseinhalb Monaten: Er hatte – *bada-bum-brrrrrum* – den Teppich gesaugt, die Toiletten geputzt (besonders gründlich), dafür gesorgt, dass die Wohnung picobello war, und dann, als er seine sechzig Dollar bekommen hatte, hatte er tief Luft geholt, den Rücken gestrafft und Haus Nummer fünf mitgeteilt, dass er nicht mehr hier putzen könne. Nie wieder.

Die Fenster waren an dem Tag geöffnet: Sie stand neben ihren roten Tulpen, tippte auf ihrem Handy herum, ohne ihn anzusehen. Sie hatte eine Wettzeitung vor sich liegen.

Durch die offenen Fenster konnte Danny die Rückseite der Wohnung von Daryl dem Anwalt – Haus Nummer vier – sehen, und es sah friedlich und beruhigend aus.

Er stand da, fuhr sich mit der rechten Hand durchs Haar und grinste. Schließlich, um ihre Aufmerksamkeit zu erhalten, sprach er sie an.

«Ich muss aufhören», sagte er, «mit diesem Job.»

Er wusste, dass sein Grinsen an dem Tag total hässlich war, denn als sie endlich verstand, was er meinte, nachdem er es das dritte Mal gesagt hatte – mit diesem Job aufhören –, fragte sie: «Du hältst uns für Freaks, was?»

Sie ging zum Sofa hinüber und setzte sich. «Du Heuchler. Ist dir überhaupt klar», sagte sie, «dass in Villawood Leute eingesperrt sind, die Gedichte über Selbstmord schreiben, und du spazierst hier durch Sydney, gut gekleidet, die Taschen voll Geld, und genießt den ganzen Aussie-Lebensstil. Du Scheißheuchler.»

Danny hörte auf zu lächeln. Und jetzt hatte er den Mut zu sagen: «Prakash ist ein bisschen balla, Miss Radha.»

«Balla?»

Er hatte sich bereits umgedreht, als sie ihn anfuhr: «Hey. Du kannst so etwas nicht einfach sagen und gehen. Was soll das verdammt noch mal heißen?»

Also erklärte er es ihr: Das sagten sie in tamilischen Filmen, das hatte Dannys Vater zu den Nachbarn über ihn gesagt, als er aus Dubai zurückkam («Mein Sohn ist ein bisschen balla»).

Verrückt, bedeutete es. Wie der Junge, der in der Schule haarsträubende Lügengeschichten erzählt.

Radha legte ihr Handy mit dem Display nach unten auf den Sofatisch. «Verrückt?», sagte sie. «So denkst du also über uns? Du hast für uns zur Familie gehört, weißt du: für Prakash und mich. Ich ... hab mit Leuten über deinen illegalen Status gesprochen. Ich hab ... Leute gebeten, dir zu helfen.»

Danny erwiderte: «Danke.»

«Balla.» Radha verschränkte die Arme und sah ihn an. «Hör auf, so dämlich zu grinsen. Du siehst echt hässlich aus, wenn du das machst. Hör mal. Prakash und Radha, Radha und ihr Prakash. Die Inder drüben in den westlichen Stadtteilen, die hassen Prakash, er kann da nicht mehr hin. Die hassen uns *beide*. Weil wir Oscar und Lucinda sind. Wir leben in Sydney nicht den indischen Lebensstil, nach dem Motto, immer größere Autos kaufen und jedes Jahr in Parramatta immer lautere Hindu-Feste feiern. Lass das dämliche Grinsen, hab ich gesagt.»

Ihr Handy summte, und sie griff danach und fummelte daran herum, während sie die ganze Zeit mit Danny redete. «Er ist indischer Herkunft, kommt aus einer Familie von Chirurgen, und er hatte das Gefühl, er müsste auch einer werden, wie sein Bruder. Stattdessen, weißt du, was er durchmachen musste? Die Army in Queensland, dann als Bergmann in den Kimberleys schuften. Er hat die ganze Welt bereist. Die ganze Scheißwelt ... hörst du» – sie lächelte und sah zu Danny hoch – «mir zu, Putzmann? Das Leben ist ihm etwas schuldig. Er hätte Gandhi sein können. Oder Christiaan Barnard.»

«Oder Nelson Mandela», sagte Danny – mit einem Lächeln.

«Willst du mich verarschen?» Radha sah ihn an. «Willst du mich etwa verarschen? Ich hab dich erfunden. Du hast nicht mal existiert, bevor du für mich gearbeitet hast. Guck mal, was ich online gefunden habe, Putzmann.»

Danny hörte auf zu lächeln. Sie zeigte ihm den Handy-Bildschirm – sie hatte doch keine Wetten abgeschlossen.

«Guck mal. Lies. ‹Wer Einzelpersonen, Unternehmen oder Arbeitgeber der Vorsch-, Vorschubl-›»

Danny trat einen Schritt näher. Er sah auf das Handy.

«Vorschubleistung.»

«Mach das nicht noch mal. ‹– der Vorschubleistung von Visumsbetrug oder illegaler Arbeit verdächtigt, wird dringend gebeten, sich mit dem Grenzschutz in Verbindung zu setzen, und zwar unter *Australia dot gov au slash … border slash slash …*›»

Radha klatschte das Handy mit dem Display nach unten auf den Tisch. «*Slash slash*», sagte sie.

Danny starrte sie an.

Nach einem Moment des Schweigens sagte sie: «Das hab ich nicht so gemeint. Du hast mich dazu gebracht, das zu sagen. Du weißt überhaupt nichts über Prakash. Was er alles Schreckliches durchgemacht hat.»

«… ich kann hier nicht mehr putzen.»

«Nelson. Ich meine, wir könnten nach Hongkong gehen. Da könnte ich einen Job haben, als Krankenhausleiterin. Aber ich kann dieses Licht nicht verlassen. Sydney, das Licht ist zu stark, das kann man nicht so ohne Weiteres verlassen. Manchmal denke ich, er wird mir was antun, weißt du. Er wird sich was antun und dann mir und dann auch Mark. Er wird immer eifersüchtiger.»

«Gehen Sie zur Polizei», sagte Danny. «Erzählen Sie's denen.»

Sie sah ihn an und stieß ein hämisches Lachen aus. «Polizei.» Sie schüttelte den Kopf. «Ich kann nirgendwohin. Kann mich nirgendwo in dieser Stadt verstecken. Niemand gibt mir einen Job oder eine faire Chance. Ich weiß, alle zerreißen sich das Maul über mich. Die Verrückte in der Medicare-Geschäftsstelle. Die Geld vom Staat gestohlen hat und verduftet ist und deren eigener Mann sie verpfiffen hat. Die Polizei hat mich doch erst in diesen Schlamassel gebracht.»

Sie schüttelte den Kopf. «Den ganzen Tag spielen wir um Geld, aber auf uns selbst können wir keinen Pfifferling geben.»

Mit der linken Hand wischte sie sich die Tränen ab. Danny schloss seine Hand fest um seinen Putzbeutel, in dem er eine volle Packung Papierservietten hatte.

«‹Prakash›, sage ich ständig zu ihm, ‹ein Mann im Gefängnis hat eine Wahl: entweder ausbrechen oder seine Zelle so groß wie die Welt machen.› Das sag ich ihm ständig.»

Danny blickte zur Tür. Wenn du zwei Leben hast, verdoppelst du nur die Anzahl der Orte, von denen du fliehen willst.

«Nelson. Kennst du Randwick? Natürlich kennst du es. Kommt in *Mission: Impossible 2* vor. Der blöde Film, über den du immer redest. Weißt du, was? Im Herzen von Sydney lebt ein Schwarm schwarzer Kakadus im Verborgenen, und an jedem Sommerabend gegen sechs oder sieben fliegen sie im Halbkreis über Randwick, genau vor dem großen Pub dort – und du guckst dir den Sonnenuntergangshimmel an und diese Vögel mit der Federhaube, die schwarzen Flügel ausgebreitet, die sind echt wie die spanische Armada. Wenn du diese schwarzen Kakadus irgendwann mal siehst, denk an mich, denk an Radha. Die Frau, der du nicht helfen wolltest. Und jetzt verpiss dich, wenn du unbedingt willst.»

Soll ich sie noch einmal bitten, überlegte Danny, Prakash nicht zu erzählen, dass ich illegal bin?

Zehn Minuten später, nachdem sie ihn aufgefordert hatte, sich nicht von der Stelle zu rühren, während sie ins Schlafzimmer ging, um ihm die Visitenkarte einer Frau zu holen, die sie neulich im Zug kennengelernt hatte und die zufällig eine großartige Anwältin für Einwanderungsrecht war, verließ Danny die Wohnung.

Danach hatte sie ihn noch oft angerufen, zugegeben. Sein Handy hatte vibriert und er hatte die Nummer gesehen:

H5

Vielleicht hatte sie Prakash aus Wut alles erzählt, was sie über den wunderbaren Putzmann wusste, nämlich dass er ein Illegaler war. Vielleicht hatte sie, als sie beide betrunken waren, in Prakashs Beisein die Hotline der Einwanderungsbehörde angerufen und denen fast alles gesagt, dann aber doch noch einen Rückzieher gemacht und aufgelegt und sich mit ihm kaputtgelacht.

Vielleicht hat sie deshalb Dannys Vertrauen missbraucht. Um sich zu rächen.

Vielleicht hat sie dich verraten, aber jetzt ist sie tot, sagte Danny sich. Verurteile sie nicht. Die Königin vom Nil.

Ein kleines Blatt, das sich in einem Büschel Sukkulenten am Fuße des steilen Sandsteinhangs an einem Spinnenseidenfaden verfangen hatte, drehte sich an dieser windstillen Stelle durch seinen eigenen Drall herum und herum. Er ging auf die Knie, um es sich anzusehen.

Sie? Nein, sie war es nicht, die verurteilt werden musste – nicht Radha Thomas.

Monatelang hatte sie sich direkt hinter dem Haus von Daryl dem Anwalt befunden – das Fenster mit den roten Tulpen lag genau da, hinter der Straße oder auf der anderen Straßenseite –, und Nelson der Putzmann, sein Putzzeug fest in der Hand, hätte hinübergehen können, hätte Hallo sagen können, nur um zu sehen, wie es Radha ging. Das hätte bloß fünf Minuten gedauert.

Aber das war eine rote Linie, die er nie überschritten hatte.

14.52 Uhr

Danny hockte noch immer bei den Sukkulenten. Wie ein Perpetuum mobile drehte sich das im Spinnenfaden gefangene Blatt weiter und weiter.

Nicht Mord: Berechnung.

Nicht Wahnsinn, sondern der stille Schweiß nach rasender Wut. Deshalb hat er sie umgebracht.

Während Danny auf den Knien zuschaute, wie sich das kleine Blatt drehte, konnte er eine Wunde am Hals des Doktors vor sich sehen. Sie war deutlicher denn je, ein frischer roter Halbkreis, aber keine Verletzung vom Rasieren. Als hätte sich dort ein Fingernagel tief hineingebohrt. Und sie wurde leuchtender und röter. Radha hatte sich bis zum Schluss gegen ihn gewehrt.

Womit hatte sie ihn so wütend gemacht?

Hatte sie zum Beispiel gesagt:

Na gut. Wir müssen nicht nach Indien gehen. Du kannst dir auch hier einen Job suchen und neu anfangen. Aber wir können nicht so weitermachen. Du wohnst umsonst in Potts Point, verdammt noch mal, und wer kann in Sydney *leben, ohne Miete zu bezahlen? Du musst neu anfangen. Prakash.*

Wollte sie ihm helfen, wie sie Danny hatte helfen wollen? Und war das der Grund, warum er sie umgebracht hatte?

Dieser Mann mit seinen Privatschulkrawatten, dieser obsessive Glücksspieler, abgeschnitten von der Gemeinschaft, aber einer, der gern laut in seinem Käfig in Kings Cross herumbrüllte: Eines Tages griff er Radha an, wie ein Löwe seinen Dompteur angreift.

Wieder flogen Heuschrecken aus den Büschen auf, und er schlug wild nach ihnen, traf einige von ihnen, verfehlte andere.

Oder vielleicht … redet *er* die ganze Zeit. Ja, er sagt ihr, dass er mit dem Trinken und Spielen aufhören wird … und sie nach Südafrika abhauen müssen und wieso machen sie das nicht zusammen … und plötzlich erwidert sie: *Es ist vorbei, Prakash, du musst aus der Wohnung in Potts Point ausziehen, der verdammte Steuerberater stellt wirklich dauernd Fragen …*

Morgen ist Guru Purnima, sagt er. *Du setzt mich an Guru Purnima auf die Straße?* Aber sie sagt: *Mark ahnt was und du musst raus aus der Wohnung. Du musst in eine Pension oder so ziehen, ich kann mich an den Kosten beteiligen, aber Mark wird langsam sehr –*

Erwähn seinen Scheißnamen nicht.

Er heißt aber nun mal Mark, okay?

Erwähn seinen Namen nicht.

Blickt Prakash jetzt zum Nachthimmel hoch und hofft darauf, dass ihn das beruhigt? Ja. Das tut er. Je klarer die Sterne, desto aufgewühlter ist er. Ja. Er schiebt die Hand in seine rote Jacke und stellt fest – er hat dort ein Messer. Ausgezeichnet. Und wie schlau von ihm, es mitzubringen. *Komm doch runter ans Wasser, Radha. Ja, komm her. Sollen wir noch mal Lindy Hop tanzen?*

Vielleicht haben sie am Wasser getanzt – ja, das haben sie bestimmt.

Und genau in dem Moment, als etwas Kühles und Rationales im Kopf eines Irren flüsterte: *Tu es*, während sie sagte: *Der arme Mark, ich sag ihm besser, dass es spät wird, ich schreib ihm rasch eine Nachricht, der arme Mark*, weil sie seinen Namen erwähnt hatte oder weil die Sterne ihre Positionen verändert hatten, schreit er, dass sie kein Rockstar ist, bloß eine vierzig Jahre alte Frau, und dass er dieses ganze angeberische indische Kulturgetue da draußen in den Scheißvororten nicht ertragen kann, und selbst da wollte er ihr nichts antun, vielleicht hat er sie mit seinen starken Armen auf die Erde gedrückt und erst dann gemerkt, dass er ein Messer dabeihat, wie schön, so etwas dabeizuhaben, und während er immer wieder auf sie einstach, sang er – *Was ist Zivilisation? Was ist Scheißzivili-?* –, bevor er sie in eine teure Lederjacke wickelte und deren Taschen mit kalten Steinen füllte, damit sie bis auf den Grund sinken würde. Und dann erlosch in Sydney das ganze Umgebungslicht.

Dannys Handy piepste.

Benachrichtigung von Ihrem Mobilfunkanbieter

Da wir weiterhin an einem zukunftsfähigen Mobilnetz arbeiten, müssen wir uns von älteren Technologien –

In einer einzigen Bewegung riss Danny sein Handy aus der Tasche, hob es hoch in die Luft und schleuderte es auf die Straße: Es brach auseinander und seine Einzelteile flogen in die Sukkulenten.

Ich gehe *niemals* zurück nach Hause.

14.55 Uhr

Als Antwort kam der Dreieinhalb-Ton-Vogelschrei (*kurz-kurz-laaaaang-halb*) von oben, der trotz des unaufhörlichen Feuerwerkgeknatters in der Volière Sydney schon immer an Dannys Ohr gelangt war, wie die Schusswaffe eines geübten Schützen. Während er noch nach oben in die Baumkrone spähte und nach dem Vogel suchte, erklang erneut der Dreieinhalb-Ton-Schrei …

Danny lachte über sich selbst. Am helllichten Sommertag, vor Angst zitternd und mit heftig schmerzenden Nebenhöhlen, klatschte er beim Anblick seines zertrümmerten Handys wieder und wieder in die Hände.

So läuft das nicht, Danny. Du kannst den Tag nicht neu anfangen.

Er ging auf die Knie und setzte das Handy wieder zusammen, klebte den Akku mit dem Heftpflaster fest und schaltete das Gerät ein. Es erwachte fröhlich wieder zum Leben. Es ließ sich nicht töten oder ermorden. Es war zu billig.

Benachrichtigung von Ihrem Mobilfunkanbieter

Da wir weiterhin an einem zukunftsfähigen Mobilnetz arbeiten, müssen wir uns von älteren Technologien –

Aber die Uhrzeit auf dem Handy lautete jetzt

0:00

und blinkte. Wie lange ist es von jetzt bis 18.45 Uhr?, dachte

Danny. In der Hoffnung, jemanden nach der Uhrzeit fragen zu können, drehte Danny sich zur Brücke um und erblickte einen Obdachlosen, der seinem Freund fünf teure Zigarettenstummel zur Auswahl anbot, eine kameradschaftliche Geste. Danny sah hingerissen zu. Er wünschte, er könnte näher herangehen. Sogar Tabakgeruch machte einen Mann vernünftiger.

Wahnsinn, so was. Seine Meinung mitten auf einer viel befahrenen Straße in Australien zu ändern.

Nachdem er die William Street bis zur Mitte überquert hatte, um auf einen klotzigen, behördenmäßigen Sandsteinbau zuzugehen, dessen Fassade mit Darstellungen von riesigen roten Spinnen aus dem Outback behängt war, blieb Danny stehen, als ihm einfiel, dass das Gebäude irgendein Museum sein musste und dass er, wenn er zu nahe heranging, auf Touristen aus Sri Lanka oder Südindien oder Malaysia treffen würde und dass er gerade aus dem Grund seit Jahren nicht mehr dort gewesen war, und obwohl er wusste, dass die Ampel umgesprungen war, machte er kehrt und lief zurück über die William Street, ganz knapp vor den herannahenden Autos, die wütend hupten – einen Moment lang war diese Straße in Sydney so laut wie eine südasiatische –, und lief weiter, angetrieben durch den Schwung seines eigenen Missgeschicks, über den Bürgersteig und an Passanten vorbei, und dann über einen Grünstreifen und zwei Stufen hinauf. Diese Stufen knickten jäh nach rechts ab und beförderten ihn eher gegen seinen Willen vor eine große Kirche.

Zehn Schritte vor Danny posierte eine Asiatin in einem weißen Hochzeitskleid mit einem Strauß roter Rosen vor St. Mary's Cathedral, während ein Mann in einem Smoking sie aus der Hocke fotografierte, und einen Moment lang dachte Danny, er wäre in einer ostasiatischen Version von Disneyland – ehe die Leine wieder an ihm riss.

Das Handy summte in seiner Hosentasche.

H6

«Putzmann. Wo bist du jetzt?»

Danny sagte nichts.

«Du willst es mir nicht sagen. Das ist okay, Putzmann. Rate mal, wo ich bin? Dein Boss wollte mich loswerden. Tommo. So heißt er doch, oder? Also hat er gesagt: ‹Gehen Sie zur Bibliothek, und warten Sie da auf Danny.› Das muss ein Lieblingsort von dir sein, stimmt's?»

«Ja.»

«Sind die anderen Männer, die hier herumsitzen, auch Illegale?»

«Nein», sagte Danny.

Die Asiatin wurde wieder fotografiert, diesmal hielt sie sich einen Strauß gelber Rosen an die Brust.

«Du willst ihnen keinen Ärger einhandeln. Das ist nett von dir. Wo ist das Haus, das du gerade putzt?»

«Newtown», sagte Danny. «Wruum wruum.»

Der Mörder dachte über die Antwort nach. «Wie kommst du in die Wohnungen, die du putzt?»

«Meistens liegt der Schlüssel unter der Fußmatte. Oder im Briefkasten. Unter der Post.»

«Und das Geld?»

«Das legen sie auf den Schreibtisch. Sechzig Dollar. In bar.» Danny stockte. «Sie vertrauen mir.»

«Mir hat man nicht vertraut», sagte Prakash. «Gewisse Leute haben mich gezwungen, die Wohnung zu putzen, nachdem du abgehauen bist. Aber ich sag dir was. Heute putze ich die Wohnung nicht. Und um Viertel vor sieben geht meine Maschine. Und wenn ich die Wohnung nicht putze, rate mal, wer sie dann putzt? Scheißnelson …»

Die Glocken von St. Mary's schlugen, und Danny legte auf.

Bei den ersten vier Glockenschlägen wurde Danny schwach, da er an Sonja denken musste, und mit jedem weiteren Schlag wurde er wieder stark.

Eine asiatische Braut klatschte vor Freude, und das Handy klingelte wieder.

Wenn du keine Ahnung hast, wo du hinwillst, sagte er sich, könntest du auch zu ihr ins Krankenhaus gehen.

Als Danny aufblickte, konnte er durch die Gebäude auf der William Street bis zum St. Vincent's Hospital sehen. Jetzt wäre gerade Mittagspause. Sie würde mit zwei anderen Krankenschwestern in ihren indigoblauen Kitteln zu dem Kaffeestand auf dem grünen Hügel vor dem St. Vincent's gehen.

«Wie immer ein Soja-Latte, ein fettarmer Cappuccino und ein großer Flat White. Richtig?»

Ich war kein Vegetarier, als ich mich bei VeggieDate angemeldet habe, um Frauen wie dich kennenzulernen. Ich war auch Raucher. Ich bin Vegetarier geworden und, was um einiges schwieriger war und sehr viel mehr Willenskraft erforderte, Nichtraucher.

Legal kann ich jedoch nicht allein durch Willenskraft werden.

Lautlos schwang sich ein Schwarm Kakadus über den Sandsteingebäuden in die Höhe, vielleicht derselbe Schwarm, der ihn nach Cross gelotst hatte, und bewahrte die Form einer weißen Wolke, wie eine Gedankenblase über der Stadt.

Geh wieder an die Arbeit, Putzmann.

Brown Street dreiundfünfzig. Newtown. Das Wohnhaus von Rodney Steuerberater, das er betrat, indem er den Zahlencode eingab: 1987.

Natürlich hatte Danny seinen Staubsauger nicht auf dem Rücken, was bedeutete, dass er den alten im Schrank des Steuerberaters benutzen müsste. Suboptimal, sagte er sich, äußerst suboptimal.

Falls die Kirche den Touristen nicht genug Anregung lieferte, konnten sie durch ein Glasdach in ein Hallenbad unter ihren Füßen schauen. Die Touristen verstanden, dass das die eigentliche Religion dieses Landes war: schwimmen. Unten, im unterirdischen

Schiff parallel zu dem in der Kirche, strampelten Wallfahrer mit Schwimmbrillen die Wassergebetsbahnen hoch und runter.

Danny, der an dem Glasdach stand und den Schwimmern in ihren Bahnen zuschaute, sah jetzt eine tote Frau, noch am Leben …

Eines Morgens waren Prakash und sie, um mal etwas anderes zu machen, mit Danny zu einer Badeanstalt nicht weit von der Central Station gefahren … und er hatte mit der Besucherkarte für zwei Dollar in der Hand dagestanden und zugesehen, wie die zwei in ihren Badesachen in den Kinderbereich schwammen und unter einer gewundenen Schlange herumtollten, einer *Nagadeva* aus bunten Mosaikfliesen, während die Aussie-Kinder mit ihren Schwimmbrillen den beiden fröhlichen indischen Badenden zuschauten, und dann hatten Radha und Prakash ihn an den Beckenrand gerufen und nass gespritzt. *Redneck! Redddddneck, komm zurück!*

Haus Nummer fünf. Du musst dich mit aller Kraft gewehrt haben, als er auf dich einstach. Du warst eine starke Frau. Eine starke Schwimmerin. Die Herrin zweier Haushalte.

Kann nicht jemand anders die Polizei anrufen und denen sagen, wer dich umgebracht hat?

Während Danny durch das Glasdach ins Schwimmbecken hinunter schaute, teilte sich das blaue Wasser und verschlang die Schwimmenden im Nu.

Vor einem Monat hatte er im Bus nach Marricksville gesessen, als zwei Männer einstiegen, die blaue Hemden trugen, als wären sie Polizisten – «Fahrkartenkontrolle» –, und Danny zeigte ihnen fast stolz seine Fahrkarte – wie alle Illegalen war er in solchen Dingen peinlich korrekt, und die Kontrolleure sagten: *Okay, Sir, danke.* Aber in der Reihe direkt hinter Danny hatte ein junger Aussie keine Fahrkarte gehabt. Schlagartig verwandelte sich der Fahrkartenpolizist in eine Comicfigur, zog die Augenbrauen hoch und machte mit schriller Stimme seiner Empörung Luft, als dächte er, er müsse wie ein Clown aussehen und klingen, ehe er das Gesetz anwenden könne, doch sein Verhalten machte den fahrkartenlosen, jungen Australier nur wütend, und er protestierte immer vehementer, bis der blau behemdete Fahrkartenpolizist und sein Kollege – «Ich hab *sofort* gesagt» – den Schwarzfahrer einfach packten und praktisch aus dem Bus trugen. Der arme, junge Staatsbürger, dachte Danny, sah er nicht so aus, als wären all die riesigen Sandsteinkolosse, all die aus dem 19. Jahrhundert stammenden Behördengebäude entlang des Circular Quay auf ihn draufgerutscht und hätten den Lebensatem aus ihm herausgepresst? Wenn Danny in dem Moment eine Zeitung gehabt hätte, dann hätte er einen Finger ins Wasser getaucht und über das australische Englisch auf Tamil geschrieben: *Ein Legaler ist bloß jemand, der auf die gleiche Weise unerwünscht ist wie jeder andere.*

Ein langer Fingernagel kratzte am Glas. Unten im Schwimmbecken unter der St. Mary's Cathedral materialisierten sich wieder junge australische Körper: dank Dannys Berührung.

Die Blue-10-Busfahrkarte flutschte glatt in den grünen Stempelautomaten, der sie erst murrend verschmähte, dann plötzlich erneut schluckte und geräuschvoll irgendetwas darauf druckte, ehe er die Karte widerwillig zurückgab.

15:31:12

Danny lächelte den arabisch aussehenden Fahrer an und ging in den hinteren Teil des Busses. Er betrachtete den frischen schwarzen Aufdruck auf der Rückseite der Plastikbusfahrkarte und las die Uhrzeit noch einmal auf traditionelle Art. Halb vier.

Dann war er wieder an der Central Station. Der vierseitige Sandsteinuhrturm war irgendwo hinter ihm, als er durch den Bus ging und nach einem Platz suchte, auf dem er sicher wäre. Vergiss die Coca-Cola-Reklame und alles dahinter. Vergiss den langen Fußmarsch den Hügel hinauf nach Kings Cross. Danny hatte den Tag zurückgespult bis zu dem Punkt, an dem es elf Uhr vormittags gewesen war: Er war wieder in der Wohnung, im ehrlichen Teil der Stadt. Er würde arbeiten.

Ein bärtiger Inder in der mittleren Reihe hielt sich eine Zweiliterpackung Vollmilch an die Lippen und nahm einen endlosen Schluck: Danny lief das Wasser im Mund zusammen. Aber Prakash macht jetzt genau das Gleiche, dachte er. Trinken und immer wütender werden.

Er setzte sich.

Die Sonne prallte auf die Fenster des Busses. Kratzspuren auf dem Glas, von Schuljungen mit einem Schlüssel oder dem Kronkorken einer ersten Flasche Bier eingeritzt, glitzerten wie endlose Schleifen aus Silberfäden rings um Danny herum.

15.39 Uhr

Der Bus fuhr durch Baustellenlärm – das gleiche Wehklagen von riesigen Bohrern, das überall in der kribbeligen, rastlosen Stadt zu hören war, doch als Danny aus dem Fenster blickte, konnte er nur zwei fügsame Bagger sehen, die Metallköpfe gebeugt wie in gespielter Unterwürfigkeit, und hoch über ihnen, jenseits der grünen Rasenflächen, eine Reihe von unerreichbaren Sandsteintürmen: die University of Sydney.

Die Klimaanlage im Bus funktionierte nicht richtig.

Auf einer Rasenfläche der Universität, neben einem blühenden Jacarandabaum, stand ein grauer, nordamerikanischer Totempfahl. Ganz oben auf dem Pfahl saß ein wilder Adler mit gelbem Schnabel. Ein silbriger Haarschopf erschien auf dem Gesicht des Adlers, und eine schwarz geränderte Brille umrahmte jetzt seine riesigen, grün-braunen Augen. Danny schwitzte von innen heraus.

15.49 Uhr

Der Bus hielt an, um eine Gruppe chinesischer Studenten in frischen, neuen T-Shirts der University of Sydney einsteigen zu lassen. Jeder von ihnen hatte einen Finger in einen roten Pass mit goldenen Sternen auf dem Deckel geschoben, als würde er damit rechnen, dass der Busfahrer den sehen wollte. So muss das Leben in China sein, dachte Danny.

Ihre Gesichter waren zu unerfahren, zu schrecklich für ihn, und er schloss die Augen und versuchte, es sich vorzustellen.

Zuhause.

Manchmal sah er sie noch in seinen Träumen, die Nachbarin in Batticaloa: ein Frau mit kurz geschorenem, weißem Haar, der er den Spitznamen Dreiste Gafferin verpasst hatte, weil sie, Hände auf den Hüften, Ellbogen abgewinkelt, seit dem Tag, als «Dubai Danny» zurückgekehrt war, auf dem Balkon im ersten Stock eines neuen Gebäudes gestanden hatte, das gegenüber von seinem Haus hochgezogen worden war. Sie hatte so dagestanden und ihn angegafft. Von ihrem Balkon aus hatte sie einen guten Blick auf die Tür von Dannys Haus, und den genoss sie. Danny machte offensichtliche Dinge mit den Zähnen, aber der Dreisten Gafferin war das völlig egal. Unter ihr auf der Straße kamen und gingen die Leute, wie wechselnde Nenner für ihren nimmermüden Hände-auf-Hüften-Zähler. Wann immer Danny das Haus betrat oder verließ, stand diese Kreatur mit einem Dauergrinsen im Gesicht da oben und beobachtete – nein, *saugte sein Bild auf*, wie sie seine Geschichte von den anderen Nachbarn viele Male aufgesaugt haben musste: Dubai? Folter? Unser Danny? Ach, erzähl doch noch mal. Dubai? Folter? Unser Danny? Klatsch und Tratsch waren daheim so dicht, so zähflüssig, dass sie eine neue Bezeichnung verdient hätten. *Klatratsch*. Bauchfüllender, tamilischer *Klatratsch*. Stell dir vor, selbst wenn du Villawood, die Auslieferung, den Heimflug, die sri-lankische Armee und die Geheimdienstleute irgendwie überlebt hast – stell dir vor, du musst nach all dem zurück nach Hause und das breite Grinsen der Dreisten Gafferin von ihrem Balkon im ersten Stock ertragen: Australien? Illegal? Verhaftet und abgeschoben? *Und* er war in irgendeinen Mordfall verwickelt? Unser Danny? Erzähl mir die Geschichte noch einmal von vorn.

Danny war sicher, lieber würde er sich umbringen.

15.50 Uhr

«Es ist heiß hier in Glebe, Danny. Wieso kommst du nicht her?»

«Ich muss arbeiten, Sir.»

«Ich hab gesagt: Komm sofort her!»

Danny schaute sich um und fragte sich, ob irgendwer erraten würde, dass er mit einem Mörder sprach, senkte dann die Stimme. «Ich bin am Abend da. Ich muss dort im Lebensmittelladen schlafen.»

«Aber da bin ich längst auf dem Weg nach Südafrika. Ich fliege heute Abend Premium Economy. Mehr Beinfreiheit, Nelson.»

«Stimmt.»

Wie kannst du heute von Premium Economy reden?, wollte Danny Prakash anschreien.

Aber vielleicht kannte er die Antwort bereits. Erinnere dich, sagte Danny sich. Er erinnerte sich an einen Morgen, als er mit sechs oder sieben Jahren in einem Pulk von Leuten auf dem Markt in Batticaloa gestanden und einen feuchten Gelbflossenthunfisch bestaunt hatte. Der Fisch maß vom Kopf bis zum Schwanz über einen Meter. Ein Mann mit einem Boot hatte ihn im Ozean gefangen und auf den Markt gebracht, um ihn allen Leuten zu zeigen. Nachdem er das Monstrum zur Schau gestellt hatte, entfernte der Fischer die Schuppen, schlitzte den Fisch von den Kiemen her auf, zerteilte ihn in nasse, rosa Filets, die er nach und nach auf den Schuppen stapelte. Der Junge stand auf den Zehenspitzen.

Als am Ende der Vorführung nur noch eine dunkle Schnur aus nassen Organen an einem Thunfischkopf übrig war, hob der Fischer seinen Fang noch einmal für das Publikum hoch – nicht, weil sie ihn kaufen würden, nein, sondern damit sie, während sie klatschten, einmal mehr die freudige Erregung empfinden konnten, zu den Lebenden zu zählen.

Deshalb fliegst du Premium Economy an einem Tag wie heute.

«Nelson. Du denkst an irgendwas. Du hast mir nicht geantwortet.»

«Sorry, Sir. Was haben Sie gefragt?»

Langsam, als wollte er ihm reichlich Zeit zum Nachdenken lassen, wiederholte der Doktor: «Wie hat das alles angefangen, Mandela? Warum hast du mich heute angerufen?»

«Weil ich es vergessen habe, Sir.»

«Was hast du vergessen?»

«Dass ich hier illegal bin.»

Der Mörder atmete aus. «Putzmann. Wo warst du heute Morgen, als du mich angerufen hast?»

«Ich war putzen. Beim Rechtsanwalt. Die Polizei ist gekommen und hat nach ihr gefragt. Die Wohnung des Rechtsanwalts ist in Erskineville. Ganz in der Nähe von … ihrer Wohnung.»

«*Wie* nahe?»

«Sie ist direkt hinter ihrem Haus. Flora Street sechsunddreißig.»

«Okay. Und?»

«Wie gesagt, die Polizei ist gekommen und hat Fragen gestellt. So hab ich erfahren, dass sie tot ist.»

«Warum bist du nicht dort geblieben? Warum bist du überhaupt in die Sache reingeraten, Nelson?»

«Wegen des blauen Balls.»

«Was?»

Danny seufzte. «Nichts.»

Und die Verbindung brach ab.

Danny kalkulierte. Die Maschine geht um 18.45 Uhr. Internationaler Flug. Er muss spätestens um 17.45 Uhr dort sein. Prakash wird ein paar von seinen Krawatten in einen Koffer packen und sich auf den Weg zum Flughafen machen. Nur noch zwei Stunden, dann ist Prakash weg. Danny klatschte in die Hände.

Der Bus füllte sich auf einmal mit jungen, asiatischen Studenten, was bedeutete, dass sie in der Nähe der Universität waren, was wiederum nicht weit von der King Street war, der Hauptstraße von Newtown.

Hoffnung ist eine Art von Krampf. Verzweiflung ist Zucker. Erinnere dich, ermahnte sich Danny, an deinen Fehler am Mackenzie College. Verführt von Abe dem Abseiler. Verzweifle heute nicht. Es sind nur zwei Stunden. Lass Prakash gehen.

Er warf einen letzten Blick auf den bärtigen Inder mit der Milchpackung, dessen milchgestärktes Gesicht die Ruhe und den Frieden eines südasiatischen Dorfes ausstrahlte.

Aber falls in den nächsten zwei Stunden dennoch alles schiefgeht, gibt es in Villawood doch bestimmt eiskalte Milch, nicht? Selbst wenn sie mich von dort auf irgendeine Pazifikinsel schicken, wird es immer kalte Milch zu trinken geben. Das Leben wird weitergehen.

Danny drückte den roten Knopf, um den Bus anzuhalten.

Er stempelte seine Karte ab

15:51:56

und dann stieg er auf der King Street aus. Er konnte sich kaum bewegen. Die Tür des Glutofens war jetzt weit geöffnet. Der Wind, der wie durch eine Wüste blies, traf ihn ins Gesicht. Zurück in Sri Lanka gibt's für dich garantiert keine kalte Milch, mein Junge.

16.02 Uhr

Wenn es Namen trägt wie Flat White, Latte macchiato oder Espresso doppio, wenn es von Schürzen tragenden Männern oder Frauen per Hand aufgebrüht und in Porzellan zu einem Preis von vier Dollar die Tasse serviert wird, dann handelt es sich um das, was weiße Australier Kaffee nennen. Sie behaupten, dass dieser Kaffee sehr gut ist – vielleicht sogar der Beste auf der Welt – oder zumindest gut genug, um (zusammen mit der allgemeinen Gesundheitsversorgung, den Waffenkontrollgesetzen und einem Sinn für Ironie) zu beweisen, dass ihr Land nicht Amerika ist, nicht *amerikanisch* und nicht bloß ein entlegener Tankstopp für die US-Pazifikflotte.

Aber für den Immigranten in Sydney ist Kaffee das, was aus Getränkeautomaten kommt, die in China gebaut und in 7-Eleven-Filialen überall in der Stadt aufgestellt worden sind. Ein Plastikbecher voll, schwarz und stark, kostet einen Dollar. Der Automat schenkt dir sogar Milch ein. Jawohl, *heiße* Milch.

Normalerweise steht in jedem 7-Eleven vor dem Kaffeeautomaten immer eine Warteschlange aus Taxifahrern, ausländischen Studenten und Backpackern, doch diese Filiale auf der King Street war leer, und als Danny eintrat, sah er, warum: AUTOMAT WIRD GEREINIGT, stand auf dem Schild.

Jedenfalls sah Danny die schwarze Brühe aus dem Automaten tröpfeln und überlegte es sich anders. Er konnte spüren, wie sein Blutdruck stieg. Jetzt schätzungsweise 145 zu 110. Kaffee machte es nur noch schlimmer.

Er hätte seine Käsescheiben von Black & Gold mitnehmen sollen.

Auf der Kassentheke, neben den warmen Abendzeitungen, in denen sich wahrscheinlich irgendwo das Foto einer ermordeten Frau befand, entdeckte er einen Maismuffin in Plastikverpackung, der mit zwei Dollar ausgezeichnet war. Danny wusste, dass das Ding nicht mehr frisch war. Schon vom Anblick her.

Es war genau die Art von Muffin, die bei Sunburst verkauft wurde.

«Gluten?» Er nahm den in Plastik verpackten Muffin mit zwei Fingern und zeigte ihn dem jungen braunen Mann, der nordindisch aussah, hinter der Glastheke. «Gluten?»

Was? Der Mann hinter der Theke verzog das Gesicht. *Wer?*

«Gluten ist schlecht für meine Nebenhöhlen.» Das hatte Sonja ihm gesagt. «Ist da Gluten drin?»

Der Inder hinter der Theke zuckte mit den Schultern.

Danny seufzte. «Geben Sie mir Rabatt.»

Wenn der Inder noch nie etwas von Gluten gehört hatte, dann von *Rabatt* ganz bestimmt nicht.

Danny riss die Plastikverpackung auf und aß den zwei Dollar teuren Maismuffin auf einer Bank draußen vor dem 7-Eleven. Ihm war bewusst, dass sein Handy summte. Prakash vermutlich.

Er klaubte die Maisstückchen auf, die auf die Bank gefallen waren, und leckte sie sich von den Fingern.

Er hatte jetzt Gluten und Vernunft im Bauch und schätzte seine Überlebenschancen wieder gut ein. Er leckte weiter. Prakash wird sich lange vor sechs auf den Weg machen. Ich muss bloß bei Rodney Steuerberater putzen gehen und mich beschäftigen.

Nach dem Essen musste er immer die Fingerknöchel knacken lassen. Danny wollte gerade damit anfangen, hielt aber inne. Er sah sich um. Weiße mochten das Geräusch von knackenden Fingerknöcheln nicht. «Lass das», sagten sie, als ob er in der Öffentlichkeit spucken oder furzen würde.

«Fickt euch.» Er sagte es laut. Und fing an, die Knöchel der rechten Hand knacken zu lassen.

Ein Weißer in einem schwarzen Anzug, aber ohne Krawatte, in der Hand einen ledergebundenen, schwarzen Taschenkalender, blickte im Vorbeigehen zu Danny herüber. Dann kam ein anderer Mann vorbei, der identisch gekleidet war und den gleichen schwarzen Taschenkalender in der Hand hielt. Danny stand auf und folgte ihnen. Beide gingen ein paar Stufen hoch und in ein prächtiges Gebäude, an dem ein Schild mit der Aufschrift Gericht hing, als würde es zu einem Monopoly-Spiel gehören.

Danny stieg die Stufen hinauf und betrat einen australischen Gerichtssaal.

Sechs zitronengelbe Kugeln hingen von der Decke und tauchten einen großen Raum voller Holzbänke in ein trübes Licht. Ein Dutzend Leute unterschiedlicher Hautfarbe saßen verstreut auf den Bänken. Auf einem erhöhten Holzpodest und unter einer Holzkanzel, die von einem goldenen Löwen und einem silbernen Einhorn getragen wurde, saß ein Mann in einer schwarzen Robe, von dem Danny vermutete, dass er der Richter war.

«Sechzehn Verkehrsverstöße in fünfzehn Jahren ist keine Bagatelle», sagte er in ein Mikrofon.

«Ja, Euer Ehren, aber …» Unten stand ein junger Anwalt, eine Hand auf der Schulter eines schwitzenden, übergewichtigen Mannes, der anscheinend der Angeklagte war, und blickte den Richter an. «Wie Sie sehen, wurde keiner dieser Verstöße nach 2004 begangen.»

«Stimmt, aber den fraglichen Verstoß beging er während einer Fahrt auf dem Highway», erwiderte der Richter, der für Danny mehr und mehr wie der alte Premierminister Malcolm Fraser aussah.

«Ohne seine Schuld zu bestreiten oder zu verharmlosen, bitte ich Sie, die familiären Umstände des Angeklagten zu berücksichtigen, Euer Ehren. Er ist ein guter Vater, und ich versichere Ihnen, seine beiden Söhne lieben ihn …»

Es war, als würde eine Szene aus Kian Raos Buch zum Leben erweckt: Alle Beteiligten verhielten sich logisch und zivilisiert. Der alte Richter hätte da oben den scharfen Hund spielen können, aber er verzichtete auf jeden Pomp, redete Klartext und ließ den australischen Akzent attraktiver klingen, als er für Danny je geklungen hatte. Er tat also offenbar sein Bestes, um zu verstehen, warum der Angeklagte den ihm zur Last gelegten Verstoß begangen hatte. Als der Verteidiger an der Reihe war, stützte der Richter das Kinn in die Hand und lauschte.

Asyl! Danny hatte schon so oft vor einem imaginären Publikum seine Sache vertreten, aber das hier war echt. Der Löwe und das Einhorn da oben waren das Gesetz, und sie waren nicht bedrohlich, wie es die Symbole der Regierung von Sri Lanka waren. Während er zuhörte, wie Richter und Anwalt miteinander debattierten, spürte Danny erneut die Anziehungskraft von australischem Recht und Gesetz, dessen Verheißung elementarer war als alle Ozeane, die er je gesehen hatte: Gerechtigkeit. Aber wo kam sie her, diese gerechte Justiz? Danny sah sich im Gerichtssaal um. Weiße oder Schwarze oder Araber, die Menschen, die in Sydney lebten, waren nicht besonders gesittet oder zivilisiert.

Wer, also, hatte diesen hölzernen Saal gebaut, wer die sechs zitronengelben Kugeln an die Decke gehängt, wer diese Erwartung erzeugt, die anscheinend alle Anwesenden spürten, dass nämlich Gerechtigkeit das wahrscheinliche Ergebnis dieses Prozesses war?

Und ist das nicht, dachte Danny, das Gegenstück zu der Frage, die er sich jeden Tag in Sri Lanka gestellt hatte? Denn einzeln betrachtet schien niemand dort schlecht zu sein, ob Tamile oder Singhalese oder Muslim. Aber dennoch existiert es – das Böse. Ein Mann zieht eine Uniform an und wird zur Uniform. Danny berührte seinen linken Unterarm: Die Delle an seinem Unterarm war real.

Wenn du das Geheimnis des Bösen akzeptierst, warum kannst du dann nicht das Geheimnis eines mehr oder weniger gerechten Gesetzes akzeptieren?

«Sie dürfen jetzt gehen», sagte der Richter und entließ jemand anderen im Saal in die Freiheit, aber auch Dannys Herz schlug schneller.

Vielleicht sollte er einfach zu dem hohen Holzpodest gehen und den Malcom Fraser da oben auffordern, die Delle an seinem

Unterarm zu betasten, und dann sagen: «Das ist ein ziemlich guter Grund für Asyl, finden Sie nicht? Als Nächstes möchte ich Ihnen alles über einen Mann namens Dr. Prakash erzählen. Hören Sie zu?»

Es war, als würde ihm das Gericht unmittelbar antworten. Eine Holztür schwang weit auf und ein Mann in Blau mit einer Weste, auf der SHERIFF stand, kam in den Saal, zog seinen schwarzen Gürtel ein Stück höher und schaute sich um.

Auch dieser Mensch, dachte Danny, der gleich reden und sich wie eine Figur aus einem Zeichentrickfilm verhalten wird – indem er andere schikaniert und rumschubst –, hat seinen Platz in der Ordnung der Dinge. Die Dornen sind dazu da, die Rosen zu schützen.

Aber als Danny durch eine andere Holztür aus dem von den sechs Lampen beleuchteten Saal geschlüpft und wieder aus dem dämmrigen Gerichtsgebäude in den Sommernachmittag getreten war, begann er erneut, die Fingerknöchel knacken zu lassen.

16.10 Uhr

Ausgedörrte Risse im Asphalt weiteten sich, und als er die Straße auf dem Weg zur Wohnung des Steuerberaters (Brown Street 53) überquerte, rechnete er schon fast damit, von unten Rauch aufsteigen zu sehen. Wieso nicht? Er hatte das schon gesehen. Häufig dampfen die Straßen in Sydney im Sommer, wenn ein wenig Regen auf den heißen Asphalt fällt. Tu es, forderte Danny die zaghafte Stadt Sydney heraus, tu es, forderte er die belanglose Straße heraus – brich in Rauch aus, werde ein Bett aus glühenden Kohlen unter meinen Füßen. Ich werde überleben. Ich werde dich wieder besiegen. (Aber er dachte auch: Lass heute jemand anders über diese Kohlen gehen. Ich mache das schon seit vier Jahren.)

DAS VIERTE JAHR ALS ILLEGALER

«Die schnappen uns nie», hatte Abe gesagt. «Inzwischen kenne ich dieses Land.»

Acht Monate lang war Abe der Abseiler nirgends an den Wolkenkratzern auf der Pitt und der Castlereagh Street zu sehen gewesen. Er hatte Sydney verlassen und war mit Greyhound Australia über Land gefahren, wo er illegal gearbeitet hatte. Rinderfarmen, Zäune streichen, Obst pflücken. Acht Monate lang hatte er jeden Job angenommen, den er kriegen konnte. Die Taschen vollgestopft mit Aussie-Dollars, kehrte er nach Sydney zurück.

«Hast du Kängurus gesehen?», fragte Danny.

«Kängurus, Stiere, Pferde, Kaninchen. Jedes andere Lebewesen hat den Kopf gesenkt, futtert den ganzen Tag Gras, bloß nicht die Kängurus, die alles unterbrechen, was sie gerade machen, einfach den vorbeifahrenden Bus angucken und die Ohren aufstellen, ungefähr so.» Abe machte es vor. «Die wissen, dass wir böse sind.»

Nach zwei Tagen im Bus rief Abe: «Anhalten, Fahrer.» Sie hatten einen Ort erreicht, der von rosa Feuer umgeben war: Kirschbäume in voller Blüte. Mildura, hieß der Ort. Abe pflückte Kirschen auf einer Farm und kam sich vor wie bei den Vereinten Nationen – die Kirschpflücker stammten aus Vietnam, Indonesien, Tonga, Fidschi und nicht ein einziger Weißer dabei außer dem Boss. Die Farm lag nicht weit von einem Fluss entfernt, und hin und wieder, wenn der Farmer einen langen Pfiff ausstieß, ließen die Arbeiter alles stehen und liegen und rannten zum Wasser. Es war ein verabredetes Zei-

chen. Wenn die Einwanderungsbehörde auftauchte, um die Arbeiter zu kontrollieren, mussten sich alle verstecken. Der Fluss hieß Murray und aus dem Wasser ragten tote weiße Baumstämme. Abe und die anderen kauerten am Ufer und winkten chinesischen Touristen zu, die auf Booten vorbeifuhren und an Champagnergläsern nippten. Dann ertönte wieder ein langer Pfiff – er bedeutete, die Einwanderungsbehörde war weg und sie mussten alle wieder an die Arbeit.

«Ich hab abgenommen», sagte Abe und klopfte sich auf den Bauch, «fünf Komma acht Kilo beim Obstpflücken. Wenn ein Mann so viel Gewicht verliert, legt er es nie wieder zu.»

«Werden da draußen denn keine Farmer verhaftet, weil sie Illegale für sich arbeiten lassen?», fragte Danny.

«Nein.» Abe lachte. «Kein Schwein verhaftet einen australischen Farmer. Der ist eine Legende, Mann. Weißt du, was er macht? Er lässt von armen Malaysiern seine Pflanzen wässern, seine Kirschen pflücken und in Kisten verpacken und dann verschickt er diese Kisten nach Kuala Lumpur, wo reiche Malaysier dafür jeden Preis bezahlen, der verlangt wird, weil sie glauben, dass Weiße diese Kirschen angebaut haben. Das ist legendär.»

Also: Abe hatte das Rätsel gelöst. Reiche Asiaten und arme Asiaten reden anscheinend nicht viel miteinander und so verdienen Australier das meiste Geld.

«Alle, die da draußen für die Einwanderungsbehörde arbeiten, sind korrupt. Während du die ganze Saison arbeitest, gucken sie bloß zu und an dem Tag, an dem du bezahlt werden sollst, ruft der Farmer sie an – und prompt kommen sie mit ihren Hunden und Vans und kassieren dich ein.»

Die größte Gefahr auf dem Land war aber nicht die Einwanderungsbehörde: Vor den dicken Männern in Blau konnte man immer noch wegrennen und sich am Fluss verstecken und die schwarzen Vögel beobachten, die auf den toten, weißen Baumstämmen im Wasser hockten. Aber eines Tages ging Abe zu einer Obstplantage, auf der er gerade arbeitete, und ein schwarzer Pitbull folgte ihm.

Der Köter sah sonnenverbrannt oder verwirrt oder hungrig aus. Als Abe stehen blieb, sprang der Hund ihn an. Als Abe sich bewegte, zwickte der Hund ihn und riss Fetzen aus seiner Jeans. Er knurrte. Abe dachte: Wenn der mich beißt und ich ins Krankenhaus muss, kommt raus, dass ich nicht krankenversichert bin. Er stand am Highway und versuchte, ein Auto anzuhalten. «Hilfe», rief Abe, «ich brauche Hilfe.» Sobald du Hilfe *rufst, wird Australien schlagartig leer. Das ist eine Tatsache. Nachdem Abe eine halbe Stunde vor dem Pitbull weggelaufen war, kam ein Polizist auf einem Fahrrad vorbei. «Wir wollen doch nicht, dass der Hund vor ein Auto läuft», sagte er und nahm ihn mit. (Erst als der weiße Polizist mit seinem Fahrrad in einiger Entfernung stehen blieb und über die Schulter schaute, erkannte Abe den Blick in seinen Augen: den Blick eines Volkes, dem ein Kontinent entgleitet.)*

Abe verließ Mildura und folgte dem Murray River, bis er nach Südaustralien kam. Dort sieht man jede Menge weiße Jungs, die Trauben pflücken. Sie waren alle junge Backpacker aus Europa. Abends, wenn die weißen Jungs nach der Schufterei in den Weinbergen wieder in ihrem Hostel waren, wählten sie eine Nummer, und dann kam ein brauner Mann mittleren Alters in Schweiß gebadet auf einem Fahrrad angestrampelt, um sechzehn Kartons Pizza für sie zu liefern. Sechzehn Kartons! Die weißen Jungs, nackt bis auf die Unterhosen, standen auf den Balkonen des Hostels und brüllten: «Schneller, schneller!» Sie aßen all die Pizzas in zwanzig Minuten und dann bestellten sie noch mehr Pizzas, bloß, um dem Mann noch einmal vom Balkon aus «Schneller, schneller!» zubrüllen zu können. Tagsüber waren diese weißen Jungs die Sklaven des Farmers, aber am Abend war dieser braune Mann ihr Sklave. War das nicht lustig? Abe hatte das lustig gefunden. Aber das ist das Problem mit Australien: Es gibt nie einen, mit dem man gemeinsam lachen kann, weil keiner irgendetwas kapiert.

In einem Städtchen namens Berri, in Südaustralien, hatte Abe einen zweiundfünfzig Jahre alten Obstpflücker aus Malaysia kennen-

gelernt, der Chang hieß und seit neun Jahren illegal war. Die malaysischen Chinesen waren am besten *darin, illegal zu bleiben. Abe nannte ihn aus Respekt Chang Onkel.*

Neun Jahre, dachte Danny. Wenn ein Mann namens Chang Onkel neun Jahre geschafft hatte, konnte Danny zehn schaffen.

Zwanzig!

Und dann, einfach so, wurde Abe der Abseiler eine Woche nach seiner Rückkehr nach Sydney verhaftet. Die Einwanderungsbehörde führte genau in dem Moment eine Razzia in der Baufirma durch, in dem er gerade seinen Abseilgurt anlegte. Tom Cruise kam für zwei Wochen ins Auffanglager und wurde dann abgeschoben. Einmal rief er aus Villawood an. «Weißt du, Danny, das Komische ist, jeder, der am Mackenzie College geblieben ist, hat am Ende einen Job gekriegt. Ich hab sie überall, wo ich hinkomme, gesehen. Die haben sich sogar Autos gekauft. Irgendwann wirst du ihre Häuser putzen. Ist das nicht komisch?»

Und so begriff Danny, dass es für Abe den Abseiler alles immer nur ein Spiel gewesen war. Der Bursche verabschiedete sich wahrscheinlich per Handschlag von Officern der Einwanderungsbehörde, als er Australien verließ.

Zwei Tage später las Danny in einer Lokalzeitung, dass ein illegaler Immigrant aus dem Senegal hinten in einem Bus gestorben war. Die Polizei gab bekannt, der Mann sei Diabetiker gewesen, habe aber vermutlich zu große Angst gehabt, sich rechtzeitig ärztliche Hilfe zu suchen.

An dem Abend regnete es, und Danny, der durch Glebe ging, bis er die weißen Zwillingsgebäude sehen konnte, die Portale von Sydney, betrachtete die grünen Kugeln auf den beiden Gebäuden – verschwommen in Nieselregen und Dunst, wie zwei leuchtende Mini-Erden, die von unsichtbaren Riesen gehalten wurden, und jede sagte dasselbe: Aber du hast die Welten verlassen, die du tragen musstest, Danny. Und was hast du dafür bekommen? Zwei chinesische Pandas, mit denen du nachts kuscheln kannst.

Danny wurde im Dunkeln wach und spritzte sich auf der Toilette des Lebensmittelladens Sunburst Wasser ins Gesicht.

Ehrlicher Danny. Mutiger Danny. Intelligenter Danny.

Danny schüttelte das Wasser vom Gesicht und trocknete sich mit Tommos Handtuch ab.

An dem Tag putzte er das Haus in Rose Bay; von dort nahm er den Bus in die Stadt. Der Bus fuhr durch das Herz von Sydney, passierte Kantinen, in denen Ostasiaten Weiße mit Junkfood versorgten, und Boutiquen, in denen Weiße Ostasiaten mit Luxuswaren versorgten. Freiheit, edles Leder, Anzüge, Danny sah das alles vorüberziehen. In der Central Station stand er auf dem Bahnsteig und sah einen Zug mit leuchtendem Villawood-Schild einfahren; wie es hämmerte, sein Herz.

«Murugan», betete er, «bring mich zurück zu genau dieser Stelle auf dem Bahnsteig.»

Er half einer Mutter dabei, einen Kinderwagen mit Kind in den Zug zu tragen, während ein Mann in einer blauen Uniform vorbeiging, ein dunkles Pistolenholster am Gürtel. Die drei Körper – Kind, Mutter, Polizist – überlappten einander wie eine fundamentale Wahrheit.

Dann war er auf dem Weg nach Villawood.

«Murugan», sagte er jedes Mal, wenn der Zug an einem Bahnhof hielt. An der letzten Haltestelle sagte er beim Aussteigen «Murugan» und ging zum Auffanglager Villawood und blieb davor stehen und verschränkte die Arme. Im Innern der dicken Mauern waren Griechen, Muslime, Chinesen, Inder, Pakistani; ihre starken Augen brannten sich durch die Backsteinmauer und sagten: Es ist bloß eine Frage der Zeit, Danny. Niemand besiegt hier je das Gesetz.

Im Freien, in Australien, drehte Danny den Kopf zur Seite und spuckte. Nein. Ich finde eine Möglichkeit. Ich bleibe draußen. Irgendwie. Aber ich werde mich nicht dafür entschuldigen, was ich vor vier Jahren getan habe, und ich werde nie wieder in Furcht leben.

16.12 Uhr

Die weiße Katze wartete schon, und sobald er die Wohnung des Steuerberaters in der fünften Etage des Hauses auf der Brown Street betreten hatte, strebte sie schnurstracks zur Tür, sodass Danny die Tür hinter sich mit dem Fuß zudrücken musste. An der Flucht gehindert, rieb die Katze verführerisch schnurrend ihre weichen Flanken an dem geschlossenen Ausgang, während Danny seine Schuhe auszog und auf ein Bücherregal stellte, um sie vor der Rache des Tiers zu schützen.

Vor Betreten von Wohnung 6, Brown Street 53, musste man die Schuhe ausziehen, weil Straßenstaub Allergien auslöst. Ebenso wie Pollen, Wind, Leinsamen, die meisten Blumen, alle Bienen, Rost, Rinde, Asbest und viele andere Dinge.

Rodney Steuerberater, Haus Nummer acht, war gründlich auf Überempfindlichkeitsreaktionen untersucht worden und hatte Danny für einmal die Woche unter der strikten Auflage engagiert, dass diverse Bedingungen zu erfüllen seien wie zum Beispiel, dass Danny weder synthetische Deodorants noch nicht-biologische Seife benutzte, bevor er zur Arbeit kam, und Danny, dem eine lange Reihe von nachlässigen Reinigungskräften vorausgegangen war, hatte es geschafft, sich sechs Monate und zwei Wochen an all diese Vorgaben zu halten.

Er wusste, dass in der allergenfreien Kammer neben dem Kühlschrank mit den progressiven Sprüchen ein asthmatischer Staubsauger stand. Er fand das Gerät, stöpselte es ein und begann zu saugen, wobei er dachte: Vielleicht sollte ich heute keine sechzig Dollar von dem Steuerberater nehmen. Ich mache keine gute Arbeit. Vielleicht sind fünfzig Dollar genug.

Fünfundvierzig. Das reicht. Ich erkläre es beim nächsten Mal. Ich hatte Probleme mit den Nebenhöhlen. Als Allergiker wird er das verstehen.

Von hier konnte Danny die Telefonzellen gegenüber der Bibliothek in Newtown sehen. Auf der anderen Straßenseite standen nebeneinander drei Telstra-Telefonzellen, zwei in Rot, die mittlere pink.

Der graue Spitzturm einer Kirche ragte über die Häuser.

Er schloss die Jalousie.

Ba-da-da-dum-dum-ba-da … Die weiße Katze kam mit erhobenem Schwanz ins Zimmer und beobachtete ihn.

Natürlich will der gute Steuerberater nicht die Möglichkeit in Betracht ziehen, dass du, Katze, der Auslöser seiner Allergien bist. Danny saugte sich seinen Weg ins Arbeitszimmer.

Weil die Wohnung des Steuerberaters so hoch über Newtown lag, bot jedes Fenster einen Blick auf ein großes Graffiti-Kunstwerk, das in verschiedenen Stilen gemalt war, von der Renaissance bis zu zeitgenössischer Kunst.

LIEBE IST DIE ANTWORT, verkündete der riesige blau-rote Spruch auf der Rückseite eines weißen Gebäudes, das vom Fenster des Arbeitszimmers aus zu sehen war. Vielleicht nicht heute, mein Freund. Ha.

Als Nächstes ins Schlafzimmer.

Da das Fenster geschlossen war, klemmte er sich die Saugdüse unter den Arm und schob es hoch.

Er sah es wieder – seitlich an einem Haus ein Bild von einem Hirsch mit geschwungenem Geweih, einem Reiher und einem Kaninchen, die über einem Schlachtblock hingen.

Also *hier* hatte er das Bild gesehen. Von diesem Fenster aus.

Drei Tiere, drei Leichen, an Drähten von der Decke einer Küche baumelnd, und unter ihnen, auf dem Schlachtblock, lag ein Widder, das Maul mit Stricken zugebunden, die Zunge herausgestreckt. Der Reiher im Profil hatte sein Auge weit geöffnet. Sah den Betrachter an. *So wird die Welt gestohlen. Direkt vor deinen Augen.* Was für ein furchtbares Bild und mit solch sinnlicher Grausamkeit, solcher Präzision gemalt, als wollte es sagen: *Ihr habt nicht mal geschrien, als euch alles genommen wurde.*

Cousin Kannan, dachte Danny. Cousin Kannan hat geschrien. Deshalb ist er jetzt kanadischer Staatsbürger, was er verdient hat.

Unten bellte ein Hund.

Als die Düse zu Boden fiel und Luft um seine Knöchel einsaugte, hob er die Finger an die Nase. Er meinte, etwas an ihnen riechen zu können. Brokkoli?

Nein, das nicht. Das nicht und auch kein Haifischleberöl.

Blut.

Du wirst Radha sehen, Danny. Du wirst sie sehen, wenn der Wald von weißen Masten in Rose Bay oder Rushcutters Bay dir in den Augen brennt. Du wirst sie sehen, wenn das Licht wie weiche Holzspäne durch die Feigenbäume im Domain Park fällt; und wenn die Hochhäuser der Banken und Versicherungen, die am Circular Quay eine glitzernde Glasmangrove bilden, den letzten Rest Sonnuntergang festhalten; oder sogar, wenn die Speichen eines Fahrrads das Licht des vorbeifließenden Verkehrs brechen, dann wirst du sie so sehen, wie sie an dem Tag im Schwimmbad unter der *Nagadeva* gewesen ist, als sie die Kinder nass gespritzt hat.

Das Lachen einer ermordeten Frau erfüllte die Luft.

Danny ließ den Staubsauger unter der Aufsicht der weißen Katze auf dem Teppich grummeln und ging zurück ins Wohnzimmer, zog die Jalousie hoch und betrachtete die drei Telstra-Telefonzellen unten auf der King Street.

Drei Ratten sprangen auf die Telefone, liefen dann eine bemalte Wand hoch, ehe sie die dunklen Flügel von Tauben wurden, die über der glühend heißen Straße auseinanderflatterten.

Danny entschied sich für die pinke Telefonzelle, die in der Mitte.

16.50 Uhr

Weiß und rot lackiert und so hoch wie ein Wolkenkratzer, gab ein riesiger Kran ein klares geometrisches Statement über der King Street ab: eine vertikale Achse, eine horizontale Linie und zwei gleichschenkelige Dreiecke, die von Kabeln gebildet wurden, an denen rechteckige Container eine halbe Meile über der Stadt hingen, das Ganze von einer gold-weißen Flagge gekrönt, die am blauen Himmel flatterte, wie eine euklidische Republik, die ihre Unabhängigkeit von der chaotischen menschlichen Stadt da unten erklärt hatte.

Danny registrierte die Konstruktion, als er zu der Telstra-Telefonzelle ging.

16.51 Uhr

Die Polizei-Hotline läutete.

Er war jetzt in der Telefonzelle, der pinken, der in der Mitte. Er hatte es sich nicht anders überlegt. Nach Beendigung seiner Arbeit bei dem Steuerberater hatte er den Staubsauger zurück in die Kammer gestellt, seine Schuhe vom Bücherregal genommen und angezogen und war dann hierhergekommen, hatte auf die verblassten Zahlen in seiner Handfläche gesehen und

1–800–333–000

gewählt.

Während er dem Klingelton lauschte, benutzte er seinen Fingernagel, um etwas in Tamil auf den kalten Plastikhörer zu schreiben.

Meine Überzeugungen:

Alter eins bis dreizehn: Keine originellen Gedanken. Mutter geht's nicht gut. Das war das Problem. Also: Vaters Schöpfung. Religiös, abergläubisch. Unpolitisch.

Alter dreizehn bis vierzehn: Existiert Gott? Ich habe erste Zweifel.

Ich unterstütze insgeheim die LTTE und unterstütze offen Che Guevara. Eines Tages finde ich Pornografie in Vaters Aktenschrank. Kleine Schwarz-Weiß-Fotos. Frau in BH.

Alter vierzehn bis sechzehn: Totale Veränderung: 50 Prozent Atheist, 50 Prozent Kommunist. Ich esse jeden Morgen rohe Eier, weil ich gelesen habe, dass Muhammad Ali das auch getan hat, wenn er trainierte.

Alter sechzehn: 100 Prozent Atheist, 100 Prozent Kommunist. Ich höre auf, rohe Eier zu essen.

Jetzt glitt Dannys Finger vom Telefonhörer nach unten und schrieb auf seinem Unterarm weiter, kam der Delle immer näher.

Politik: Ich beginne, die LTTE zu hassen, aber Che nicht.

Alter siebzehn: Bin wieder 50 Prozent Kommunist. Komme sehr spät in den Stimmbruch. Vater nennt mich «balla».

Es klingelte weiter und weiter am anderen Ende, und niemand ging ran. Er wechselte den Hörer von einem heißen Ohr ans andere.

«Hast du mal eine Zigarette für mich, Kumpel?»

Die Stimme erschreckte Danny. Sofort spürte er, dass da jemand hinter ihm war, der murmelnd näher kam.

Der Weiße, bekleidet mit einem grauen Overall wie ein übergroßes Baby, hatte ein von Medikamenten betäubtes Gesicht und stechende, blaue Augen, und er berührte Danny an der Schulter. «Gibst du mir eine Zigarette? Gibst du einem Aussie eine Zigarette?»

«Rauche nicht mehr», sagte Danny.

Die blauen Augen des Kindmannes zogen sich zusammen. «Der ist bestimmt kein Raucher, ich hab's gewusst. Aber wenn er Raucher wäre, würde er einem Aussie sowieso keine Zigarette geben, was?»

Danny blickte Hilfe suchend gen Himmel.

16.52 Uhr

Durch die Zwischenräume eines Feigenbaums fiel ein Vogel wie ein heißer, weißer Stein.

16:52:20 Uhr

Gott, mach mich wieder ganz. Danny überwand den Drang, den Hörer aufzulegen. Er hörte die Polizei-Hotline weiter und weiter klingeln.

1–800–333–000

Und dann meldete sich jemand.

Ein Mann diesmal. «New-South-Wales-Polizei-Hotline …»

Er konnte den Besitzer der Stimme sehen: in seiner erstickend blauen Uniform in seinem kolossalen Sessel sitzend.

«Kann ich Ihnen helfen, Sir?»

«Jeden Morgen», sagte Danny zu dem Polizisten, «brachte meine Mum mich zum Zug von Penrith in die Stadt, wo ich die Knox Grammar School besuchte.»

«Wie bitte?», sagte der Polizist.

«Dank der ‹Niemals aufgeben›-Haltung meiner Mum berate ich heute Channel Nine in multikulturellen Angelegenheiten.»

«Sir. Wissen Sie, dass es verboten ist, diese Nummer zum Scherz anzurufen?»

Sag es ihm, Danny. Er kniff sich in die Delle am Unterarm. Sag ihm, wer Radha Thomas ermordet und ihre Leiche in den Fluss geworfen hat. Eingewickelt in eine italienische Lederjacke mit Steinen in den Taschen.

Innen in der Telefonzelle klebte ein Schild.

Achtung ausländische Studierende: Uni-Abschluss in der Tasche?

STUDIERENDE

EHEPARTNER

MIGRANTEN

FACHKRÄFTE-VISA
INTERNATIONAL MIGRATION CONSULTANTS AUSTRALIA (IMCA)
99 % VERMITTLUNGSERFOLG

16.53 Uhr

«Sir», sagte der Mann an der Polizei-Hotline. «Sir?»

Der australische Kindmann im grauen Overall warf jetzt finstere Blicke in Dannys Richtung, während er um die pinke Telstra-Telefonzelle herumschlich und murmelte: «Hat keine Zigarette für einen Aussie, was?»

Dannys linkes Bein zitterte wieder.

Polizisten standen auf der anderen Straßenseite.

Da waren sie, hinter den Bussen und dem fließenden Verkehr, massige, blonde Männer mit kantigem Kinn, die an ihren blauen Gürteln silberne Taschen, Bänder und Ketten trugen, die jeden Schmied stolz gemacht hätten, plus ein Lederholster, prall und zugeknöpft.

Danny war sicher, dass er an seinem linken Bein hinunterpinkelte.

Er sah, dass einer der Polizisten auf der anderen Straßenseite ihn direkt anstarrte.

Wie heißt du, mein Junge? Wie heißt dein Vater?

Schreib deinen Namen für mich auf, mein Junge.

Jetzt schreib ihn in der Landessprache.

Danny blickte von dem Polizisten hinauf zu dem grün gestrichenen Balkon eines alten Hauses.

Sei ganz vorsichtig, Danny: Der schmiedeeiserne Balkon da, der kurkumafarbene Lack, erinnert dich das nicht an eine andere Stadt?

Er konnte sie jetzt hören, die voll besetzten Busse, die Dieselabgase ausstießen, er konnte frittierten Fisch in der Luft riechen, er konnte Erker an einem Sommertag sehen, in denen es stockfinster war bis auf das matte Weiß einer menschlichen Gestalt, die mit unverkauftem Brot darin saß.

Hast du nicht gesagt, du würdest nie wieder nach Hause zurückkehren?

Danny spürte, dass ein Fingernagel seitlich an seinem klammen Hals kratzte.

Das machen die Leute in Villawood ständig. Du schluckst irgendetwas oder schlitzt dir die Pulsader auf oder isst Nägel oder besorgst dir Benzin und zündest dich an.

«Sir?», sagte der Mann am Telefon. «Haben Sie irgendwelche Informationen?»

Danny knallte den Hörer auf die Gabel.

Prompt musste er lachen. Du hast es also schon wieder getan, Danny der Tapfere. Hast angerufen und einen Rückzieher gemacht. So viele Stunden später war Danny noch immer auf dem Drei-Dollar-Sushi-Fließband, neben Stücken von Seebarsch und rohem Aal, und drehte sich unablässig im Kreis: Und jetzt saß auch Prakash mit auf dem Fließband. Die ganze Stadt saß auf dem Fließband.

«Will einem Aussie keine Zigarette geben, was?», sagte der australische Kindmann im Overall, der um die Telefonzelle herumschlich.

Danny, der schon *Verpiss dich* sagen wollte, fiel auf, dass die Augen des Kindmannes eine vertraute Farbe hatten.

Grün-braun.

Er sah ein anderes Gesicht, das dieses australische überlagerte: ein Paar wilder Augenbrauen und eine dicke, schwarze Lesebrille oben auf einem rebellischen grau melierten Haarschopf.

Sämtliche Hauswände in Newtown waren plötzlich mit grünbraunen Augen übersät.

Du hättest beinahe Mist gebaut, Putzmann. Du hättest fast den Anruf gemacht. Und sobald du den Anruf machst, verlierst du alles.

Danny lief zum Bahnhof.

16.58 Uhr

Als der Zug am Bahnsteig 2 in den Bahnhof Kings Cross einfuhr, wehte kühle Luft über Danny hinweg, und er spürte, wie ihm Sonjas Finger durch das Haar strichen, und er wusste, dass er das Richtige getan hatte.

Das absolut Richtige.

Ein Junge, der auf einer Holzbank saß und nicht vorhatte, diesen Zug zu nehmen, schlug ein bebildertes Buch auf, aus dem er der Frau neben ihm etwas vorlas: «Wir essen Huhn, und eine andere Art von Huhn isst uns.»

17.12 Uhr

Ein Mann ohne Rechte auf dieser Welt ist trotzdem berechtigt, zu lieben.

Danny stand vor einem imposanten Gebäude mit einer doppelten Säulenreihe, das ihn an Regierungsbauten zu Hause erinnerte. St. Vincent's Hospital.

Vor dem Krankenhaus, auf einem kleinen, grünen Hügel, war ein Kaffeestand, zu dem Krankenschwestern in indigoblauen Kitteln gingen, um mit ihren Liebsten zu telefonieren. Danny blickte zu dem Stand hoch, vergewisserte sich, dass sie nicht dort war.

Ein Krankenwagen fuhr vorbei, als Danny in die Lobby ging.

Jai Baby Jai.

Jai Jai Baby Jai Jai.

Am Empfang saß eine indische Sekretärin hinter einer Glasscheibe, die Ellbogen auf den weißen Schreibtisch gestützt, und hörte sich auf ihrem iPad einen eingängigen Bollywood-Song an.

«Schwester Tran», sagte Danny. «Ich bin ihr Freund.»

«Ich schau mal, ob ich sie erreiche, okay?»

Die Inderin wandte sich langsam von ihrem iPad ab, wählte an einem grünen Telefon eine Nummer, wartete kurz ab und reichte den Hörer an Danny weiter, der feststellte, dass er in der Warteschleife war und somit in der Lage, mehr von dem Bollywood-Song zu hören, bis die Stimme schließlich sagte: «Danny, ich *arbeite* heute.»

«Ich hab den Kaktus verloren, den du haben wolltest», sagte er, und sie reagierte nicht.

«Sonja», sagte er und senkte seine Stimme, weil er wusste, dass das bei ihr immer wirkte. «Können wir heute Abend zusammen essen?»

«Nein. Ich arbeite heute zwei Schichten. Das weißt du doch.»

Er sagte nichts.

Sie zögerte. «Meine erste Schicht endet um halb sieben. Komm genau um halb sieben, okay?»

«Okay.»

Die Inderin am Empfang hatte angefangen, im Takt des Songs zu nicken, als Danny den grünen Hörer auflegte.

Stahlklingen klickten, als Danny aus dem Krankenhaus kam; ein Mann auf einer Bank, dessen Arme aus einem weiten grauen Krankenhaushemd ragten, versuchte, sich mit einer zitternden Schere die Fingernägel zu schneiden.

17.30 Uhr

Aus dem Herzen der Stadt starrte Danny ein Geschütz entgegen. Vom St. Vincent's Hospital war er zur Oxford Street gegangen und dann dorthin, wo die Straße auf den Hyde Park traf, bis er auf der anderen Straßenseite eine alte Schiffskanone sah.

«Diese alte Kanone», sagte Danny manchmal, wenn er sich vorstellte, er würde vor einem Publikum aus logischen, vernünftigen Australiern stehen und sich verteidigen, «ist seit vier Jahren meine einzige Familie in diesem ganzen Land.»

Als er vor vier Jahren frisch nach Sydney gekommen war, hatte er die Informationstafel neben der Kanone gelesen und erstaunt erfahren, dass diese alte Waffe eine Trophäe von der *Emden* war, dem deutschen Schiff, das im Ersten Weltkrieg Chennai beschossen hatte und dadurch zum Inbegriff des Schreckens sogar im Tamil sprechenden Sri Lanka geworden war. Die *Emden*. Drüben ein Löwe, war sie hier zur Hauskatze geworden und wurde zerstört; und das letzte Stück der *Emden*, diese Kanone, vielleicht dieselbe, die das Gewässer des Hafens in Brand gesetzt und über Generationen hinweg Albträume in Chennai entfacht hatte, stand heute in einem Park in Sydney.

In Australien kann alles passieren, weil die Welt hier auf dem Kopf steht. Danny klatschte vor dem Monstrum in die Hände.

Es war noch hell hier im Hyde Park, aber dunkler da oben, hinter der Coca-Cola-Reklame. Danny wusste, dass es in Kings Cross schon Abend wäre und dass die kahl geschorenen Zuhälter in ihren schwarzen T-Shirts das Beste draus machen würden. Ihre Hände wurden mit jeder kühler werdenden Minute wärmer; jetzt würde es in Kings Cross keinen zufälligen Passanten, keinen unschuldigen Mann mehr geben. Die Zuhälter würden sich um Prakash drängeln, wenn er zu Fuß nach Potts Point ginge, zu seiner Wohnung mit Blick auf das Opernhaus. Ja, Danny konnte sich die Situation da oben vorstellen, in dem brodelnden Rotlichtviertel der Stadt.

Während er noch bei der Kanone der *Emden* stand, summte sein Handy.

H6

Die Stimme am Telefon sagte: «Wruuum wruuum.»

Danny lachte. Er verstand den Witz. Der Mörder ist in Potts Point, putzt seine Wohnung.

«Das ist der reinste Saustall hier, Nelson.»

Danny glaubte das. Die Privatschulkrawatten lagen sicher auf dem Fußboden herum.

«Nelson. Hab ich dir von den Tropfen erzählt? Den schwarzen Tropfen?»

«Ja.»

«Die schwarzen Tropfen auf der Unterseite der Klobrille. Ich muss die sauber machen, bevor ich fliege. Das hättest du für mich erledigen sollen.»

«Sorry, Sir.»

Prakash lachte. «Premium Economy. Ich denke an nichts anderes, Putzmann. Es ist fast vorbei. Ich verpfeif dich nicht, Kumpel. Ist die Polizei da, um dich abzuholen? Ruf deinen Boss an und frag ihn, ob die Polizei da ist. Er wird Nein sagen. Ich hab dich nicht verraten. Obwohl, weißt du, was, *er* hat dich verraten.»

«Er?», fragte Danny. «Tommo?»

«Tsavdaridis. Ja. Er hat dich verraten. Ich hab dir das nicht erzählt. Aber, na ja, bevor ich den Laden verlassen hab, hat er mir was Süßes geschenkt. Eine Praline. Ich hab drauf rumgelutscht. Widerlich. Dann sagt er: ‹Glebe ist ein sehr gutes Viertel. Von hier ist man im Nu am Kricket-Stadion.› Verstehst du? Der will anderen seinen Laden schmackhaft machen, Nelson. Der will dich loswerden. Vielleicht verlangst du zu viel? Er hat mich gefragt, ob ich jemanden wüsste, der in seinem Laden arbeiten würde. Ist das zu fassen? Er hat mich gefragt. Denkt, wir Inder kennen alle irgendwelche Illegalen. Also wirklich, Putzmann, Weiße.»

«Keine Klasse», sagte Danny.

Absolut keine Klasse. Er konnte sich den alten Tommo in seinem Laden vorstellen, wie er bereits plante, Danny loszuwerden. Das ganze Gerede über Mord machte ihn nervös. Ja. Er fragte schon wieder herum. Jemand anders? Kennen Sie jemand anders, der im Laden arbeiten würde?

«Prakash, Sir», sagte Danny, «haben Sie den Kaktus noch?»

«Ja. Wieso?»

«Würden Sie was für mich tun, Sir?»

«Was?»

Weil irgendwo in Sydney dem jungen indischen oder sri-lankischen oder fidschianischen Studenten noch immer gesagt wird:

Du wirst für die Hälfte des Mindestlohns arbeiten und unten schlafen, okay? Weil neben dem Wandgemälde von Krishna mitten in Glebe Tommo Tsavdaridis den linken Arm aus dem Fenster des Lebensmittelladens Sunburst hängen lässt, eine brennende Zigarette zwischen den Fingern, und Asche auf die Sydney-Straße klopft. Und wartet. Auf den nächsten Illegalen, der auf der Suche nach Arbeit in seinen Laden kommt. Und der alte Mann denkt: Als Nächstes nehme ich besser einen Chinesen. Einen, der nicht gut Englisch spricht. Dann bleibt er länger. Weil der Tag in Sydney gerade erst *anfängt*. Wie da draußen – in den fruchtbaren Weintraubengebieten von Südaustralien und Victoria, entlang des Murray River, wo ohne den Schweiß von Ausländern rein gar nichts wächst, die dann, am Tag nach der Ernte, wenn sie sich anstellen, um sich für ihre Schufterei bezahlen zu lassen, von Polizeihunden und Polizeiwagen gejagt werden, als wären sie Gesindel.

«Würden Sie den Kaktus nehmen, Prakash, Sir», sagte Danny, «noch einmal nach Glebe fahren und den alten Griechen damit umbringen? Bevor Sie nach Südafrika fliegen, würden Sie das für mich tun?»

Ich meine es ernst. Sie fliegen dahin und ich lebe hier wie Chang Onkel. Die nächsten zwanzig Jahre.

Der Mörder hörte das. Er lachte.

«Jetzt weiß ich, dass du mich nicht verraten hast, Danny. Jetzt weiß ich, dass du nicht bei der Polizei angerufen hast. Oder doch?»

«Nein.»

Prakash sagte: «Ich fahre jetzt zum Flughafen. Ich hab schon eingecheckt. Mach jetzt keinen Scheiß, Putzmann. Der Tag ist fast zu Ende.»

«Bye, Sir», sagte Danny.

Nur noch eine halbe Stunde. Er musste bloß aufpassen, dass er nicht wieder einem Blutdruckanstieg nachgab und die Polizei anrief.

Flieg nach Südafrika, verrückter Prakash – Danny hob die aneinandergelegten Handflächen an die Stirn in einer *Namaste*-Geste –, und leb dort frei.

Danny ließ die *Emden* hinter sich, ging zurück in Richtung Krankenhaus und schlenderte, um die Zeit totzuschlagen, in die Gegend dahinter, durch von stillen Häusern gesäumte Straßen. Er spazierte herum, bis er ein altes Haus erblickte, mit einem Gipslöwen, dessen Pranke auf einer Kugel oben auf dem Dach ruhte. Das Haus war so alt, dass sich der Hauptstromanschluss in einem Kasten neben der Tür befand, wie bei Häusern in Batticaloa. Alt, ja, aber liebevoll erhalten, und all seine verschiedenen Fassaden, Wände und Fenster glitzerten; und alles, was in dem Vorort, in der Stadt, auf dem Kontinent Australien stark war, schien in diesem gepflegten Bauwerk zusammenzuwirken. Blech, Holz, Backstein, Ziegel, rustizierter Stein, Schmiedeeisen, Farbe und Lack hatten sich hier zu einem Commonwealth vereint; über allem befand sich die Inschrift *Maybelline 1924* und darüber ruhte der alte Löwe des Britischen Weltreichs.

Außen vor dem Zaun stand natürlich eine robuste Bank.

Ein Zigarettenstummel, aufrecht auf den Bürgersteig gestellt, warf einen langen Schatten wie eine Sonnenuhr. Danny kratzte an seinem Unterhemd und setzte sich auf die Bank mit Blick auf das Haus. Da oben. Das gemütliche Zimmer unterm Dach. Das wäre ihr Schlafzimmer. Da oben.

Etta, Etty, erinnerte er sich. Wie war noch gleich der Name der Frau, der das Flugzeug über der George Street einen Heiratsantrag gemacht hatte?

Dann barg er das Gesicht in den Händen. Etta, Etty.

Er stützte die Ellbogen auf die Knie. Nach kurzer Zeit war er zu einem Parallelogramm aus Druckpunkten geworden: flacher Hintern auf der kalten Bank, Ellbogen in die Knie gedrückt und das Kratzen eines langen Fingernagels an seiner rechten Wange. Der Rest von ihm war …

Rauch.

Erschrocken blickte Danny auf – und entdeckte die Quelle der Musik. Bei heruntergelassenen Fenstern und laut schallendem fröhlichem Punjabi-Pop steuerte ein Sikh mit safrangelbem Turban sein Taxi mit silbernem Dach in Schlangenlinien durch die schnurgeraden Straßen von Sydney. Danny starrte das vorbeifahrende Taxi und das Haus an und wusste, dass er frei war.

Die Klippen bei Pyrmont waren fort; das Gesetz ist fort, der magische Kreis ist fort.

Es war jetzt sechs Uhr durch.

Prakash ist zum Flughafen gefahren.

Ich glaube, das ist er, dachte Danny. Ich glaube, er ist auf dem Weg nach Südafrika. Und Sonjas Schicht war so gut wie zu Ende.

«Alles klar, Kumpel», sagte Danny, der als unsichtbarer Australier wieder zum Leben erwachte.

18.12 Uhr

Wie zur Feier tauchten die ersten Fledermäuse des Tages auf.

Murugans Pfau, hier auf der südlichen Halbkugel verkörpert als fliegendes Ungeziefer, stieß einen spitzen Schrei aus, als er näher kam. Danny hob die rechte Hand und krümmte zur Begrüßung den Mittelfinger mit dem prachtvollen Nagel.

Dieser Tag des Illegalen kann noch sehr lange währen, Murugan: Jahre.

Am Flügel der Fledermaus wurde nur für einen Augenblick ein braunroter Blutfleck sichtbar, ehe sie hinter Danny verschwand. Prompt wurden Dannys Nebenhöhlen frei.

Manche Dinge brauchen Zeit, um zum Vorschein zu kommen, wie eine glänzende Bananenstaude, die tief in einem dunklen Kokosnusshain schimmert. Manche Dinge kommen auf Anhieb zum Vorschein.

Danny erkannte jetzt, dass Prakash ganz sicher *nicht* auf dem Weg zum Flughafen war.

Tatsächlich war er nicht mal in der Nähe des Flughafens.

18.13 Uhr

Denk dran, was Abe gesagt hat.

Ein schwarzer Hund fällt dich auf einem Feld an und plötzlich ist keiner mehr da. Das Land ist leer. Der Kontinent ist leer.

Sonja hatte gesagt, er solle nicht vor 18.30 Uhr wiederkommen, also konnte er da nicht hin, aber er musste jemanden bitten, etwas für ihn im Internet nachzuschauen.

Die Abflugzeiten nach Südafrika.

Und natürlich sind sie nie da, wenn du sie brauchst, diese Australier.

Dann sah Danny mitten auf einer leeren Straße ein ausrangiertes weißes Sofa und lief darauf zu, dachte: Wo Dinge sind, da müssen auch Menschen sein, und als er näher kam, standen drei Männer, die aussahen, als hätten sie auf ihn gewartet, von dem Sofa auf.

Drei weiße Männer.

Einer von ihnen trug einen Hut, einen Akubra-Hut. «Hey, Kumpel», sagte er. «Gehörst du zum Widerstand?»

Danny sah den Weißen mit dem Hut an und schüttelte den Kopf.

«Sorry. Du siehst aus wie einer von uns», sagte der Mann. «Deine Haare.» Er lächelte. «Das war Ironie.»

Nun erst bemerkte Danny ein mit der Hand beschriebenes Pappschild auf dem weißen Sofa

Protestiert gegen Straßenprojekt WestConnex

Wir werden aus unseren Häusern vertrieben

Eure Stadt wird in fünf Jahren eine andere sein

Sobald er das weiche, weiße Leder des Sofas erblickte, konnte

Danny nicht widerstehen. An einem Tag voller quälender Erwachsenenentscheidungen bereitete es ihm eine kindliche Freude, sich auf das herrliche, weiße, ausrangierte Sofa zu setzen. Er grinste. Er hätte am liebsten gefurzt.

Ein fröhlicher, rotgesichtiger Zwerg von Mann, der den Abfalleimer neben dem weißen Sofa durchstöberte, warf Danny einen Blick zu. Kapillaren, wie feine, rote, chirurgische Fäden, wie seine Rechtskenntnisse, wanden sich in Bögen und Halbkreisen über seine dicke, rechte Wange. Er bewegte seine Hand so eloquent durch den Müll, dass es schien, als würde sie mit Danny sprechen.

Du sitzt auf einem weißen Sofa. Einem Aussie-Sofa. Ist von Rechts wegen nicht für deinen Hintern bestimmt.

Das Sofa war so bequem. Danny streckte die Beine aus. Blieb, wo er war.

Der ältere Mann, der mit dem Akubra, verstand die Situation, die unausgesprochenen Worte. Und lächelte.

«Beachte ihn gar nicht. Im Freien zu schlafen ist schlecht für seine Manieren. Der kleine Kerl kennt sich bestens mit Gesetzen in Sachen Zwangsräumung und höhere Gewalt aus, bis ins kleinste Detail. Er wird uns bei der Pressekonferenz helfen, weißt du. Morgen ist er in den Abendnachrichten. Wenn du nicht zum Widerstand gehörst» – der Mann mit dem Hut sah Danny listig an – «was willst du dann hier?»

Höhere Gewalt, sagte Danny zu sich selbst. Ich müsste wissen, was genau das bedeutet, weiß es aber nicht. Er sah die obdachlosen Australier an.

«Kann mir jemand einen Gefallen tun?», fragte er. «Abflugzeiten. Habt ihr Internet? Auf eurem Handy?»

Der Mann mit dem Akubra-Hut hatte Internet, klar. Danny erklärte erneut, was er wollte. Die Abflugzeiten von Sydney nach Südafrika rausfinden. Nach Johannesburg.

«Heute Abend?», fragte der Mann mit dem Hut. Der Zwerg wandte sich von dem Abfalleimer ab und stellte sich neben ihn.

«Heute Abend», sagte Danny.

«Gucken wir bei Expedia nach. Nein, es gibt noch eine andere Website mit allen Flügen. Die vom Flughafen, guck einfach da nach. Die ist besser.»

Der Zwerg wusste, dass irgendetwas mit Danny nicht stimmte.

«Hast du denn kein eigenes Handy? Guck die Flüge doch selber nach. Wieso überhaupt, fliegst du dahin?»

Also zeigte Danny ihnen sein Handy. Die Widerstandsmänner, die das Handy von einem zum anderen reichten, fanden, dass es «ein bisschen krank ... ein bisschen krank» aussah.

Entsetzt erklärten sich die weißen Männer bereit, auf ihren Handys für ihn nach Flügen zu sehen. «Woher kommst du, Mann? Aus welchem Land? Gibt's da keine guten Handys?»

Nachdem der Mann mit Hut die Informationen gecheckt hatte, sagte er: «Ich finde da nix. Sorry. Da ist nix. Kein Flug nach Südafrika heute Abend. Der Nächste geht um ... morgen.»

«Bist du sicher?»

«So steht's im Internet. Und das Internet lügt nie.» Der Mann mit dem Hut sah ihn an. «Warum fragst du? Willst du nach Südafrika?»

An den Portalen von Sydney gegenüber dem Lansdowne Hotel bewegten sich die Minutenzeiger an den Zwillingsuhren im Gleichschritt.

Er ist nie hinter dir her gewesen, Danny. Du warst nur der Putzmann.

Jetzt sah Danny den Mann vor sich, dessen weißes Gesicht er heute Morgen über der Fensterbank mit den roten Tulpen erblickt hatte, der geweint hatte, der mit dem Polizisten geredet hatte. Der Top-top-Mann.

Hinter dem ist Prakash her.

Der, dessen Namen er nie aussprechen konnte. Der Immobilienmakler. Der die schwarzen Urintropfen auf der Unterseite der Klobrille hinterlassen hatte.

Mark, Radhas ahnungsloser Mann.

Klar, am Morgen war viel Polizei um ihn herum gewesen. Doch inzwischen musste die Polizei weg sein. Und es ist Guru Purnima. Vollmondnacht. Du weißt, wie gern Inder in so einer Nacht zocken.

In dem Moment, als du Prakash angerufen hast, ist ihm klar geworden, dass jemand zur Rechenschaft gezogen werden wird. Und er weiß, dass er ihnen nicht lange wird entkommen können, daher hat er sich gedacht: Wieso nicht. Lass mich wenigstens noch Mark kriegen. Zwei Morde sind das Gleiche wie einer.

Die vier dunklen Obelisken, die Schornsteine von St. Peters, ragten wieder vor Dannys Augen auf. Von Glebe muss er nach Erskineville gefahren sein. Jetzt im Augenblick beobachtete Prakash Haus Nummer fünf. Er beobachtete es von irgendwo gegenüber, von der anderen Straßenseite.

Man könnte auch sagen, *hinter* der Straße.

Flora Street 36.

Du hast ihm die Adresse genannt.

Prakash war jetzt wahrscheinlich da. Klar, er wusste, wie man in die Wohnung gelangte. Wo werden die Schlüssel von all den Wohnungen hinterlegt, Putzmann? Unter der Fußmatte – oder im Briefkasten.

Hat den Schlüssel gefunden, ist die zwei Etagen hoch, hat die Tür geöffnet und steht jetzt am Fenster und beobachtet die Wohnung mit den roten Tulpen gegenüber. Denkbar, dass er das gerade macht.

Er hält vielleicht den blauen Ball in den Händen.

Oder: Er sitzt am Desktop-PC, von dem er die glänzende, mit Koalas gemusterte Decke entfernt hat. Für den Zugriff reicht es, die Return-Taste zu drücken. Das hat er rausgekriegt. Vielleicht liest er die neusten Wettresultate auf dem Computer, während er das Fenster beobachtet. Er hat seine dicke, schwarze Brille auf den Tisch gelegt. Er malt Kringel mit dem Finger auf dem Computerbildschirm.

Prrrrrmp.

Und sobald er Mark allein da drüben sieht, an dem Fenster mit den roten Tulpen auf der anderen Straßenseite, rennt er hinüber. *Ba-da-bum-ba-da-bum.* Er wird dem Mann ein Messer in die Brust stoßen. Dasselbe Messer wahrscheinlich.

«Hey, Mann», sagte jemand mit einer freundlichen Stimme. «Hey. Alles in Ordnung mit dir?»

Danny senkte den Kopf und hielt sich die Ohren zu. Er spürte, wie das Blut gegen die abgeknickten Ohrläppchen pochte. Top-top.

Ein Mann, der illegal ist, verpfeift einen anderen Mann, der ein Mörder ist, ist aber so blöd, nicht daran zu denken, dass er illegal ist und abgeschoben werden wird. Lest und lacht, Australier. Lest und ...

Er konnte ihn jetzt vor sich sehen, den Zeitungsartikel. Er würde es nicht mal in den *Telegraph* oder die *Herald* schaffen. Bloß in eine von den zweiseitigen Lokalblättchen, die man gratis bei Pizza Hut bekam.

«Ich glaub, dem geht's nicht gut. Was meint ihr?»

Auf einem Dach hinter ihm keckerte eine Amsel. Sie keckerte auch dann noch weiter, als er sich die Ohren zuhielt. Er hörte, wie der Vogelschrei zu einem dürren Ton abklang, der fast wie ein hämisches Krächzen klang: Er konnte hinter sich die schwarze Kehle sehen, angeschwollen wie bei einem Ochsenfrosch.

Als er Schritte um sich hörte, nahm er an, dass es der Zwerg war, der ihn wieder anmachen wollte. «Ich steh nicht auf von diesem weißen Sofa. Ich steh nicht auf ...»

18.22 Uhr

Aber als Danny aufblickte, starrte ihn ein Mädchen an.

Kadal kanni, dachte er zunächst. Wassernixe. Eine kleine Wassernixe.

Er stand vom Sofa auf und trat einen Schritt auf das kleine Mädchen zu, das einen Schritt vor ihm zurückwich.

«Sam», rief ein Mann und die Eltern des Mädchens folgten und die Kleine verlor ihren Zauber, verwandelte sich wieder in ein unruhiges Kind, ehe sie, gefolgt von ihren Eltern, die Straße hinunterlief.

Ein Tamile saß da auf dem weißen Sofa und sah dem Mädchen nach.

Er dachte: Du kannst heute unmöglich schweigen, Danny, und morgen leben.

«Nein, dem geht's gut. Der Kerl ist aufgestanden. Er ist nicht krank.»

«Könnte sich aber mal ruhig bei uns bedanken, dass wir ihm geholfen haben.»

«Vielleicht fliegt er nach Südafrika.»

Vom Ende der Straße war noch immer das Kichern des Mädchens zu hören, obwohl Danny immer schneller und schneller ging.

Er lief Richtung Oxford Street, wo er die nächsten Münztelefone vermutete, als sein Handy wieder aufleuchtete.

H6

Als Danny ans Handy ging, war nur Schweigen am anderen Ende, aber er hörte etwas, das wie Schluchzen klang. Weint er? Hat er gemerkt, fragte Danny sich, dass ich gemerkt habe?

Wo immer Sie von hier aus hingehen, Dr. Prakash, ich hoffe, es ist nicht so schlimm wie das, wo ich hingehe.

Danny seufzte ins Handy, bevor die Verbindung unterbrochen wurde. Als er aufs Display sah, wurde ihm klar, dass er sich die Suche nach einem Münztelefon sparen konnte. Er konnte die Polizei-Hotline gleich jetzt anrufen, mit diesem uralten Ding in seiner rechten Hand.

Er nahm das Handy in die linke Hand und drückte nacheinander mit seinem langen Fingernagel die Tasten.

1–800–333–000

Es klingelte und klingelte, bis eine Frauenstimme sagte: «Ja?»

Als er seine Stimme sagen hörte: «Ich habe Informationen zu einem Mord, der gestern Abend passiert ist», war Danny nicht länger in Sydney, weil die Dreiste Gafferin da oben auf ihrem Balkon im ersten Stock jetzt auf ihn herabgrinste, und neben ihr stand ein kleiner und schrecklicher, alter Mann, den er seit vier Jahren nicht mehr gesehen hatte – sein Vater – und jetzt presste Danny das Handy so fest ans Ohr, dass es warm an seinem Schädel geworden war, während er noch zu der Australierin von der Polizei-Hotline zum dritten Mal sagte: «Ja, ihr Name war Radha Thomas. R-A-D-H ...»

19.02 Uhr

Erinnern Sie sich an den Tsunami im Jahre 2004? Er ereignete sich weit entfernt von Australien. Viele der Todesopfer hatte Sri Lanka zu beklagen. Es gibt eine Stadt an der Küste, eine kleine, aber berühmte alte Stadt. Sie wurde bei dem Tsunami teilweise zerstört. Danny fuhr in der Zeit über Land und versuchte, Menschen zu helfen. In der alten Stadt herrschte Chaos, als er dort ankam. Das Wasser hatte den Markt überflutet und alle Gemüseverkäufer und -käufer getötet. Innerhalb von zwei Stunden waren an jenem Morgen tausend oder mehr Menschen in der Stadt gestorben. Aber eine Gruppe von Leuten in der am schlimmsten betroffenen Gegend überlebte unversehrt – eine Gruppe von Männern. Wissen Sie, wer die waren? Es gab in der Stadt ein Kino auf einem Hügel, und all die Männer, die sich dort einen Film anguckten, waren während des ganzen Tsunamis in Sicherheit gewesen. Und was für ein Film lief da? Es war ein Pornokino. Unten auf dem Markt starben also die anständigen Leute, und oben auf dem Hügel ließ Gott die Männer, die sich den versauten Film ansahen – um zehn Uhr morgens – am Leben.

Als Danny diese Geschichte auf dem Weg zum St. Vincent's Hospital wieder einfiel, sein altes Handy noch immer warm in der Hand, musste er lächeln. Das, so dämmerte ihm, war Ironie. So, wie das Wort hier gebraucht wird.

Kurz vor dem St. Vincent's Hospital blieb er stehen und blickte an einem Baum hoch: Er sah, wie etwas mit leuchtend bunten Streifen an Hals und Brust, wie ein Multivitaminpapagei, in einen Eukalyptusbaum flog und sich mit dem Kopf nach unten an einem weißen Ast festklammerte.

Ein Allfarblori.

Korrekt benannt, flog der australische Vogel davon.

19.03 Uhr

Als Danny im Krankenhaus die Treppe hochlief, um Sonja zu sehen, kam jemand heruntergelaufen.

Ein Mann mit schamponiertem, schwarzem Haar, das ihm lang um die Ohren flatterte wie bei einer Frisur aus den 1990ern, der auf dem Rücken einen tragbaren Staubsauger hatte.

Ein Astronaut, bestimmt ein Nepalese – wahrscheinlich aus dem am wenigsten wohlhabenden Teil des Landes, und der glänzende, blaue Kanister auf seinem Rücken war von Kmart, die neue, vierundachtzig Dollar teure Version des neunundsiebzig Dollar teuren, silbernen Modells, das Danny fast vier Jahre mit sich herumgeschleppt hatte. In der rechten Hand trug der Mann eine Plastiktüte mit zusätzlichen Schwämmen und Sprays. Ganz sicher hatte er auch jede Menge Clorox da drin. Vielleicht hatte dieser Astronaut gerade die Toiletten im Krankenhaus geputzt.

Der junge Mann sah Danny – und der Blickschock, der passiert, wenn ein brauner Mann einen anderen braunen Mann in Sydney erblickt, geschah.

Dann lief der eine nach unten und verschwand, während der andere, Danny, die Treppe hinauf und ins künstliche Licht stieg.

«Waren Sie nicht schon mal hier?», fragte die Inderin am Empfang hinter der Glasscheibe. Sie legte ihr iPad hin.

«Ja. Ich möchte zu Schwester Sonja.»

«Sie meinen Tran. Sonja Tran. Ich glaube, ihre zweite Schicht hat gerade angefangen. Ich muss schauen, wo sie gerade ist.»

Danny setzte sich und wartete.

Sein Handy klingelte, und auf dem gesprungenen Display erschien:

H13

Danny ging ran und hörte die dünne Stimme von Rodney Steuerberater.

«Ja, ich bin's.»

«Danny. Ich bin gerade nach Hause gekommen und … Ich will Ihnen nichts unterstellen, aber es lag so ein komischer Geruch in der Luft, als ich reinkam. Ich musste sofort niesen. Meine sämtlichen Allergien sind ausgebrochen. Also, Sie wissen ja, der Grund für unsere lange Geschäftsbeziehung ist der, dass ich Ihre Integrität so schätze. Deshalb muss ich Sie fragen, Danny, haben Sie heute irgendetwas in meine Wohnung mitgebracht? Ein neues Mittel, das nicht auf Allergene geprüft wurde?»

Du könntest es ihm sagen: *Ich habe Ihren eigenen Staubsauger benutzt. Ich habe Ihre Toilette mit Ihren eigenen Bürsten geputzt. Ihre Katze hat mir die ganze Zeit zugeschaut.*

«Sorry», sagte Danny.

«Sorry? Sie wissen doch, wie empfindlich ich auf solche Dinge reagiere.»

Danny bemerkte, dass der Patient in dem grauen Krankenhaushemd, der draußen gewesen war, jetzt hier im Wartebereich saß und noch immer versuchte, sich die Fingernägel zu schneiden.

«Ich gebe Ihnen beim nächsten Mal zehn Prozent Nachlass.»

Der Steuerberater schwieg.

«Zwanzig Prozent.» Danny seufzte. «Okay, beim nächsten Mal gebe ich Ihnen hundert Prozent Nachlass.»

«Das ist ein bisschen zu viel», erwiderte der Steuerberater, «aber ich weiß die Geste zu schätzen. Zwanzig Prozent reichen. Und bitte seien Sie vorsichtig. Mehr verlange ich nicht.»

«Nein», sagte Danny, «beim nächsten Mal gebe ich Ihnen verfickte hundert Prozent», und drückte das Gespräch weg. Er lachte.

«Was ist?» Sonja kam und zog den weiten indigoblauen Kittel aus, den die Schwestern, auch die von der Zeitarbeitsagentur wie sie, über ihren Klamotten trugen. Sie legte den Kittel auf den Boden und setzte sich auf einen Stuhl neben Danny im Wartebereich. «Du bist zu spät. Weißt du das?» Sie gab Danny einen Stups.

Er stupste zurück. «Ja, ich weiß. Ich weiß. Ich muss dir was sagen», begann er. «Ich bin kein Veganer.»

Sie wartete. Dann lachte sie. «Ja. Ich weiß.»

Selbst nach einem langen Arbeitstag roch sie nach blumigem Parfüm. Roch wunderbar. Wie Frangipani-Blüten.

«Was ich sagen will, als wir uns kennenlernten, war ich nicht mal Vegetarier.»

Sonja lächelte. «Auch das weiß ich. Du hast es mir doch schon erzählt. Schon vergessen? Ist okay. Vegetarische Männer sind die egozentrischsten Männer in ganz Sydney.» Sie fragte: «Bist du mit der Huntsman fertig geworden?»

Danny schlug die Hände zusammen.

«Ach, das hättest du nicht tun sollen, wirklich nicht. Die sind harmlos», sagte sie.

Ja, sie hat keine Angst vor Spinnen, dachte Danny, aber sie hatte trotzdem zu große Angst gehabt, an dem Tag in den Sunburst-Laden zu kommen.

Wo wohnst du? Sie hatte ihn das oft gefragt und sie war sogar einmal samstags nach Glebe gekommen, um ihn zu sehen, bis er sie mit zum Sunburst-Shop nahm und ihr das kleine Fenster über dem Laden zeigte. Da starrte sie ihn fassungslos an. *Du wohnst in einem Lagerraum? Ernsthaft?* Und weil sie es eigentlich nicht mehr so genau wissen wollte, hatte sie es abgelehnt, sich sein Zimmer oder seine beiden Pandabären anzuschauen, obwohl er in den Laden gegangen war, um ein KitKat für sie zu holen, das er später bei Tommo bezahlte. Der Ehrliche Danny natürlich.

Du hättest an dem Tag die Mutige Sonja sein können – wenn du mit nach oben in das Zimmer gekommen wärst und die Wahrheit über deinen Danny gesehen hättest.

Später an dem Abend aßen sie zusammen bei Pizza Hut und dann gingen sie in Parramatta an den Fluss – liefen dorthin, voller Vorfreude auf die Brise des schwarzen Flusses bei Nacht. «Was wünschst du dir vom Leben, Danny?», hatte Sonja gefragt, als sie auf der Brücke standen und hinunter auf das fließende Wasser schauten.

«In Sydney geehrt zu werden», hatte er erwidert. «Wie Kiran Rao.»

«Wie wer?»

Als er ihr das Konzept der Ehrung erklärte, lachte sie, und dann, um einen schrägen, aber offensichtlich anzüglichen Witz zu machen, erklärte sie, dass sie ihn demnächst ehren würde und er im Gegenzug sie ehren würde. Oh, er verstand, was sie meinte, durchaus, und griff nach ihrem Arm – verharrte dann. Weil ein Stück des Bürgersteigs in Parramatta plötzlich unter seinem Schuh nachgegeben hatte. Sonja schaute zu, wie er das lockere Stück mit der Schuhspitze bewegte: Als es wackelte, spürte er, dass ganz Sydney, von Richmond bis Manly und Parramatta dazwischen, mit dem Stück wackelte. «Ich bin hier», sagte Danny zu all diesen Menschen. «Und ich gehe niemals zurück.»

«Was machst du da, Danny?» Sonja kam näher. Stirnrunzelnd sah sie zu, wie er das Stück vom Bürgersteig herumschob, als würde sie verstehen, und dann trat sie gegen seinen Schuh und rief: «Ehre mich! Ehre mich!» – und rannte den Fluss entlang. Es war nur ein Spiel für sie.

Du hättest an dem Tag mutiger sein sollen, Sonja.

Jetzt scharrte Danny mit seinem Schuh über den glänzenden

Fußboden des Krankenhauses. Er sah da unten einen Fingernagel liegen und freute sich, dass der Kerl in Grau die Kraft dazu aufgebracht hatte. Man muss sich sauber halten, sogar im Krankenhaus. Sogar im Gefängnis.

«War noch was?», fragte sie. «Meine zweite Schicht fängt gleich an.»

«Ich hab eine Geschichte für dich», sagte er.

Sie streckte eine Hand aus und berührte seine Nasenspitze. «Danny hat immer eine Geschichte. Zu viele Geschichten. Deine Nebenhöhlen machen wieder Ärger, was? Deine Stimme ist heute anders.»

Sie zeichnete mit dem Finger die verformte Linie in seiner Nase nach. Die berühmte Nasenscheidewandverkrümmung.

«Ich würde dir von einer Operation abraten. Zu uns kommen Kinder, die das haben, und dann … wird das Problem nur noch schlimmer. Ich weiß nicht, was sich da machen lässt, Danny. Vielleicht solltest du mal eine Paleo-Diät machen. Weißt du, bloß Obst und Nüsse? Aber ich muss jetzt los. Zweite Schicht. Ich hab gesagt, komm um halb sieben. Wir hätten über alles sprechen können. Aber du warst zu spät.»

«Ich weiß», sagte er. «Tut mir leid.»

Was wäre sie für ein Verlust, für jeden Mann.

«Aber ich muss dir noch sagen, warum ich zu spät gekommen bin.»

Sie lehnte sich zurück und wartete. In der kalten Krankenhausluft rieb Danny sich die Unterarme.

«Ich musste einen Anruf machen. Er hat lange gedauert.» Er senkte die Stimme. «Einen sehr wichtigen Anruf. Es gab vieles zu erklären.»

Sie runzelte die Stirn. «Wen hast du angerufen?»

Danny sah Sonja einen Moment lang an, kratzte sich dann mit dem Fingernagel am Hals und sagte:

«Die Polizei.»

The South Sydney Express
Auflage: 16 000
Erscheint seit 2002

Die Polizei hat einen 44 Jahre alten Mann im Zusammenhang mit dem Mord an der ehemaligen Medicare-Geschäftsstellenleiterin Radha Thomas festgenommen.

Nach einem Hinweis aus der Bevölkerung konnten Einsatzkräfte der Polizei von New South Wales den mutmaßlichen Täter in einer Wohnung auf der Flora Street direkt gegenüber der Wohnung des Opfers festnehmen.

Der Mann, ein ehemaliger Angehöriger der Army namens Prakash Wadhwa, der in der Vergangenheit mit Suchtproblemen zu kämpfen hatte, führte ein Messer bei sich, an dem Blutspuren gefunden wurden. Die Polizei geht davon aus, dass das Blut vom Mordopfer stammt.

«Wir vermuten, dass der Verdächtige auf einen günstigen Moment gewartet hat, um sich ein weiteres Opfer vorzunehmen, und zwar den Ehemann der Frau, die er am Abend zuvor ermordet hatte», sagte Detective Sergeant J.T.Michaelos.

Er fügte hinzu, dass der Mann, von dem der sachdienliche Hinweis kam, welcher zur Ergreifung des mutmaßlichen Täters führte, bei seiner Befragung gestanden hat, sich illegal in Australien aufzuhalten, und jetzt auf die Abschiebung in sein Heimatland wartet.

(Immobilien-Nachrichten auf den Seiten 2-5, Immobilien-Anzeigen auf den Seiten 8-11.)

DANKSAGUNG

Die Korrespondenz zwischen Danny und dem Beamten der australischen Einwanderungsbehörde auf den Seiten 51 bis 53 basiert auf einem realen Gespräch in einem Onlineforum für Einwanderung, das vor sieben Jahren stattgefunden hat.

Die Idee zu *Amnestie* kam mir, als ich bei James Payten in seinem alten Haus in Erskineville zu Gast war. Dieser Roman wäre ohne James' Gastfreundschaft, Geduld und juristische Sachkenntnis ebenso wenig entstanden wie ohne Shalini Pereras zahlreiche Freundlichkeiten.

Jeremy Kirk und Katey Grusovin in Sydney, Stephen Rebikoff in Melbourne, Keshava Guha in Bangalore sowie Andrea Canobbio und Jeff Yurcan haben erste Fassungen des Manuskripts gelesen und Vorschläge gemacht.

In Sri Lanka: Ich danke Dominic und Nazreen Sansoni und dem inzwischen verstorbenen Father Harry Miller, der lange in Batticaloa gelebt und mit mir über die Geschichte seiner Stadt gesprochen hat.

In Chennai: A. R. Venkatachalapathy beantwortete geduldig viele Fragen. Mein Dank geht auch an Kamal Haasan, dem ausgezeichneten tamilischen Schauspieler, der mir bereitwillig Rede und Antwort gestanden hat.

In Kuala Lumpur und Penang: Ich bin all den Menschen zu Dank verpflichtet, die mir ihre Erfahrungen als illegale Farmarbeiter in Australien geschildert haben. Ich hoffe, jeder von ihnen hat eine Chance, legal zurückzukehren.

Mein Lektor Daniel Loedel bei Scribner hat eine ganze Reihe von großartigen Anregungen geliefert, die es mir ermöglichten, diesen Roman nach fünf Jahren Arbeit fertigzustellen.